LE MANÈGE DE LA VIE

DE LA MÊME AUTRICE

Six ans à t'attendre, Fleuve Éditions, 2019 ; Pocket 2020
Doucement renaît le jour, Fleuve Éditions, 2021 ; Pocket 2022
Les Couleurs du silence, Fleuve Éditions, 2022 ; Pocket 2023

DELPHINE GIRAUD

LE MANÈGE DE LA VIE

fleuve
ÉDITIONS

Publié avec l'accord de Librinova

ISBN : 978-2-265-15666-1

Dépôt légal : février 2023

À mes garçons,
Et notre amour plus fort que tout.

« L'enfant commence en nous bien avant son commencement.
Il y a des grossesses qui durent des années d'espoir,
des éternités de désespoir. »

Marina Tsvetaïeva

« La danse et le cheval, c'est le même topo… une histoire
de confiance et de consentement entre deux êtres. »

Nicholas Evans,
L'homme qui murmurait à l'oreille des chevaux

Prologue

Novembre 2021

Aujourd'hui est un jour sans.

Comme toujours dans ces moments-là, j'ai besoin de venir vers toi.

Sentir ton odeur.

T'étreindre en fermant les yeux.

M'abreuver de tes baisers.

Presser mes paupières un peu plus fort, pour y croire vraiment.

Serrer ton petit corps chaud contre le mien.

T'imaginer courir dans un parc inondé de soleil, en riant aux éclats.

T'entendre me lire un poème avec cinq lettres magiques en acrostiche.

Percevoir la fraîcheur de ta joue rebondie sous mes lèvres.

T'inventant sans visage.

Petite fille aux longues tresses ou garçonnet à bouclettes.

Peu m'importe.

L'essentiel, c'est toi.

Toi, m'offrant le plus beau rôle de ma vie.

Ce ne serait d'ailleurs pas un rôle.

Tu serais l'élément qui me rendrait moi. *Vraiment et seulement* moi.

Je rêve de tout ça.

Et pourtant tu n'es pas là.

Depuis longtemps je t'attends.

Mais tu ne viens pas.

Aujourd'hui, l'espoir s'est de nouveau envolé, chassé par le brouillard qui recouvre nos vies. De plus en plus, il s'insinue partout.

Je donne le change, mais ça devient difficile.

Surtout que l'échéance approche.

Bientôt, il sera trop tard.

Je ne pourrais plus rêver de toi.

Il faudra même que je me l'interdise, si je veux survivre.

Je t'aime sans te connaître.

Même si la route vers toi est semée d'embûches toujours plus hautes, toujours plus infranchissables.

Je me fiche du parcours, si je sais que tu m'attends au bout du chemin.

C'est cette sensation de vide qui me désespère.

Un vaste champ de désolation, où rien ne pousse.

Rien ne prend vie.

Je m'accroche à toi, sans savoir si tu es là.

Alors je t'écris.

Dans ce carnet qui devient passeur d'âme vers le monde inconnu où tu te trouves.

À force d'amour, peut-être m'entendras-tu ?

1

Il piaffe dès que je pénètre dans l'écurie. Il m'a entendue. J'ai à peine le temps de saisir l'éclat vif de son œil noir caché sous de longs cils épais, qu'il me tourne le dos, m'offrant sa croupe. J'ouvre le portillon de son box. Je me méfie, mais je ne ressens aucune crainte.

— Salut, Furtivo.

Le cheval jette un regard sur le côté, hennit, puis se cabre. Je recule pour me mettre hors de portée de ses sabots qui quadrillent l'air, tout en restant impassible face à lui. J'attends qu'il se lasse de cette mise en scène provocatrice. Il lui faut seulement comprendre que je ne viens pas en ennemie. Qu'il n'est pas ma proie. Je ne suis pas pressée.

Après un passé chaotique, Furtivo vient tout juste d'intégrer les Crins Noirs. Pur-sang arabe maltraité par son premier propriétaire, il a été racheté par une troupe de spectacles équestres qui ne pouvait rien tirer de lui et le dominait par la peur. En sept années d'existence, personne n'a su donner d'affection à cet animal, ni communiquer avec lui, alors je me mets à sa place. Si j'étais lui, moi aussi je détesterais les hommes et le leur montrerais, les oreilles en arrière et les lèvres retroussées.

Je finis par le maîtriser et l'attache pour nettoyer son box. Au début, c'est moi qui m'occupe des chevaux indomptés.

Je ne laisse mon personnel les approcher que lorsque je les ai apprivoisés et que tout danger est écarté.

Je décide d'emmener Furtivo jusqu'à la carrière. Il n'est arrivé qu'hier, mais il doit se dégourdir les jambes et s'habituer sans attendre à son nouvel environnement.

Lorsque je saisis sa bride, je sens une présence dans mon dos. Furtivo l'a perçue aussi, il s'agite et s'ébroue.

— Je t'accompagne, souffle Manuel doucement.

Je devine qu'il se cachait déjà depuis quelques minutes, prêt à intervenir en cas de besoin. Manuel se glisse du côté gauche de Furtivo, tandis que je me positionne à sa droite. Le fer des sabots résonne sur les pavés de l'écurie. Le bruit de ses pas est différent de ceux qu'on a l'habitude d'y surprendre. Ce n'est ni la musique enjouée des sorties matinales, ni la mélodie fatiguée, mais sereine, des retours au bercail. Ce son-là est saccadé, quatre pas précipités, quelques autres en arrière. Tentative de ruade. Cabrage. Je tire sur la bride aussi fort que je peux. Manuel caresse l'encolure de Furtivo pour le rassurer. Le cheval finit par se calmer. Son corps puissant est crispé, il a envie de se faire la malle. Quand nous sortons, le vent soulève ma queue-de-cheval et le crin long et soyeux du pur-sang. Ses naseaux, écartés, frémissent. Il respire les odeurs. L'air libre. La nature tout autour. Je perçois un frisson d'excitation le parcourir. Il a peur, mais il est curieux. L'animal se laisse conduire, plus ou moins docilement, jusqu'à l'espace clos recouvert de sable, dans lequel je le lâche. Nous refermons le portail et observons Furtivo se lancer au galop et s'ébattre tout son saoul.

— Quel cheval magnifique ! s'exclame Manuel.

D'une main, il me caresse lentement le dos, absorbé dans sa contemplation extatique.

— Mme Müller a eu raison de le racheter.

— Et de te laisser t'en occuper. Il ne sera pas long à reprendre confiance.

— J'aurais pu le sortir toute seule…

— C'était trop dangereux. Une petite libellule comme toi, tu n'aurais pas fait le poids.

Je lui envoie un coup de coude dans les côtes, tandis qu'il ricane. Il me provoque, conscient que je n'aime pas qu'il mette en doute mes capacités physiques. Je suis fine, mais plus costaude qu'il n'y paraît, entraînée par mon sport quotidien. Manuel passe ses doigts dans ses cheveux ébouriffés.

— M'sieur Garcia, m'sieur Garcia ! claironne Nadia, essoufflée.

Elle s'arrête, les mains sur les genoux, et prend le temps d'admirer Furtivo qui continue de réveiller ses muscles un à un. Elle laisse échapper un soupir ébahi devant la beauté de l'animal.

— On a besoin de vous au manège, m'sieur Garcia. Les clients sont arrivés.

— J'arrive. Retournes-y, je te suis.

Nadia se détourne à contrecœur du spectacle donné par Furtivo et fait demi-tour en courant. Je souris en suivant la silhouette de la jeune femme, elle que j'ai connue lorsqu'elle était encore adolescente. Aujourd'hui, Nadia est en dernière année d'apprentissage aux Crins Noirs. Nous gardons en pension les chevaux de ses parents depuis quelques années. Elle possède une fibre maternelle assez touchante, si bien que, naturellement, elle a pris sous son aile ses cadets, les quatre autres apprentis.

— Pas d'imprudence, madame Garcia, me prévient Manuel en pointant un doigt en l'air. Ne rentre pas Furtivo toute seule.

— Il va être tellement fatigué qu'il n'opposera pas de résistance à retrouver son box.

— Ne joue pas à ça.

Manuel m'embrasse avant de partir. J'aime bien titiller son côté protecteur. Comme il le fait avec mon impétuosité. Ma soif d'indépendance. Manuel siffle Jasper, qui le rejoint en aboyant, trop heureux qu'on s'intéresse à lui. Jasper ne se risque jamais dans la carrière. Surtout avec un cheval aussi fougueux que Furtivo.

Je reste longtemps accoudée à la barrière, perdue dans mes pensées. Comme toujours, hypnotisée par le déchaînement d'une telle force de la nature. La robe de Furtivo est d'un blanc immaculé, comme pour contrebalancer son caractère ombrageux. On s'attendrait presque à voir apparaître une corne sur son front, à l'image de sa mythique cousine. L'air vif me fait frissonner ; je sors des gants de ma poche et les enfile. Si nous étions au printemps, je laisserais Furtivo dehors. J'irais lui parler pour qu'il s'habitue à moi – en tout cas, je ne le parquerais pas dans douze mètres carrés. Malheureusement, nous sommes fin novembre, et les températures sont trop basses. D'ailleurs, à s'ébattre ainsi, il va bientôt transpirer et prendre froid. L'intensité de sa course baisse petit à petit. Il longe le manège, mais avant d'arriver devant moi, il s'écarte de la barrière pour rester à distance raisonnable. Il rejoint la clôture un peu plus loin et continue de trotter.

C'est maintenant.

Doucement, j'ouvre le portail et pénètre dans l'enclos. Il m'a vue du coin de l'œil et reprend un galop assez lent. Je me poste au centre de la carrière et j'attends. Je tourne sur moi-même pour le suivre des yeux pendant qu'il fait le grand tour. Il va se fatiguer avant moi.

Les chevaux m'ont appris la patience. À moi, l'indocile. C'est certainement la raison pour laquelle je me sens proche d'eux et que le courant passe bien entre nous. J'ai connu plusieurs maîtres de dressage au cours de stages dans des écuries renommées. Chacun a son approche, sa façon d'opérer. C'est le travail en liberté que je préfère. Respecter le cheval et faire en sorte que ce soit réciproque. Communiquer avec lui. S'appréhender mutuellement à travers le regard, les gestes. Connaître l'autre et anticiper ses réactions. Les cours de dressage que je donne se font toujours à pied, jamais sur le dos du cheval. Pour entrer en communion, il faut être au même niveau. Au début, on commence par tenir son cheval avec la longe. Au fil du temps, celle-ci disparaît pour ne laisser que l'homme et l'animal. Face à face. Côte à côte. Les premières fois, le cheval n'écoute pas toujours ce que son maître lui demande. Enfin, ça, c'est le point de vue de l'élève. Selon moi, c'est le maître qui n'a pas su se faire comprendre. Il est alors déçu. Or, il ne se rend pas compte du chemin accompli. Le cheval reste là, à ses côtés. Il ne fait peut-être pas ce qu'on attend de lui, mais il *choisit* de rester. Aucune attache ne le retient. Il est libre, pourtant il ne part pas. Et c'est déjà beaucoup. Avec Furtivo, on en est loin. Mais, je sais qu'on y arrivera.

Ses pas faiblissent, le pur-sang se contente d'avancer au trot. Les sens aux aguets.

— Là, Furtivo, là. C'est moi, Tess. Je ne te ferai pas de mal, mon grand. Allez, c'est bien.

Ma voix est douce, envoûtante. Les oreilles de l'animal se tournent vers moi. Un filet de bave blanche coule de sa bouche. Il n'a pas de mors, mais l'effort physique soudain mêlé au stress le fait saliver. Tout en continuant à lui parler, je réduis la distance qui nous sépare. Il hennit, part dans l'autre sens. Je ne me laisse pas intimider et le suis. Tout à coup, je me retrouve face à lui. Il est acculé devant le portail. Il pourrait partir au galop d'un côté ou de l'autre, mais je suis trop près pour qu'il pivote. Alors il se cabre. Debout sur ses postérieurs, il se redresse de toute sa hauteur et fouette l'air avec ses antérieurs. J'ai juste le temps de me reculer pour éviter les coups. Mais je ne m'enfuis pas. J'essaie de me comporter en jument leader, celle qui, en milieu sauvage, est à la tête du troupeau et dont le rôle est de le maintenir en vie. Furtivo, d'instinct, saura interpréter mon langage. Son cinéma cesse. Il rabat ses antérieurs sur le sol, et souffle. Je ne le connais pas encore assez bien pour deviner s'il se sent en danger, s'il respire mon odeur, ou s'il se calme. Je choisis de croire en la troisième option. Je tends la main et lui gratouille l'encolure. Ses oreilles s'aplatissent, l'un de ses sabots gratte le sable. Mais il ne bouge pas. Je sors une carotte de ma poche et la lui présente. Elle disparaît en un clin d'œil, happée entre ses lèvres retroussées.

Bien.

Détente, affection.

Il ne reste plus que la discipline pour clore le trio gagnant. Je déroule la longe que je porte en bandoulière, et l'attache au licol de Furtivo. Il secoue la tête, hennit. Sans relâche, avec calme et fermeté, je lui parle. Quand on travaillera vraiment ensemble, je cesserai mon verbiage et n'utiliserai que des mots précis qui nous serviront de code. Pour l'instant, je cherche seulement à l'apaiser. Je l'amène au centre de la carrière et, munie du stick, courte baguette souple que j'utilise comme un prolongement de mon bras, le laisse marcher en rond autour de moi.

Je m'avance d'un petit mètre pour montrer à Furtivo qu'il doit s'arrêter. Ses oreilles se dressent dans ma direction, je le sens réagir. Il ralentit son allure, sans s'immobiliser totalement. Le chameau a son petit caractère, il ne veut pas m'obéir trop vite. Je sais qu'il a compris, c'est le plus important. Je me tourne légèrement vers sa croupe et libère un peu de longe. Comme s'il n'attendait que cela, il prend de la vitesse.

Ses épaules se délient, ses postérieurs propulsent du sable sur son passage. Son corps est magnifique. Il scintille dans les froids rayons du soleil. Nous faisons cet exercice une vingtaine de minutes. Je reste concentrée, même si je garde toujours une conscience aiguë de la vie qui foisonne autour de nous. Les arbres bruissent, leurs branches secouées par le vent. Au loin, les voix de Manuel et du personnel me parviennent, donnent des ordres, s'interpellent. Ils travaillent les chevaux, les montent, les entraînent. Furtivo aussi est attentif aux bruits alentour. Ils feront partie de son univers quotidien. Pour l'heure, même s'il se montre plutôt tête de mule, nous avons tous les deux fait un grand pas en avant dans notre relation. Je m'approche de lui, lui donne une deuxième carotte qu'il engloutit en une seconde et le gratouille avant de lui ôter la longe. Je le laisse s'ébattre encore un instant avant de le ramener au box.

Alors que je referme le portail, des applaudissements retentissent. Je redresse la tête, surprise. Le temps que je relâche Furtivo, deux visiteurs se sont approchés de la carrière. Je souris en reconnaissant Hilda Müller, la propriétaire de Furtivo. Elle est accompagnée d'un inconnu.

— Impressionnant, déclare l'homme.

— Bravo, Tess, enchérit Hilda. Je savais que je pouvais compter sur vous pour ravoir ce cheval. On me l'a laissé pour une bouchée de pain. Il est tellement magnifique, je ne pouvais pas refuser. Mais sans vous, je n'aurais rien pu en tirer.

— Vous avez bien fait. Il est intelligent. Il deviendra un bon cheval.

— Vous l'avez vu quand il est arrivé. Manuel et le palefrenier ont eu toutes les peines du monde à le sortir du van. J'ai bien cru qu'il allait en piétiner un. Et dès le lendemain, vous voilà en train de le faire trotter à la longe. Vous êtes incroyable, Tess.

Je me sens rougir, et ne trouve rien d'autre à faire que de balayer l'air de la main. Hilda reprend :

— Je t'avais dit que tu devais voir ça, Chris. Tess, je vous présente mon frère, ajoute-t-elle en se tournant vers moi.

L'air de famille est indéniable. Un nez aquilin, une silhouette grande et robuste. Hilda laisse ses chevaux à la pension depuis la création des Crins Noirs, il y a treize ans. Âgée d'une cinquantaine d'années, elle profite de la fortune de son compagnon. Elle aurait assez de place dans son propre domaine pour abriter ses cinq chevaux, mais elle ne veut pas s'en occuper tous les jours. Ce qui me plaît chez elle, c'est qu'elle ne les achète pas pour se donner un genre. Seulement parce qu'elle les aime. Elle leur souhaite le meilleur, et a conscience de ne pas pouvoir le leur offrir toute seule.

— Chris travaille au Parc des Légendes, poursuit Hilda.

J'abaisse la fermeture éclair de mon manteau. Le travail avec Furtivo m'a donné chaud, je transpire sous le rembourrage épais.

— Christoph Müller, dit-il en me tendant la main. Je suis responsable du dressage en liberté.

Sa poigne est ferme. Je remarque une canne anglaise à sa gauche. Son regard suit le mien. Il marque un temps d'arrêt et m'explique :

— Trop de voltiges dans ma jeunesse. Mon corps est cassé, plus moyen de marcher sans l'aide d'une canne. Je dois me faire opérer du genou dans quelques semaines. Les médecins disent qu'il n'y a que ça qui peut m'éviter la prothèse.

— Vous avez voltigé aux Légendes ?

La renommée du parc à thème historique est tout aussi mythique que son nom. Quatre décennies d'existence l'ont élevé à un niveau international, faisant la fierté des Vendéens. J'ai formulé ma question avec une admiration qui n'a pas échappé à mon interlocuteur, en témoigne son sourire en coin.

— Entre autres. Le cheval et son cavalier en feu, ç'a été moi durant plusieurs saisons. J'ai même fait du quadrige. Et aujourd'hui, je suis chargé du dressage de nos amis à quatre pattes. Vous connaissez le parc ?

— Je n'y suis pas allée depuis des années.

J'ai un peu honte d'avouer que mon unique visite remonte à l'école primaire.

— Vous devriez venir nous voir. Vous seriez bluffée par nos performances équestres.

— Je n'en doute pas. C'est juste que… on a rarement des journées de repos, ici…

Je fais un geste ample du bras pour désigner la propriété. La carrière, le manège, les champs en contrebas. Notre maison, derrière les écuries.

— Vous avez beaucoup à entretenir, enchérit Hilda. Tu sais, Chris, chez Tess, tout est toujours propre.

— Il faut savoir s'accorder des moments pour soi. La vie est trop courte.

Il m'observe de ses iris à la couleur singulière. Ils semblent gris dans la pâleur de l'hiver. Ses cheveux rasés sont aussi courts que sa barbe. J'imagine ses joues et son crâne rugueux sous les doigts.

— Comment vous allez faire ? demandé-je en désignant sa béquille.

— Je voudrais que vous le fassiez.

— Pardon ?

— Dites oui, Tess.

— Oui à quoi ?

— Enfin, Chris ! Elle ne peut pas deviner. Reprends depuis le début.

L'intervention de Hilda me fait tressaillir, comme si elle venait de rompre un lien qui s'était établi entre nous, sans que j'aie eu le temps de m'en rendre compte.

— Depuis quelques années, je forme les chevaux des Compères Guillery. Allez voir sur Internet, vous vous ferez une idée. Je cherche quelqu'un pour me remplacer à partir de janvier, le temps de ma convalescence. Je serai revenu pour l'ouverture du parc en avril. J'ai besoin d'une dresseuse comme vous. Ne dites pas non, une opportunité comme celle-là, ça ne se présente qu'une fois. Et ne me faites pas croire que vous n'avez jamais rêvé de travailler pour le spectacle. Je vous laisse réfléchir. Tenez-moi au courant.

Il pose sa canne contre la barrière. Puis il s'empare de ma main, y dépose une carte de visite et la referme. Pendant tout ce temps, j'ai écouté sans réagir. Je glisse le papier dans ma poche, pendant que Christoph récupère sa béquille et saisit le bras de sa sœur, en lui murmurant : « Allons-y. » Il plonge une dernière fois son regard dans le mien, me fait un léger signe de tête. Avec un sourire complice, Hilda me lance un « À demain, Tess ! » enjoué.

Je les observe tandis qu'ils s'éloignent. Furtivo s'est calmé depuis longtemps quand j'entre dans l'enclos pour me saisir de son licol et le guider en direction des écuries. Il se laisse faire sans opposer la moindre résistance.

Quand ses sabots retentissent sur les pavés, j'y retrouve la mélodie habituelle des pas fatigués, mais sereins.

Décembre 2021

Tu devrais nous voir, Furtivo et moi. Notre relation s'est tissée au fil des jours, à force de patience, de confiance.

Au bout d'un mois, je peux le dire : ce qui nous lie l'un à l'autre est très fort.

Il pourrait prendre la place de Cachou, un jour.

Quand il ne sera plus là.

Je n'aime pas dire ça, mais la fin approche.

Mon cheval est presque aussi vieux que moi, tu imagines ?

Cachou, mon premier amour. Le cheval de ma vie.

Celui qui a accompagné mes premiers pas de cavalière, celui que j'ai aidé à devenir une monture d'exception.

La patience de M. Henry nous a guidés, à notre tour. Je me plais à penser que je perpétue ce cercle vertueux.

M. Henry et moi avions des points communs. Je manquais d'un père, lui d'un enfant.

Même si deux générations nous séparaient, nous avons pansé les blessures l'un de l'autre.

Il m'a tout appris. Si tu savais comme il s'est montré bon envers moi !

Ma mère n'était pas d'accord, mais j'étais plus têtue qu'une bourrique, comme elle disait, et elle a fini par accepter que M. Henry me donne des cours d'équitation.

Je crois qu'au fond, ça l'arrangeait. M. Henry ne nous faisait pas payer.

Elle s'inquiétait pour moi, mais au moins, il me surveillait.

Si j'étais mère, je la comprendrais sûrement. Mes sœurs ont tout le temps peur pour leurs enfants.

Dans mes rêves, moi aussi j'ai peur pour toi.

Peur que tu tombes et que tu t'écorches les genoux.

Peur que tu te fasses piétiner par un cheval.

Peur que tu te fasses enlever par un monstre.

Peur qu'il manque des étoiles pour veiller sur toi.

Peur que tu ne m'aimes pas assez.

Quel âge aurais-tu ? Tu serais un bébé, peut-être. Un enfant, déjà. Un adolescent, même.

Chaque mois, j'espère.

Et puis, aujourd'hui, tout a volé en éclats.

Encore une fois.

2

La lettre est là, entre mes doigts. Elle me brûle presque. Je la regarde sous tous les angles, comme si je pouvais la lire par transparence. Je m'étais promis de ne pas prêter attention à la réception du courrier, mais j'y ai pensé tous les jours depuis le transfert. Je savais le délai qu'il faudrait pour obtenir le résultat. Manuel et moi connaissons le protocole par cœur, maintenant.

Nous passons par l'épreuve complète d'une fécondation in vitro pour la troisième fois. D'abord des piqûres pour stimuler les hormones et déclencher l'ovulation. Ensuite, on ponctionne mes follicules et on essaie de féconder ovocytes et spermatozoïdes en laboratoire. Les embryons survivants sont conservés. L'un m'est transféré, les autres sont congelés en cas d'échec. Lors du parcours initial, cinq embryons ont été créés. Le premier transfert n'a pas fonctionné, il a fallu se faire à l'idée de m'implanter un embryon préalablement congelé. Ceux qui sont passés par là le savent : chaque étape est vécue avec un état d'esprit et des questionnements différents. Et puis on s'habitue et on oublie. Ce qui nous bloquait au préalable ne nous effleure même plus et on fonce, tête baissée.

On n'a plus le choix.

Au début, Manuel ne parvenait pas à éjaculer dans la petite fiole destinée à recevoir son sperme. Avec le médecin et moi qui l'attendions derrière la porte, sachant pertinemment ce qu'il était en train de faire, devant les femmes des magazines qui le reluquaient, jambes écartées… La fois suivante, il n'a pas fait tant d'histoires. On sait pourquoi on est là, on sait ce qu'on veut et c'est tout ce qui compte. Mais des cinq embryons qui m'ont été implantés, aucun n'a pris racine. Alors, de nouveau, Manuel est passé par la case magazines, moi par celle des ecchymoses sur le ventre à force de piqûres. Quatre, puis six embryons ont vu le jour, implantés par deux pour réduire le nombre d'interventions. J'en suis à l'ultime transfert. Aujourd'hui, c'est notre dernière chance.

Manuel dit que nous pourrons toujours recommencer. C'est vrai. Il nous reste encore une possibilité, multipliée par le nombre d'embryons qu'on récoltera. La Sécurité sociale accepte de prendre en charge quatre FIV.

Nous pourrions, mais j'en ai assez.

Je suis fatiguée de tout ça. Des piqûres à heures fixes. Des rendez-vous quasi quotidiens au centre de Procréation Médicalement Assistée. De ce corps qui ne m'appartient plus. De mes changements d'humeur. De ma pilosité accrue. De mon entrejambe exhibé depuis des années devant des dizaines de paires d'yeux inconnus, écarquillés devant l'incompréhensible. Des questions sans réponses.

« Pourquoi nous ? Qu'est-ce qui ne fonctionne pas ? »

« Nous ne savons pas. Tout est normal chez Madame, comme chez Monsieur. Vous devriez réussir à concevoir cet enfant. »

Or, jamais un bébé n'a poussé dans mon ventre. Pas de fausse couche, pas d'œuf clair, pas de faux espoirs. Rien d'autre que le néant. Jamais, je n'ai senti la présence d'un petit être au creux de mes entrailles. Quand il sera là, je le saurai. Et aujourd'hui, je ne ressens rien. Mon ventre est vide, c'est sûr. Ou est-ce que j'appréhende seulement ?

Je regarde l'enveloppe et suis tiraillée par l'impatience. D'ordinaire, Manuel et moi décachetons ensemble ce morceau de papier qui scelle notre avenir. Mon mari est en plein débourrage d'un jeune cheval, à qui il apprend à accepter la selle et le filet. Il ne sera pas là avant une bonne heure.

Si je l'ouvrais sans lui ?

Après tout, jusqu'ici, découvrir les résultats à deux ne nous a pas réussi, alors qui sait ? Je pourrais changer les règles... Pour la dernière...

Mes mains tremblent, je déchire l'enveloppe sans aucun soin. Je m'en fiche, c'est ce qu'il y a à l'intérieur qui compte. Je ferme les yeux, prends une profonde inspiration tandis que je déplie la feuille devant moi.

Lorsque je desserre mes paupières, je tombe directement sur la valeur de mon taux de Bêta HCG plasmatique : 4.8 mUI / mL.

Je ne suis pas enceinte.

La douleur familière irradie dans ma chair et me noue la gorge. Je froisse les résultats puis jette la boulette de papier dans la cuisine, avant d'attraper rageusement mon manteau et de claquer la porte derrière moi.

Comme d'habitude, c'est auprès de Cachou que je viens chercher du réconfort. Mon vieux cheval est couché dans la paille de son box, où il passe de plus en plus de temps. Le vétérinaire dit qu'il a de la chance de ne pas trop souffrir de rhumatismes. Cachou aura eu une belle vie. Il se lève péniblement en me voyant arriver. On dirait un petit papy, mais il est encore svelte. Je pense à M. Henry. Celui sans qui rien de cela n'aurait été possible. Celui sans qui ma vie aurait pris un tout autre tournant.

Les chevaux.

Voilà ce à quoi je suis destinée. Les autres – ceux qui ne connaissent pas les équidés – disent qu'ils me prennent tout mon temps. Cela sous-entend que je n'en aurais pas pour le reste – en tout cas, pas pour un enfant. Peut-être ont-ils raison. Peut-être est-ce pour cela que mon ventre reste désespérément vide. Ou bien, comme le pense ma mère, aucun embryon ne veut s'y nicher, parce que mon métier est trop dangereux. Peut-être. Mais je ne veux pas avoir à faire un choix.

Je fourre mon nez dans le crin de Cachou, plus râpeux qu'autrefois. Ses lèvres humides cherchent ma main et y laissent des bisous, aussi mouillés que mes yeux sont secs – malgré le fait qu'ils me piquent, aucune larme ne s'en échappe. Puis, je guide Cachou hors de son box jusqu'à l'entrée, où je le selle et le sangle. Tous les autres chevaux sont sortis. Ceux de la pension ont été dispatchés dans les prés ou les paddocks, les nôtres sont en plein travail avec les monitrices ou les apprentis.

Auparavant, avec Cachou, nous faisions de grandes balades en forêt qui nous grisaient l'un et l'autre. Je me contente à présent de le promener sur un sol sûr pour préserver ses jambes fragiles. Toute blessure pourrait lui être fatale. En revanche, il a besoin d'exercice quotidien. Je l'enfourche et nous nous promenons au pas à travers le centre équestre. Tandis que la brise soulève les mèches qui virevoltent devant mes yeux, mes pensées se dissipent. Les larmes refusent de rouler sur mes joues, mais la douleur s'envole. Je ne songe plus à ce qui aurait pu être. À ce qui aurait dû être. Je suis dans l'instant présent. Sur le dos de mon cheval. Je sens le cuir de la selle sous mes fesses. Les flancs de Cachou entre mes jambes. Ses poils rêches sous mes doigts. Cette parenthèse dure une demi-heure, puis je me contrains à descendre. Nous retournons en direction des écuries. Son pas se calque sur le mien pendant que nous suivons le chemin de gravillons. Je le conduis jusqu'aux douches, où je le lave avant de l'emmener au solarium pour qu'il n'attrape pas froid.

Au centre équestre, on passe son temps à nourrir, récurer, bouchonner, panser. Ensuite seulement, on peut s'atteler au plus passionnant : travailler les chevaux. C'est éprouvant physiquement, mais pour rien au monde je ne changerais d'univers. Lorsque je me dirige vers les paddocks pour commencer à rentrer nos pensionnaires, je glisse mes mains dans mes poches. La droite rencontre un petit bout de papier cartonné. Je l'extirpe avec curiosité et j'y lis : « Christoph Müller, responsable dressage de chevaux au Parc des Légendes », suivi de son numéro de téléphone et de son adresse mail.

Je souris, un peu mal à l'aise face aux sentiments qui m'envahissent. Christoph Müller avait occupé mes pensées durant les quelques jours qui avaient suivi sa visite. Ensuite, il m'était complètement sorti de l'esprit. Sa mission n'est pas faite pour moi. Ma vie est ici, aux Crins Noirs. Ses mots refont surface, comme jaillissant d'un vieux souvenir : « Ne me faites pas croire que vous n'avez jamais rêvé de travailler pour le spectacle. »

Il a vu juste, bien sûr. Plus jeune, j'aurais adoré. Mais à présent, je suis trop vieille. On me le serine assez au centre de PMA. À trente-huit ans, je deviens trop âgée pour plein de choses, en particulier pour concevoir un premier bébé. Enfin, ce n'est pas comme si nous avions tardé. Quinze ans que nous désirons un enfant, Manuel et moi. Nous voulions être de jeunes parents. Je réprime un rire nerveux en songeant à l'ampleur des dégâts. Quinze ans de désillusions, ça en cause forcément. Des parties de jambes en l'air programmées, auxquelles on s'astreint comme des automates trois fois par jour, lors des périodes de fertilité. Des espoirs qu'on n'ose même plus formuler, parce qu'on veut conjurer le sort, ou éviter de blesser l'autre. Et puis de toute façon, ils ont déjà déserté le cœur de Manuel. Depuis un moment, il s'habitue à l'idée de ne jamais être père.

Je le sens.

Et ça me tue.

On s'est éloignés. On s'aimait tant, animés par une douce folie qui nous propulsait dans un tas de projets. Aujourd'hui, il n'y a plus rien que la lassitude. Les regrets. Comment finirons-nous ? Un couple aigri par les épreuves ? Je ne veux pas de cette vie-là pour nous. Est-ce que mes sentiments pour lui sont aussi forts qu'avant ? Je brûle de répondre oui, mais je n'en suis plus certaine. Les espoirs déçus ont eu raison de toutes mes convictions. Je l'aime assez en tout cas pour sentir au fond de mon cœur qu'il mérite que je sois sincère envers lui. Qu'il soit considéré autrement que comme un géniteur potentiel pour cet enfant si désiré.

Je serre la carte entre mes doigts et regarde les mots danser sous mes yeux sans les voir. Christoph Müller a raison. Une chance comme celle-ci ne se présente qu'une fois. Cette opportunité professionnelle m'attire, mais aussi et surtout celle de faire le point sur ma vie. De prendre du recul pour savoir ce que je veux. Ce dont j'ai besoin. Avec une profonde inspiration, je ravale mes derniers sanglots sans larmes, et change de cap pour me diriger vers le manège où Manuel termine avec Jeronimo.

À cet instant précis, je sais ce que je veux.

Je vais dire oui à Christoph Müller.

Mars 2009

Gaëlle nous a annoncé qu'elle est enfin enceinte !

Après trois années infructueuses durant lesquelles j'ai vu ma sœur dépérir, le coup de pouce que les médecins leur ont donné s'est avéré bénéfique.

Je suis contente pour eux.

Elle voulait son premier enfant avant trente ans, ce sera in extremis.

Gaëlle ne supporte pas l'échec. Avec elle, tout doit être parfait. Il faut sauver les apparences, coûte que coûte.

Je suis soulagée que tu ne sois pas arrivé avant que son ventre ne s'arrondisse. Moi, la petite dernière de la fratrie, l'ordre n'aurait pas été logique.

C'est pour ça que toi tu n'as pas encore pointé le bout de ton nez, je le sais. Tu sens ce genre de chose.

Ce n'est pas grave, nous avons tout notre temps.

La vie devant nous.

3

La porte d'entrée s'ouvre avec fracas tandis qu'une double tornade traverse le vestibule et pénètre dans la cuisine. Les longs bras de Lola et d'Emma m'entourent tels des tentacules, menaçant de renverser la tasse brûlante que je tiens entre mes doigts.

— Tatate !

Je ris, toujours sensible au sobriquet que m'attribuent mes neveux et nièces. « Tata Tess », trop difficile à prononcer à l'aube de leur enfance, s'est rapidement mué en un « Tatate » collégial. Les deux adolescentes se dégagent et balancent leurs sacs dans un coin. Dans leur sillage suit une Gaëlle au nez légèrement retroussé, dans une mine de dégoût. Mes sœurs ont chaque fois cette réaction. Chez moi, ça sent le feu de cheminée et le cheval. Nous avons beau tout récurer de fond en comble, l'odeur de nos colocataires s'imprègne partout, ce qui ne nous dérange pas, Manuel et moi. Mais autant dire que l'été, avec les mouches et les rouleaux de scotch qui pendent du plafond, mes sœurs ne mettent pas un pied aux Crins Noirs ! Sauf pour y déposer leur progéniture pour quelques jours de vacances. Comme aujourd'hui.

— On peut aller voir les chevaux ? demande Lola.

— Tiens, ça m'aurait étonnée ! s'exclame sa mère, avec un sourire ironique.

— Ben quoi ?

— Bien sûr que vous pouvez y aller, les filles ! je réponds, avant d'ajouter d'un ton plus sérieux : Je vous demande simplement de ne pas vous approcher de Furtivo, le pur-sang blanc. Il n'est pas encore habitué à être approché par des humains qu'il ne connaît pas.

J'évite le regard de ma sœur, anticipant déjà sa réaction.

— Il est dangereux ?

Elle tente de maîtriser sa voix, mais elle peine à masquer un soupçon de panique.

— Les filles vont faire attention, n'est-ce pas ? Si elles restent à distance, il ne leur fera aucun mal. Il n'est pas méchant. C'est juste que… ses précédents propriétaires ne se sont pas bien occupés de lui.

— T'inquiète pas, Gaëlle, réplique Emma en posant une main sur le bras de ma sœur. On écoute toujours ce que nous disent Tatate et Manuel.

— Oui, enchérit sa cousine. On connaît les chevaux maintenant !

Je peux presque entendre le « mieux que toi » qu'elle ne dit pas. Lola ajoute :

— On sait qu'on ne doit pas faire n'importe quoi avec des êtres vivants. Et puis, on t'a déjà promis dix fois d'être prudentes.

Ma nièce prononce cette dernière phrase avec agacement. Mais son humeur change en une fraction de seconde, et elle envoie un coup de coude dans les côtes d'Emma. Les filles détalent en riant, accueillies par Jasper dans la cour. Je reste seule face à Gaëlle, qui arbore un sourire figé, un brin gênée par les sous-entendus de sa fille. Elle n'a pas besoin de l'être.

Depuis toute petite, je suis un ovni pour les miens. L'amour pour les chevaux, je ne le tiens que du vieux voisin de mes parents. Aucun membre de la famille n'a jamais partagé cette passion. Et si les enfants de mes sœurs aiment venir à tour de rôle à l'écurie, je ne perçois pas chez eux ce lien puissant et viscéral avec l'animal que nous éprouvons, Manuel et moi.

Une fois, j'ai entendu Nathalie, l'aînée de notre tribu, dire à ma mère qu'elles nous laissaient leurs enfants pour combler mon manque maternel. J'ai eu envie d'exploser, mais je me suis retenue. Nathalie est la plus douce de mes sœurs, je sais que ses pensées étaient louables. Dans notre famille, mon problème de fertilité est devenu un tabou. Chacun évite de parler de grossesse devant moi. Il y a quatre ans, Gaëlle a attendu d'être enceinte de six mois pour venir me voir et ouvrir son manteau sur un énorme ballon, m'annonçant, en larmes, qu'elle attendait sa troisième fille. J'ai cru que c'était un accident, ou que les médecins avaient décelé un problème quelconque.

— Mais non, avait sangloté Gaëlle. C'est juste que… toi…

Elle avait désigné mon ventre plat. J'avais dégluti, avalé tant bien que mal la boule de tristesse qui se formait au fond de ma gorge, et je m'étais réjouie :

— C'est merveilleux ! Félicitations à vous deux !

Entre nous, on fait semblant. On se protège, les autres et soi-même. On fait comme on peut. Comme dans toutes les familles.

Gaëlle a ôté son délicat caban fourré crème qu'elle dépose avec précaution sur le dossier de la chaise, avant de s'y asseoir. Je lui propose une tisane. Je collectionne une variété impressionnante de plantes, fleurs, feuilles, tiges et racines séchées en vrac dans des pots en verre. La seule chose à laquelle mes sœurs ne trouvent rien à redire.

— Mmmm, délicieux, s'enthousiasme Gaëlle après la première gorgée. Qu'est-ce que j'ai choisi, déjà ?

— Gingembre romarin.

Je me racle la gorge, prête à lâcher ma bombe. En dehors de Manuel, personne n'est au courant. Quand je l'aurai annoncé à Gaëlle, le secret n'en sera officiellement plus un. Je ne pourrai plus savourer ce moment de répit qui me permet encore de nier la réalité.

— Si vous voulez laisser les enfants une semaine pendant les vacances de février, il faudra voir ça avec Manuel, parce que je ne serai pas là.

Gaëlle, qui sirote sa tisane du bout des lèvres, ne semble pas perturbée par cette information.

— Tu as un stage ?

Je comprends tout de suite sa méprise. Elle croit que je projette de me rendre dans l'écurie d'un maître dont j'admire la technique. Je claque la langue pour lui signifier son erreur.

— On m'a proposé un poste au Parc des Légendes pour préparer l'ouverture de la saison.

Cette fois, Gaëlle manque de recracher sa tisane.

— Quoi ?!

Elle est toute rouge. Si je n'avais pas si peur de la suite de notre conversation, je m'esclafferais.

— Je vais m'occuper du dressage en liberté. Je ne pouvais pas refuser, c'est une chance unique.

— Mais enfin... Tess... Le Parc des Légendes, c'est dans le sud Vendée ?!

— Oui, à Maillezais. Depuis Aizenay, ce n'est pas le bout du monde.

— Tu vas faire la route tous les jours ?

— Deux bonnes heures aller-retour, plus la fatigue de la journée, ce ne serait pas raisonnable. Je loue un petit appart' sur place.

— Et Manuel ?

— Quoi, Manuel ?

— Qu'est-ce qu'il en pense ?

— Ce n'est que temporaire. Trois mois, ce n'est pas si long.

— Ça bouleverse un peu vos projets.

— Quels projets ?

— Ben, tu sais…

J'ai envie de feindre l'incompréhension pour la forcer à prononcer les mots. Mais elle parle avant moi.

— Ça n'a pas marché, pas vrai ? C'est pour ça, tu fuis.

— Je ne fuis rien ni personne. On me propose d'entraîner les chevaux pour qu'ils soient fin prêts à assurer l'un des plus beaux spectacles équestres de France. J'ai vu les images. C'est incroyable. J'ai envie, *vraiment* envie de le faire.

Gaëlle reste silencieuse, m'étudiant avec défiance sous ses sourcils impeccables. Je pense à la sensation d'artifice qu'elle m'inspire souvent, elle qui est toujours tirée à quatre épingles, en quête du meilleur angle de vue pour immortaliser son intérieur dans un cliché où la place de chaque objet est étudiée au millimètre près. Où rien ne dépasse jamais, pas même une mèche de ses cheveux sur lesquels elle s'escrimait, gamine, pour qu'ils soient bien lisses. C'est pourtant la seule de mes sœurs capable d'avoir une discussion franche avec moi. Pas Nathalie, trop douce pour entrer dans le débat, encore moins chercher la confrontation. Pas Isabelle, la deuxième, trop brute de décoffrage et pas empathique pour un sou. Gaëlle, quatre ans de plus que moi, m'a longtemps jalousée. Les aînées aussi, mais elle, elle me l'a dit ouvertement.

Je me souviens d'un soir où Manuel et moi dînions chez elle. Comme à son habitude, elle m'avait montré son compte Instagram pour que je m'extasie sur son nombre faramineux de followers. J'étais tombée par hasard sur un post où une silhouette de femme posait, les mains sur un ventre invisible, dans un geste de désespoir qui m'avait touchée. Poussée par la curiosité, j'avais lu la description en dessous. Gaëlle s'épanchait sur sa peine à voir sa sœur impuissante à donner la vie. Son intrusion dans ce que j'ai de plus intime et cette exposition sur les réseaux à mon insu m'avaient rendue ivre de colère. Je lui avais alors balancé en pleine figure tout un tas de vérités détestables, dont cette superficialité qui m'horripile.

— Et toi alors, tu as perdu de ta toute-puissance depuis que le père a déserté ! avait riposté Gaëlle, acerbe. La fille préférée à son papa ! Ça t'a rendue égoïste et étroite d'esprit.

— Tu es jalouse !

— Jalouse ? Je l'ai été, oui, mais c'est du passé.

— Ah, tu avoues !

— Bien sûr, qu'est-ce que tu crois ? Ça fait quoi, à ton avis, que le père veuille tellement un garçon qu'au troisième enfant, il n'avait réfléchi qu'à un prénom masculin ? Et encore, j'ai eu droit à la version féminine de Gaël. Sauf que je n'avais pas le caractère d'un garçon manqué. Il a fallu qu'il attende la quatrième fille pour avoir ce bonheur. Il n'y a qu'envers toi qu'il ait manifesté un peu d'affection. Demande à Nath et à Isa ce qu'elles en pensent. On était les « laissées-pour-compte ». Toi, il te faisait sauter sur ses genoux.

— Ça ne l'a pas empêché de partir et de fonder une famille ailleurs !

— Oui... Il a fini par l'avoir, son garçon.

— Et par nous oublier définitivement. Moi comprise. Alors pas la peine d'être envieuse envers moi.

— Je sais, c'est pour ça que je ne le suis plus.

Notre dispute s'était muée en mélancolie et nous nous étions trouvées bêtes. Ça m'avait fait du bien d'entendre les reproches de ma sœur. Le sentiment d'injustice qui l'avait bercée, enfant. Elle se raccrochait au matériel pour panser ses blessures. Elle cherchait l'approbation d'autrui pour combler le vide paternel. Mes sœurs et moi partageons au moins une chose : nous avons toutes déçu le père, parce que nous sommes nées filles alors qu'il rêvait d'un garçon. Sauf que nous n'avons pas la même position dans la fratrie : à la première, le père pouvait se dire qu'il y avait encore de l'espoir. Arrivé à la petite dernière, il n'avait plus qu'à accepter le destin. Et moi qui m'imagine indomptable, peut-être qu'en réalité je ne cherchais qu'à éveiller son intérêt ?

— C'est toi qui as raison, concède Gaëlle, aujourd'hui dans ma cuisine, en caressant rêveusement la petite brèche sur le bord de sa tasse. Tu dois profiter de la vie. Vous réessaierez plus tard… Tu t'es donné jusqu'à tes quarante ans, c'est bien cela ?

Je soupire.

— On verra…

Tout à coup, je me demande si je trouverai la force de soumettre mon corps à un quatrième protocole de FIV. Peut-être est-ce fini.

Quand Manuel fait irruption dans la cuisine, je le remercie mentalement de ne pas me laisser le temps de confier mes pensées. Loin de moi l'envie de m'épancher devant ma sœur sur mon état de fatigue, physique et moral.

— Salut, oh bel étalon ! s'exclame joyeusement Gaëlle en se levant pour biser son beau-frère. Tu as montré aux filles de quel cheval elles doivent se méfier ?

Manuel acquiesce, l'air aussi agacé que nos nièces par cette protection abusive. Fut une époque, Gaëlle aurait répliqué : « Tu verras, quand ce sera ton tour. » Maintenant, elle n'ajoute plus rien. Ce dont je lui sais gré, d'ailleurs.

Manuel se lave soigneusement les mains, puis se prépare un café. Lorsque Gaëlle, sur le ton du badinage, lui explique que je l'ai mise au courant pour mes trois mois au parc à thème, il a le dos tourné. Je ne vois pas son visage, mais je devine ses lèvres plus pincées qu'à l'ordinaire, ses épais sourcils bruns froncés. Ses épaules se sont légèrement affaissées, comme s'il se résignait à une situation qui lui pèse. Le jour où je lui ai annoncé ma décision, il a réagi de la même manière. Je ne lui ai pas laissé le choix. Je ne savais pas encore si le poste était toujours disponible, mais je sentais en moi le besoin impérieux d'accomplir cette mission. Présenté ainsi, ça avait paru un peu farfelu à Manuel, dont l'esprit pragmatique et cartésien réclame des éléments tangibles. Le soir, il était venu me voir avec un papier froissé qu'il avait pris soin d'aplatir. J'avais reconnu mes résultats de prise de sang.

— D'habitude, on l'ouvre ensemble.

Sa voix était empreinte d'une tristesse qui évoquait un temps déjà révolu.

— J'ai voulu conjurer le sort, mais ça n'a rien changé.

— C'est pour ça que tu pars ?

— J'en ai besoin. On en a besoin.

— Tu t'éloignes de moi.

— C'est pour mieux revenir, Manuel.

— Ou partir.

— Savoir ce que je veux, en tout cas.

— Tess, il y a d'autres moyens…

Son ton suppliant n'insinuait pas d'autres façons de faire le point, mais plutôt d'autres façons d'avoir un enfant. Il suggérait un chemin que je ne suis pas prête à emprunter. Celui où le cœur compte plus que le sang. On s'était promis d'aborder l'idée de l'adoption après mon quarantième anniversaire. Pas avant. Or, Manuel a toujours une longueur d'avance.

Gaëlle continue de parler de mon départ, pose des questions sur notre organisation. J'explique que nous avons Nadia sur qui nous pouvons compter, même si elle ne sera pas capable de me remplacer pour les cours de dressage – nous n'en proposerons donc pas durant cette période. La jeune femme a accepté de loger dans la dépendance quelques semaines avant mon retour, pour aider aux premiers poulinages nocturnes. Elle ne demande que ça. Aussi, entre Nadia, nos autres élèves, le palefrenier, les deux enseignantes qui donnent les cours aux enfants et aux adultes, et Manuel, il y a assez de monde aux Crins Noirs pour pallier mon absence.

Manuel garde obstinément le silence. Quand il l'a décidé, il peut se montrer très buté. Ma sœur prend ma défense, arguant qu'après tout ce que j'ai traversé, j'ai le droit de m'accorder une pause. Je lève le regard vers elle, un peu étonnée. Manuel marmonne un vague « Elle n'est pas la seule à vivre tout ça ». Gaëlle achève le bras de fer d'une voix claire et distincte :

— Mon cher beau-frère, c'est son corps à elle qui morfle. Elle aura beau partager avec nous ses blessures et ses états d'âme, ce que son corps subit, personne d'autre ne peut le ressentir. Alors, ne la jugeons pas.

Puis elle m'adresse un clin d'œil en ajoutant :

— Tu peux me montrer ton nouveau poulain ? Un pur-sang fougueux, ça devrait plaire à mes followers !

Janvier 2022

Avant de commencer à travailler au Parc des Légendes, j'ai écumé tous les sites qui le mentionnent. Je ne voulais pas paraître inculte au sujet de cette institution que tout bon Vendéen est censé connaître ! L'histoire qui entoure sa création ne manque pas de romanesque. Laisse-moi te la raconter :

Monsieur Jean-Paul Du Buisson possédait des écuries à Maillezais, non loin de l'abbaye, qu'il tenait de sa noble ascendance. Malheureusement, les clients se faisaient de plus en plus rares. Il savait que l'heure était venue pour lui de se renouveler en proposant autre chose que de simples cours d'équitation. Mais il n'avait pas la moindre idée de comment s'y prendre. Il ne pouvait pas non plus compter sur son fils, Jérôme, parti se former à la fauconnerie, pour l'aider.

Un jour, M. Du Buisson récupéra un vieux manège à l'abandon. Il le nettoya, redonna un coup de jeune aux chevaux de bois et répara le mécanisme. Il espérait s'attirer davantage de clients en divertissant les enfants dans la cour intérieure de ses écuries. C'est ce qui se produisit. Se prenant au jeu, M. Du Buisson acheta des costumes de différentes époques qu'il mit à disposition des enfants, grimés le temps de quelques tours de manège en chevaliers ou en mousquetaires. Comme il était féru d'histoire, de mythes et de légendes, il installa une alcôve dans un coin de l'écurie, avec des coussins sur le sol, pour que les enfants l'écoutent conter. Son public grandissait et on ne l'arrêtait plus.

Jérôme Du Buisson s'intéressa à la nouvelle lubie de son père et eut l'idée de proposer des spectacles mettant en scène des chevaux et des rapaces. Jean-Paul Du Buisson se plongea dans ses livres pour puiser l'inspiration. Ils recrutèrent des acteurs et commencèrent par de simples joutes du Moyen Âge. Au fil du temps, s'ajoutèrent des spectacles plus exigeants et variés. Les guerres de Vendée, le Compère Guillery, les légendes de Mélusine, de Merlin l'enchanteur, l'île d'Avalon, etc.

Aujourd'hui, Jean-Paul Du Buisson est retraité et son fils Jérôme à la tête d'un empire.

Les écuries de l'époque abritent toujours les chevaux. C'est là que je dois bientôt me rendre.

4

La nuit a été courte. Dans le minuscule miroir constellé de taches de rouille, accroché si haut au-dessus de l'étroit lavabo que je suis obligée de me hisser sur la pointe des pieds pour apercevoir le début de mon cou, je crains de découvrir des cernes violacés et un teint blême. Mais non. J'ai une petite mine, sans que mes yeux verts trahissent pour autant mon angoisse. Je m'éclabousse le visage d'eau froide et rassemble mes cheveux châtains en une queue-de-cheval, mon éternelle coiffure. Je suis réveillée depuis quatre heures du matin. Aujourd'hui, c'est mon premier jour au Parc des Légendes. Je me fais l'effet d'une étudiante juste avant sa rentrée à la fac. Cette pensée m'excite. C'est un peu comme un retour en arrière, aux années de l'insouciance. *L'insouciance.* J'aime bien ce mot. N'est-ce pas ce que je suis venue chercher ici ? Se détacher de ce qui fait mal. S'anesthésier un instant.

Je me suis installée hier soir. Christoph m'a trouvé un petit logement chez l'habitante à Maillezais. Un mini-studio composé d'un canapé convertible et d'une kitchenette – je peux manger à table depuis mon lit –, ainsi que d'une pièce d'eau attenante exiguë. La propriétaire est une vieille dame qui loue tous les ans à un saisonnier du parc pour arrondir ses fins de mois et s'assurer une présence sous son toit la nuit. Christoph me l'a réservé avant même que je ne lui donne ma réponse. Quand je l'ai appelé pour lui dire que j'acceptais le poste, il m'a d'abord fait croire qu'il avait déjà embauché quelqu'un. J'ai failli raccrocher, résignée, mais terriblement déçue. Il m'a alors avoué avoir cherché un autre dresseur, au cas où, mais que je restais son premier choix. Il savait que je finirais par le contacter. Il me paraît bien sûr de lui...

Manuel n'a pas l'air de beaucoup l'aimer. Christoph m'a demandé de l'appeler Chris, mais je ne veux pas utiliser ce surnom devant lui, de peur qu'il ne se méprenne.

Hier soir, avant que je ne quitte les Crins Noirs, mon mari m'a souhaité bonne chance, du bout des lèvres. Pour cette première séparation, je ne m'absente que deux jours : mon contrat débute un samedi, et je suis en repos les lundis et mardis. Cela ne m'a pas empêchée de me blottir dans ses bras comme si je ne revenais que le mois suivant. La culpabilité a failli me faire changer d'avis. J'ai sondé son regard, en quête d'un assentiment muet. Mais je n'y ai pas décelé la moindre étincelle. Je ne peux pas le lui reprocher. C'est moi qui pars. Et les torts viennent toujours de celui qui part.

Je n'ai pas réussi à prononcer un mot en quittant Cachou. J'aurais peut-être dû, mon vieux cheval en a tellement entendu. Il aurait sûrement mieux compris un long flot de paroles décousues plutôt qu'une simple étreinte angoissée. J'ai reporté ma tension sur lui, je l'ai senti nerveux. À son âge, il n'a pas besoin de ça. C'est aussi ce qui me rend toute chose : ne pas profiter de lui alors que la fin approche. Combien de temps lui reste-t-il ? Quelques mois ? Un ou deux ans tout au plus... Je reviendrai chaque semaine, mais comment réagira-t-il face à mon absence cinq jours sur sept ? J'ai donné des consignes à Nadia. Il ne sera pas malheureux. C'est cette dernière pensée que je choisis de retenir avant de me diriger vers ma voiture pour me rendre sur le site.

Le trajet est court, il me faut huit minutes pour arriver. Je dépasse l'entrée, en espérant me souvenir des consignes édictées au téléphone par Christoph, qui nous rejoindra plus tard dans la matinée. Il m'a parlé d'un accès extérieur, destiné au personnel. Je fais le tour, tout en jetant un œil à l'horloge du tableau de bord : il est sept heures trente-cinq. Je suis attendue à huit heures pour le nettoyage des box, la première tâche de la journée. Selon Christoph, les écuries sont proches du parking. Je peux repérer les lieux tranquillement. Les chevaux des Compères sont abrités avec ceux de la Croisade des Chevaliers ; cela facilite le déplacement des bêtes entre chaque numéro, puisqu'il suffit de traverser l'allée centrale pour accéder au Théâtre, là où se déroulent les spectacles.

Assez vite, une barrière m'oblige à m'arrêter. Je me penche vers le siège passager pour sortir de mon sac la carte magnétique que Christoph m'a transmise par l'intermédiaire de ma propriétaire. J'ai beau retourner l'intégralité de ma besace, je ne la trouve pas. Une image s'impose alors à mon esprit : le badge est resté sur la table de la cuisine... Comment vais-je réussir à entrer ? De plus en plus fébrile, je calcule le temps qu'il me faudrait pour faire l'aller-retour jusqu'à mon logement. En me dépêchant, c'est jouable. Je m'apprête à faire demi-tour, quand mon regard se pose sur un interphone. Si cela peut m'éviter des kilomètres inutiles, je veux bien tenter le coup. J'appuie sur le bouton. Au bout de quelques secondes, une voix masculine me répond. Son ton bourru me donne immédiatement envie de me cacher dans un trou de souris.

L'homme m'annonce qu'il va venir à ma rencontre. La contrariété que je décèle à travers le crachin électronique m'amène mentalement à la question suivante : pourquoi ne m'ouvre-t-il pas à distance ? Le protocole requiert sûrement une vérification en personne. L'horloge digitale de ma voiture m'apprend qu'il est déjà moins le quart. Pour faire baisser la pression, je m'oblige à songer à des idées apaisantes. Je me téléporte ainsi à près de quatre-vingt-dix kilomètres de là, à Aizenay. Je pense à Manuel, juché bien droit sur Jeronimo ou sur Jolly, les deux jeunes chevaux qu'il débourre. J'imagine mon Cachou, couché dans son paddock. Nadia, excitée de pouvoir s'occuper des soins de Neige, sa jument préférée, qui va pouliner au printemps. Furtivo, se défoulant dans le pré, la crinière au vent.

Quand je m'inquiète de nouveau de l'heure, celle-ci a avancé de dix minutes. Nul doute cette fois que je vais être en retard, même en tentant d'aller récupérer ma carte. Maudissant l'interphone qui a croisé mon regard, j'appuie une nouvelle fois sur le bouton, croyant avoir été oubliée. Personne ne décroche, le gardien doit être en chemin. Je soupire, désemparée, lorsqu'une voiture se matérialise dans mon rétroviseur. Je me range pour la laisser passer. Le conducteur active son pass et la barrière s'ouvre. Je suis sur le point de le suivre sans demander mon reste, mais une silhouette, petite et trapue, apparaît devant moi. Je me dégonfle instantanément. Je descends donc de voiture et vais à la rencontre du gardien, dont la démarche nonchalante menace de me faire perdre patience. Je lui explique la situation.

— Vous avez vos papiers ? m'interrompt-il.

Surprise par une telle rigueur, j'acquiesce et retourne à ma voiture en priant intérieurement pour avoir ce qu'il faut dans mon portefeuille. Avec un soupir de soulagement, j'y trouve ma carte d'identité, que je m'empresse de présenter à l'homme. Il l'étudie, tout comme mon véhicule. Je me demande bien ce qu'il cherche. Il finit par passer sa carte sur la borne, presque à contrecœur. Je me contente d'un signe de tête laconique en le dépassant.

J'arrive aux écuries essoufflée et les joues en feu. Malgré ma nervosité, je suis fascinée par ces lieux chargés d'histoire : je me trouve ici devant les bâtiments les plus anciens du parc, tout en pierre, qui formaient le centre équestre d'origine. Au milieu de la cour se dresse toujours le vieux carrousel, témoin immobile d'une époque où M. Du Buisson a fait preuve de génie.

— Bonjour ! m'exclamé-je en direction d'une soigneuse en plein travail de pansage.

— Salut, me répond-elle en me toisant avec circonspection.

— Désolée pour le retard, j'avais oublié mon badge.

— Oh ! Tu es tombée sur le Grandsec, alors.

Je réfléchis, peu convaincue d'avoir eu affaire à la même personne, malgré l'air compatissant de mon interlocutrice.

— Un petit gros ? insiste-t-elle.

J'approuve, amusée par l'incongruité du surnom.

— Le plus zélé de tous, reprend-elle en haussant les sourcils. Il a toujours l'impression qu'on fraude ou qu'on planque quelqu'un pour le faire entrer sans autorisation.

Puis elle chuchote d'un air de conspiratrice :

— Un conseil, n'oublie plus jamais ton badge.

Elle se tourne ensuite vers l'arrière :

— Guigui !

Une autre fille émerge d'un box, une fourche à la main.

— Quoi ?

— Une nouvelle.

Cette dernière m'examine de la tête aux pieds et me sourit. Son visage est rond, et ses yeux clairs, ronds eux aussi, semblent grands ouverts sur le monde. Ses sourcils et ses cils sont si blonds qu'on l'en dirait dépourvue. Elle me fait penser à un personnage de conte scandinave.

— Tu vas t'occuper de Cacahuète.

Dans la travée centrale, elle attrape un chariot avec du matériel de pansage et de brossage, qu'elle fait rouler devant moi, comme une infirmière. Puis elle me guide jusqu'aux box des chevaux de trait. Le dénommé Cacahuète est un animal lourd et puissant, qui m'étudie avec défiance sous la frange blanche qui lui mange les yeux.

— Les chevaux blancs sont shampooinés tous les jours, sinon l'urine leur laisse des traces jaunâtres. Cacahuète aussi. Même si… bref, il n'aime pas trop ça. Les douches, c'est par là-bas, suis-moi.

« Guigui », qui me dépasse d'une bonne tête, me colle la bride du cheval dans les mains et m'entraîne à l'arrière du bâtiment, vers un jet d'eau solitaire. De l'autre côté de la porte, de magnifiques chevaux se font laver. Ils ressemblent à Furtivo – en moins beaux, bien sûr. Je pencherais pour des lusitaniens. Je regarde Cacahuète, qui fait piètre figure à côté. Ses bas de jambes sont tout égratignés. Je les désigne en me tournant vers Guigui.

— Qu'est-ce qu'il s'est fait ?

— Il se les mord, me répond Guigui, désolée. (Puis elle ajoute :) Fais attention.

À cet instant précis, quelque chose de pointu m'atteint aux tibias.

— Aïe !

Je lève la jambe pour frotter l'endroit douloureux et observe autour de moi.

— Qu'est-ce que c'était ?

Guigui se marre.

— C'est lui, fait-elle en désignant Cacahuète. Il donne des coups de pied sur le côté.

Ma compagne se met à rire de plus belle. Elle dégage une force tranquille apaisante. Pourtant, à ce moment-là, je la trouve irritante ! Je m'écarte du cheval de trait. On ne me l'avait jamais faite, celle-là !

— Ça va aller ? me demande Guigui, que je soupçonne d'être complice avec l'animal.

J'acquiesce, tout en songeant que m'avoir attribué Cacahuète n'est pas très sympathique pour une première journée. Quoi qu'il en soit, des chevaux mal lunés, j'en ai vu d'autres dans ma carrière ; ce n'est pas un vieux canasson grincheux qui va me faire peur. Guigui s'éloigne, un grand sourire aux lèvres, tandis que je me saisis du jet d'eau et du shampooing.

La douche de Cacahuète restera gravée dans ma mémoire. Je dois sans cesse éviter ses coups de sabot perfides. Évidemment, le cheval ne veut pas donner ses pieds, car le produit et l'eau piquent les plaies sur ses jambes. Il n'aime pas non plus qu'on lui touche la queue, et il fait claquer ses dents en direction de ma veste pour me signifier son mécontentement.

— Allons, mon gros, je lui murmure. Laisse-toi faire. Tu verras comme on est bien quand on se sent tout propre. OK, tu n'as pas une tête de gentil. Mais tu l'aimes, cette vie. On a besoin de toi sur les spectacles. Et nous, on est juste là pour s'occuper de toi…

Je continue ainsi, tentant de lui communiquer ce souffle de sérénité qui lui manque. Mais Cacahuète n'est pas du genre à se laisser amadouer. Il n'a pas envie qu'on le touche et il s'emploie à me le démontrer, infatigable, jusqu'à ce que j'en aie fini avec lui. Je suis en nage quand je range le matériel. Je n'ai eu le temps de m'occuper que d'un cheval, alors que tout le monde termine.

— Tu as eu droit à ton bizutage, m'apprend la jeune femme qui m'a parlé du Grandsec.

— Tu veux dire que soigner Cacahuète est réservé aux retardataires ?

Elle m'envoie un clin d'œil amusé et un sourire compatissant.

Je jure en moi-même que jamais plus je n'arriverai après l'heure.

Septembre 2013

J'ai fait mon apprentissage aux écuries Delacourt, aux Sables-d'Olonne. Au bout des trois ans, les propriétaires m'ont engagée. Ils voulaient développer la partie dressage de leur structure. Mme Delacourt prônait les valeurs de l'éthologie équine. Elle me parlait d'Andy Booth et de Ray Hunt, experts dans leur domaine. Elle avait plein d'idées et de connaissances, mais elle ne se sentait pas capable de les mettre en pratique. Avec son mari, ils m'appelaient « la chuchoteuse ». C'était pour moi le plus beau des compliments. J'avais l'impression d'être la version féminine de Robert Redford.

Depuis que M. Henry m'avait offert Cachou pour mon dix-huitième anniversaire, il vivait chez eux. Je pouvais le voir tous les jours.

La première fois que j'ai rencontré Manuel, il venait d'être embauché par les Delacourt. Je l'avais entendu parler de ses parents qui vivaient en Espagne, du haras de La Roche-sur-Yon qui n'avait plus besoin de ses services. Beau brun ténébreux, il avait un petit air insaisissable. Vêtu d'un jean et d'une chemise, il m'a tout de suite fait penser à un cow-boy. Ne manquait plus que le chapeau.

Mes employeurs organisaient bientôt des portes ouvertes. En guise d'attraction pour la journée, j'avais mis au point un petit spectacle avec Cachou. Quelques pas de liberté, et du monté. J'avais appris à mon cheval à se laisser tomber en douceur alors que je me trouvais sur son dos. Ça donnait l'impression qu'il s'écroulait raide mort sous le coup d'une balle, comme dans les films. J'étais très fière de ma « cascade ».

Ce jour-là, quand Cachou s'est affaissé et que j'ai roulé sur le côté, j'ai entendu des pas précipités accourir vers moi à grand renfort de « Ça va ? Vous n'êtes pas blessée ? ». J'ai levé les yeux et découvert le fameux cow-boy. Il m'a tendu la main d'un air inquiet. Je l'ai saisie sans cesser de le regarder. Puis j'ai éclaté de rire, sans parvenir à m'arrêter. Ça a duré si longtemps que, lorsque je me suis enfin calmée, il ne savait plus où se mettre. Une rougeur avait envahi ses joues. Fixant ses chaussures, il a bafouillé que c'était moi, alors, « la chuchoteuse ». Je ne sais pas pourquoi, mais à cet instant, une furieuse envie de l'embrasser m'a envahie, que j'ai retenue. Il a redressé la tête et m'a demandé comment il pouvait rattraper son erreur. Je lui ai donné la première réponse qui m'a traversé l'esprit :

« Invite-moi à boire un verre. »

Si tu avais vu sa tête, c'était à mourir de rire !

Moi, la fille sans histoires, sauvage et introvertie, j'étais devenue, à son contact, à la fois spontanée et téméraire. M. Henry m'avait dit un jour que « la fortune sourit aux audacieux », alors j'ai décidé d'y voir le signe de ma bonne étoile.

5

Après avoir conduit les chevaux qui passeront la journée au vert dans les prés bordant le parc, je me sens déjà fourbue. J'ai pourtant l'habitude de ce rythme frénétique, mais aujourd'hui qu'il s'ajoute au stress de la nouveauté, mon corps réclame déjà une pause. Je ne l'écoute pas, la journée est loin d'être terminée.

La soigneuse qui a vendu la mèche s'appelle Eva. Nous nous verrons souvent, puisqu'elle s'occupe aussi du spectacle des Compères. Je lui sais gré de me servir de guide. Elle me désigne un lusitanien blanc à conduire jusqu'au manège, tandis qu'elle en tient un autre par la bride. Cette race portugaise est très prisée pour les spectacles équestres. Les chevaux, aux lignes élancées, sont dotés d'un véritable talent pour le dressage et nouent avec leurs maîtres une relation unique. Ce sont des animaux besogneux, qui ont soif d'apprendre et qui aiment montrer leurs prouesses.

Le parc les achète directement en Espagne ou au Portugal, conservant leur nom d'origine.

J'ai hâte de travailler à leur contact. Aux Crins Noirs, nous sommes habitués au Selle français. C'est la race de notre élevage – celle de Cachou, aussi –, entre autres destinée aux compétitions de sauts d'obstacles.

Le ciel est d'un bleu pâle, presque blanc. La réverbération lumineuse m'oblige à plisser les yeux. Mis à part les sabots des chevaux qui résonnent sur le sol, on n'entend pas un bruit aux alentours. La nature semble figée, endormie sous le froid vif et pénétrant. Sur le chemin, je discute avec Eva. Quand je lui annonce que je suis là pour remplacer Christoph, elle me jette un regard admiratif. Je serai la maîtresse du dressage. La cheffe d'orchestre. La réaction exaltée de ma collègue me fait prendre conscience que je n'ai peut-être pas pris la mesure du poste avant d'accepter. Je n'ai jamais entraîné des chevaux de spectacles entourée d'une équipe. Comment ai-je pu croire autant en mes capacités ?

Eva m'apprend que quinze équidés sont formés pour le dressage en liberté. Un premier groupe travaille d'abord au manège, tandis que le restant est dispatché dans le rond de longe automatique – espèce de camembert où chaque cheval est placé dans une portion pour marcher – ou à la carrière, si la météo le permet. Au pré durant tout l'hiver, les chevaux n'y vont plus une fois la saison lancée. Les soigneurs n'ont plus le temps de les y conduire, et les animaux doivent faire de l'exercice quotidiennement, y compris durant leurs journées de repos. Ils alternent donc entre le box et le marcheur. Les montures du parc sont de vraies athlètes, et entraînées comme telles. Leur nourriture est calibrée en fonction de leurs dépenses énergétiques.

En pénétrant dans le manège, je reconnais avec surprise la dénommée Guigui, celle qui m'a bizutée sans vergogne ce matin. Elle est occupée à détendre à la longe un cheval au dos tacheté de gris. Je m'approche d'elle, espérant paraître plus sûre de moi que je ne le suis vraiment.

— Guylaine ?

La jeune femme ne m'accorde pas un regard.

— Guylaine ? je répète un peu plus fort. Je suis Tess. Je remplace Christoph Müller.

J'aurais aimé qu'il soit là pour faire les présentations, mais il n'est manifestement pas encore arrivé. Guylaine se tourne alors vers moi, stoppant l'animal.

— Oh, dit-elle. Désolée… pour Cacahuète.

Son air rieur dément ses propos, mais je feins de ne pas le remarquer.

— Bienvenue au Parc des Légendes. Ici, on chambre, on ne déroule pas le tapis rouge aux petits nouveaux. Mais ce n'est jamais méchant. C'est notre façon de briser la glace.

Elle accentue son sourire, que je trouve énigmatique.

— Au fait, pourquoi Guylaine ? demande-t-elle.

Je me sens soudain bête.

— Euh… J'ai pensé… Guigui… Guylaine. C'est ce qui m'est venu en premier.

— Raté. Je m'appelle Guillemette. Mais pour tout le monde ici, je suis Guigui. Mon prénom ne plaisait pas.

— C'est dommage. Guillemette, ça sonne mieux…

— Va leur dire, aux collègues ! Quand ils n'aiment pas ton nom, ils te trouvent un surnom, ou ils t'en choisissent un qui n'a rien à voir. Mais, comme je te disais, c'est bon enfant. Et toi, c'est Tess, c'est ça ? On va le garder. Il n'y a pas d'autre Tess, et puis c'est mignon.

Elle a eu l'air de réfléchir à ses dernières paroles, et, étrangement, je me sens soulagée d'avoir passé l'épreuve du prénom.

Guillemette m'explique que le travail commence toujours de la même façon : détente et échauffement. Je suis suffisamment aguerrie pour le savoir, mais elle semble si enthousiaste à l'idée de faire office de tutrice, que je me contente de l'écouter en hochant la tête. Elle demande ensuite aux soigneurs de poursuivre leur tâche avec les chevaux, tandis qu'elle me conduit dans le lieu où l'entraînement du spectacle débutera et où se jouent les représentations des Compères de Guillery. Ils nous rejoindront après.

Nous traversons donc l'allée centrale du parc et nous arrêtons quelques secondes devant le Théâtre, pour contempler l'immense façade style XVIe siècle, ornée d'armoiries sculptées et de bas-reliefs équestres. Guillemette n'est pas peu fière de me faire faire le tour du propriétaire. Nous nous faufilons dans les entrailles du bâtiment, qu'elle connaît par cœur. D'abord les coulisses, avec les vestiaires où les acteurs se maquillent et se costument. Elle me montre les écrans qui font défiler les noms des personnes prévues pour chaque rôle. L'espace où les chevaux attendent leur tour, serrés les uns contre les autres derrière le lourd rideau rouge – « Le plus grand du monde ! » s'extasie mon guide –, tels des artistes luttant contre le trac. Nous pénétrons ensuite l'enceinte où Guillemette se produit six mois par an. La jeune femme est incollable sur les détails techniques. Elle me parle de la surface de la scène, deux fois plus vaste que celle du zénith de Paris. De sa capacité à se transformer en étendue d'eau en seulement quelques minutes. Des dizaines de kilomètres de câbles pour relier les projecteurs et le système audio.

— Quand on pense que tout n'est parti que d'un simple manège de chevaux de bois ! me rappelle Guillemette non sans fierté.

Elle me raconte ensuite l'histoire jouée au sein du Théâtre, celle de Philippe Guillery. Le brigand vendéen au grand cœur est encore connu plus de quatre cents ans après sa mort tragique, grâce à la fameuse comptine « Compère Guilleri » – dont le « y » s'est mué en « i ». Avec une trentaine d'hommes, ils formaient une bande appelée « Les Compères Guillery ». Le spectacle est orienté vers une version imaginaire de ce Robin des Bois du XVIe siècle, selon laquelle il serait tombé amoureux fou de la fille d'un noble qu'il avait détroussé. Dans le but de séduire sa belle et de se repentir auprès de sa famille, il s'était mis en tête de dompter des chevaux sauvages et d'organiser une fête grandiose, digne des plus grands seigneurs.

Dans le calme du Théâtre, j'entends les pas cadencés des chevaux, mêlés à ceux aériens des danseuses. Les roulements de tambour et l'écho des épées qui s'entrechoquent. La voix profonde des acteurs, et les applaudissements étourdissants. La passion qui fait vibrer Guillemette est contagieuse, me faisant presque regretter mon départ avant le début de la saison. Je ne vivrai pas cette effervescence, cet esprit de famille où tous les membres sont réunis dans un seul but : offrir un instant de rêve et de magie aux spectateurs.

— Les chevaux connaissent parfaitement l'enchaînement de la petite séquence de deux minutes quarante-six qui a demandé deux ans d'élaboration. Je suppose que Chris t'a montré de quoi il s'agit ?

Je revois les trois chevaux de la vidéo, vêtus de costumes blancs luminescents, guidés dans le noir par leur maître, parfaitement synchrones avec la musique. Un moment poétique et complice, d'une intensité à nulle autre pareille. Moins de trois minutes d'émotion qui m'ont fait frissonner. Tous les éléments sont contre nature pour les chevaux : l'obscurité dans laquelle ils perdent tous leurs repères, le volume de la musique, les applaudissements. Pourtant, ils suivent le dresseur sans hésiter. Quelle fierté, si je parviens à en faire autant !

Guillemette poursuit :

— Les chevaux sont tous des habitués… sauf deux. Nous avons un petit nouveau, Gatsby.

— Il n'a pas un nom à consonance latine, celui-ci, je ne peux m'empêcher de remarquer.

— Ça aurait dû leur mettre la puce à l'oreille, ils auraient dû se méfier, plaisante Guillemette. D'ailleurs, le voilà, c'est celui qui est avec Eva.

Je suis son regard, qui a repéré l'arrivée des autres. Le dénommé Gatsby me paraît appliqué, avec un esprit joueur. Il serait d'un blanc immaculé, s'il n'avait pas une étoile grise en plein milieu du front. Sa marque à lui.

Mon guide reprend :

— Nos chevaux fonctionnent souvent par trio. Ils ont leurs habitudes ensemble et se font confiance. Gatsby est venu remplacer un cheval maintenant à la retraite : au bout de dix ans de bons et loyaux services, nos montures partent vivre leurs vieux jours chez d'autres propriétaires. L'ennui, c'est que Santos, le troisième larron du trio, s'est gravement blessé à une jambe la semaine dernière. Nous avons dû lui trouver un remplaçant en urgence, le temps d'assurer l'intérim. C'est Desvelo, l'étalon que tu as ramené des box. C'est un cheval de voltige, il connaît donc les codes de la voltige cosaque, mais pas ceux de la liberté.

— Deux nouveaux dans un trio ?

— Oui.

— Pourquoi vous ne mélangez pas les groupes ?

— Je te l'ai dit, ils sont habitués à travailler ensemble. Nous les avons entraînés ainsi.

Je me retiens de rétorquer que les chevaux ont besoin de changement, que leur routine doit être cassée de temps en temps ; que deux groupes avec un nouveau vaudraient mieux qu'un seul avec deux dilettantes. Je ne voudrais pas paraître blessante ou présomptueuse de me permettre de dispenser des conseils alors que je viens à peine d'arriver.

— Chris dit que les repères, c'est très important pour les chevaux. C'est un acharné, ses efforts finissent toujours par payer. Ce spectacle, c'est son bébé. Il l'avait en tête depuis des années avant de le monter.

Je lis dans la voix de Guillemette toute son admiration pour le maître dresseur. Elle se tourne vers moi.

— Tu modifierais les trios, toi ?

— Eh bien… Je suppose que Christoph a ses raisons de fonctionner ainsi…

— Chris ! s'exclame une voix dans mon dos.

Je sursaute et fais volte-face. Même armée de ses béquilles, la silhouette de Christoph est impressionnante.

— Ici, je suis Chris, insiste-t-il d'un ton moins abrupt.

Je repense à l'histoire des surnoms.

— Il y a déjà un autre Christophe ?

— Tu as été mise au parfum de nos pratiques, merci, Guigui.

Il s'adresse à ma nouvelle collègue, mais continue de m'observer. Son regard est tel que dans mes souvenirs : un rayon laser capable de scanner au plus profond de l'âme. C'est dérangeant, mais pas désagréable.

— Guigui, occupe-toi de Desvelo, ordonne-t-il.

La jeune femme s'exécute sans un mot et va libérer le soigneur en charge de l'animal. Chris dégage une autorité naturelle qui force le respect. Je me demande si c'était lui, le dresseur vêtu de blanc dans la vidéo du spectacle. Avec les chevaux, je peux me montrer autoritaire. Mais avec les humains… c'est une autre paire de manches.

— Alors ça y est, tu es là.

Un demi-sourire flotte sur son visage, qui finit par se transformer en un rictus de douleur.

— Merde, ça fait un mal de chien, ces conneries !

Il grimace en s'appuyant un peu plus sur ses béquilles, de sorte à soulager ses jambes. L'une d'elles est encerclée par une grosse attelle.

— Tu veux bien aller chercher deux chaises ?

Je m'exécute. J'en avais repéré dans un coin, je comprends qu'elles lui étaient destinées. Il s'installe sur l'un des sièges et je l'aide à placer sa jambe fraîchement opérée sur le second. Chris expire de soulagement, ses traits s'apaisent.

— Je suis en retard. C'est Fab qui m'a emmené. Je te le présenterai tout à l'heure. C'est le responsable des chevaux pour les Compères. Pour l'instant, il a dû rester avec le vétérinaire qui est venu consulter Santos.

— Comment va-t-il ?

— C'est cuit pour cette saison. Il va lui falloir de la patience. Santos est un bosseur. Il est fait pour le spectacle. Il va trouver dur de devoir rester au repos.

Chris contemple sa propre jambe, compatissant sans doute à la douleur et à la frustration de l'étalon blessé. Je me demande de qui il vient réellement de parler. Je sens toute la fougue qui bouillonne en lui.

— De quoi vous discutiez, à propos des groupes ? demande-t-il, plongeant ses yeux gris dans les miens.

Je suis prise au dépourvu par sa manière d'aller droit au but.

— Tu n'avais pas l'air d'accord avec ma façon de faire.

— Ce n'est pas ce que j'ai dit.

— J'entends parfois ce qu'on ne dit pas.

Cash et perspicace. Je n'essaie pas de tourner davantage autour du pot, et lui explique ma vision des choses : mélanger les groupes de temps en temps serait selon moi bénéfique pour les chevaux, afin qu'ils soient capables de s'adapter facilement en cas de changement forcé de partenaire.

— Je savais que je prenais la bonne décision en faisant appel à toi. Tu m'as l'air obstinée.

Je me renfrogne et croise les bras sur ma poitrine.

— Je plaisante. Enfin si, tu es butée, j'en suis sûr, mais ce n'est pas pour ça que je t'ai choisie. Lucien avait raison.

— Lucien ?...

— Lucien Gruss.

— Vous le connaissez ?

Je me suis exprimée avec plus de véhémence que je ne l'aurais voulu. J'admire énormément Lucien Gruss. Je me suis plusieurs fois rendue aux stages qu'il propose. C'est un dresseur qui a une connaissance incroyable des équidés.

— Il vient tous les ans au Parc des Légendes nous apporter son expertise. Tu as bien écouté ses leçons, on dirait.

Je hoche la tête. L'idée d'éviter que les chevaux ne s'enlisent dans une facilité routinière vient effectivement de lui. Chris reprend :

— Quand je lui ai dit que je cherchais quelqu'un pour me remplacer, il m'a parlé de toi.

Je n'en reviens pas. Cette révélation résonne comme une consécration.

— Ainsi que ma sœur. Même si ça va te paraître difficile à croire, la parole d'Hilda a autant de valeur pour moi que celle de Lucien !

Ses yeux se remplissent d'une affection attendrie. Je suis presque plus touchée par cette marque de respect fraternel que par les recommandations de Lucien Gruss.

Chris émet soudain un sifflement et la scène entière, transformée en manège, semble se figer instantanément. Les étalons tendent leurs oreilles dans notre direction et les soigneurs abaissent bras et sticks le long de leur corps. Déçu que les exercices prennent fin brusquement, Gatsby se met à piaffer.

— Allez, Guigui, prends Desvelo et Victorio. Tu laisses Gatsby. Avec deux chevaux, ça ira très bien pour montrer à la dresseuse ce qu'on sait faire ! Ensuite, ce sera à elle de jouer.

Je reste debout à côté de Chris, qui contrôle la musique depuis son téléphone. Les premières notes de guitare et de castagnettes s'échappent des baffles, envoûtantes.

— Le rêve blanc… murmure Chris.

— C'est le nom du morceau ?

— Non, me répond-il d'un air désapprobateur, comme si je n'avais pas bien appris ma leçon. Celui de ces quelques minutes de magie. La musique est un extrait du jeu vidéo

La Légende de Zelda, joué par l'Orchestre philharmonique de Londres. Elle est appropriée, n'est-ce pas ?

Je chuchote à mon tour :

— Elle reflète le panache de l'animal et la poésie de l'instant.

Chris acquiesce et nous observons en silence. Je suis subjuguée par le tableau qui se déroule sous mes yeux. Par cette grande fille qui se tient bien droite au milieu de la piste, face aux gradins vides. Par les deux étalons puissants qui galopent autour d'elle, aériens, en formant un cercle parfait. Dans un mouvement à la fois ample et précis, Guillemette lève les bras et le long stick noir qui prolonge sa main droite. Elle pivote sur sa gauche, puis sur sa droite, signifiant aux chevaux qu'ils doivent faire un tour complet sur eux-mêmes avant de reprendre leur course. La jeune femme les conduit avec aisance et concentration, par les seules rotations de son bras droit et ses déplacements. Mais je sais que tout se passe par le regard, au-delà de la longe.

Soudain, la mélodie change. Une pause s'installe. La musique se fait de plus en plus intrigante. Guillemette rassemble ses artistes face à elle, l'un à côté de l'autre. D'un signe, ils tournent sur leur droite et Desvelo pose sa tête sur le dos de Victorio. J'applaudis, enthousiaste. Chris me jette un regard noir, mais ne dit rien. Les chevaux recommencent leur danse au galop. Les accords de violon montent crescendo, jusqu'à ce que la musique explose. Guillemette réunit une nouvelle fois ses troupes face à elle. Je sais ce qui se prépare et retiens mon souffle. La dresseuse élève ses bras très haut au-dessus d'elle. L'un après l'autre, les lusitaniens se dressent sur leurs postérieurs. Durant un infime instant, ils se tiennent tous debout, femme et animaux, communiant dans une même posture. Les chevaux retombent, la gravité ayant raison de leur équilibre. Guillemette pose un genou au sol. Dans une touchante révérence, les étalons l'imitent, un antérieur bien tendu, et l'autre genou à terre. La jeune femme se relève et s'apprête à poursuivre, mais Chris arrête la musique.

Je me lance cette fois dans de francs applaudissements, suivie par toute l'équipe. Guillemette sourit et congratule à son tour les étalons, ravis de bénéficier d'une friandise.

Je m'aperçois que ma peau est couverte par la chair de poule. Je prends alors conscience que quelque chose vient d'évoluer en moi. C'est une sensation étrange, comme si je savais, à ce moment précis, que cette expérience me transformerait à jamais. Une partie de moi, de ma vie peut-être, ne sera plus la même.

J'ignore encore à quel point j'ai raison.

Août 2012

L'attente est si longue que j'ai parfois l'impression de devenir folle. Devant les autres, je parviens à faire comme si. J'accroche un sourire de façade quand on nous demande : « Alors, ce bébé, c'est pour quand ? » Les simples connaissances s'imaginent qu'on ne pense pas encore à toi et que, grâce à eux, on va enfin se poser la question.

Ils ne savent pas que le manque de toi est souvent si cruel qu'il me donne la nausée.

Pour la première fois de ma vie, j'ai pris rendez-vous avec un psychologue. Je n'y croyais pas vraiment. Pourtant, m'épancher auprès d'un parfait inconnu m'a fait du bien. Je me suis sentie comme délestée d'un poids. À tel point que j'en ai parlé à ma mère.

Dans le regard qu'elle m'a jeté, j'ai lu tout l'orgueil et l'étroitesse d'esprit maternels.

Chez nous, on ne se plaint pas.

On encaisse en silence.

On est des dures, des vraies.

Et on n'a besoin de l'aide de personne pour se relever.

Les visites chez mon psy n'ont pas survécu à ce regard-là.

6

Quand je suis rentrée hier soir, Manuel dormait déjà. Je me suis glissée dans les draps à ses côtés, il a remué sans se réveiller tout à fait. Aujourd'hui, nous avons passé la journée ensemble aux Crins Noirs, de la même façon que nous le faisons toujours, comme si cette parenthèse au Parc des Légendes n'avait pas existé. Nous avons nettoyé les box en compagnie du palefrenier et des apprentis, puis conduit les chevaux au pré, bien au chaud sous leurs couvertures. Nadia m'a montré le ventre de Neige, qui ne cesse de s'arrondir. Je pressens déjà l'attachement qu'elle aura avec le petit à naître. Patricia et Amélie ont dispensé leurs cours, Manuel a travaillé les chevaux dont il va bientôt falloir se séparer parce qu'ils ont atteint l'âge d'être vendus. Et, de mon côté, j'ai accueilli les propriétaires venus s'occuper de leurs montures. Enfin, après avoir pris le temps de panser et bichonner Cachou, je me suis défoulée sur le dos de Furtivo.

Ce soir, Manuel et moi avons dîné en silence, harassés. Il a fini par me demander de lui raconter mes premiers pas « là-bas ». Il a voulu savoir sans vraiment s'intéresser à la réponse. Ou plutôt en prenant soin de garder ses distances. L'ombre de mes choix a plané sur nos têtes, comme si mon départ avait scellé notre avenir. Prendre un autre chemin pour mieux se retrouver, c'est parfois possible, non ? J'ai envie de le lui expliquer, mais il garde la tête penchée sur son assiette, comme le faisait le père. Manuel n'est pourtant pas fait sur le même moule. Je préfère mettre cela sur le compte de la fatigue.

À présent que nous sommes dans la salle de bains, j'éprouve le besoin de lui parler. Demain soir, je serai de nouveau dans mon minuscule logement, toute seule. Je ne suis pas partie longtemps, mais Manuel m'a manqué. Ses conseils avisés, ses remarques parfois vives, mais toujours justes. Depuis mon départ, je me sens loin de lui. Là, j'ai juste envie de retrouver l'ami qui me comprend. Celui à qui je choisis de me confier, qui ne me déçoit pas dans ses réactions.

— Chris m'a avoué que c'est Lucien Gruss qui m'a recommandée.

— Chris ?

Il ne parvient pas à dissimuler un brin de moquerie dans sa voix.

— Christoph. Tout le monde a un surnom, là-bas. Enfin, presque.

— C'est quoi, le tien ?

— Je n'en ai pas.

— C'est bon signe ?

— Je ne sais pas… Mais tu as entendu ce que je t'ai dit au sujet de Lucien Gruss ?

— Qu'il t'a concheillée ?

La brosse à dents calée dans la bouche, Manuel envoie des postillons de dentifrice éclabousser le miroir de la salle de bains. Il marmonne un vague juron et penche la tête vers le lavabo pour poursuivre.

— Plus j'y réfléchis, plus je pense qu'il m'a bien eue. Lucien Gruss m'a vue plusieurs fois en stage, mais je suis persuadée qu'il m'oublie entre deux. Il doit croiser tellement d'autres personnes bien plus talentueuses !

Manuel se rince et s'essuie la bouche.

— Tu ne te fais pas assez confiance, Tess.

Je hausse les épaules. Mon mari connaît les mots pour effriter mes craintes. Ai-je orienté la conversation pour qu'il me rassure ?

J'ôte mon sweat à capuche, je me débarrasse de mes grandes chaussettes et de ma culotte de cheval. En sous-vêtements, je le frôle pour déposer le tout dans la panière à linge. D'ordinaire, il m'aurait caressé le dos ou gratifié d'une petite claque sur les fesses. Là, il se retient. Je me faufile sous la douche. Je me force à ne pas m'appesantir sur ses blessures de mâle, sur ses rancœurs qu'il prend soin de laisser en évidence. Alors je fais la conversation, en abordant des sujets banals. Je parle fort sous le jet d'eau brûlant. Je n'entends pas ses réponses, mais je doute qu'il en ait formulé. Lorsque je sors, la buée s'échappe dans toute la pièce. Je frissonne au contact de l'air froid et m'enroule prestement dans ma serviette. Manuel est couché, un livre à la main.

— Tu m'écoutais ?

— Mmmm... marmonne-t-il en redressant la tête.

Une fois que son regard est sur moi, je laisse tomber la serviette à mes pieds. Mais il se détourne rapidement et replonge dans son livre. *Il était deux fois*, de Franck Thilliez. Ainsi donc, il est plus intéressant que moi ? À présent nue comme un ver, je furète dans mon armoire à la recherche d'une tenue de nuit. J'oublie le vieux pyjama si confortable que j'adore par-dessus tout, mais qui commence à se trouer à différents endroits. Pas assez sexy. Je n'ai pas mis depuis des années la petite chemise de nuit que Manuel m'avait offerte à l'occasion de notre anniversaire de mariage. Ça paraîtrait suspect que je la sorte aujourd'hui. À défaut, je choisis une simple culotte et un top, puis je viens me blottir dans le lit près de lui, feignant d'avoir froid.

Je cherche au fond de moi ce désir oublié depuis des mois, si ce n'est des années. J'aimerais le ressentir, vraiment. Mais mon corps n'est plus qu'un vaste champ de ruines. Je me suis longtemps posé la question de cette inquiétante apathie. Les psys que j'ai consultés, ma gynécologue et le médecin du centre de PMA ont été unanimes : c'est une réaction normale à la médicalisation du processus de fécondation. Une barrière de plus pour un couple déjà usé par le sentiment d'échec. C'est l'une des raisons pour lesquelles je suis partie. Nous n'avons jamais évoqué le sujet à cœur ouvert avec Manuel. Parce que j'ai beau avoir une excuse évidente, « Je n'ai plus envie de toi » est une réalité qui fait mal à celui qui la reçoit. Et qui peut tout remettre en question. Je ne voulais pas avoir à me justifier de quelque chose qui me peinait moi-même.

Je me concentre un peu plus, tentant de reconnaître au creux de mon ventre ces caresses délicates semblables aux ailes d'un papillon qui, fébrilement, essaie de prendre son envol. Mais les piqûres ont fini par anesthésier jusqu'au dernier nerf de mes entrailles. Saurais-je retrouver un jour ces sensations ? Quoi qu'il en soit, mon impatience de ce soir est liée à ma culpabilité envers Manuel et cela ne me plaît pas beaucoup. Ce dont j'ai envie pour l'instant, c'est de le retrouver, d'éteindre son ressentiment et de raviver sa flamme. L'appétit de Manuel concernant nos ébats amoureux n'a jamais faibli, contrairement au mien. Pourtant, force est de constater que je n'ai pas dû beaucoup lui manquer…

Quand je me redresse pour lui faire face, je m'aperçois que son livre a glissé et qu'il s'est endormi. Je tends un bras par-dessus son torse pour remettre mon concurrent sur la table de nuit et viens reposer ma tête au creux de son épaule. Il n'a pas bougé. Malgré la fatigue, il me faudra des heures pour trouver le sommeil.

Ce matin, nous nous hâtons de vaquer aux occupations quotidiennes : ma mère a décalé son traditionnel repas dominical pour fêter ses soixante-douze printemps ce mardi soir.

Ça a fait râler les travailleurs hebdomadaires qui se lèvent tôt le lendemain, et des parents qui ne voudront pas coucher leurs enfants trop tard. Ce changement de programme à cause de mon absence de dimanche ne m'arrange pas davantage. Personne cependant n'a osé contredire la cheftaine de la tribu Levasseur, dont elle a gardé le nom.

— Demain, c'est mercredi, les plus petits pourront dormir. Et puis, ça vous fera un repas de moins à préparer, de quoi vous plaignez-vous ? a rétorqué ma mère.

Manuel et moi partons un peu avant dix-neuf heures, chacun dans sa voiture, puisque j'irai directement à Maillezais ensuite. Un sentiment étrange m'a parcourue en allant dire au revoir à Cachou dans son box. Je lui ai demandé de m'attendre jusqu'à lundi prochain. Ça me paraît tellement loin.

J'arrive chez ma mère chagrinée. Je repère la voiture de Gaëlle. J'ai à peine posé un pied hors de mon véhicule, qu'Isabelle surgit en trombe dans la cour. Ma sœur fond sur moi pour m'embrasser, rabâchant à son dernier de douze ans de dire bonjour à Tatate.

— Qu'est-ce qui lui a pris, à la matriarche, de nous coller un dîner en semaine ? râle-t-elle en pressant le pas vers la maison.

Son mari m'adresse un regard désolé avant de serrer la main de Manuel. Et moi je compatis aux pauvres infirmières qui travaillent sous les ordres de mon acariâtre de sœur.

Nous entrons sans frapper, ainsi que nous avons coutume de le faire lorsque nous sommes attendus chez les uns et les autres. Ma mère, un tablier taché noué autour de la taille, nous accueille en continuant de remuer sa sauce.

— Alors, la Légendaire ? s'enquiert Gaëlle, appuyant sur mes deux joues de sorte à me donner une bouche de poisson, comme quand on était gamines.

Contrairement à d'habitude, ce geste ne m'agace pas. J'y lis même une tendresse dont j'ai besoin.

— Mais oui, c'est vrai que tu as changé de boulot ! s'exclame Isabelle en s'emparant de la sauce pour la terminer.

C'est plus fort qu'elle, il faut toujours qu'elle mette son grain de sel partout. Dans mon champ de vision, je remarque que Manuel tique à cette façon d'envisager ma parenthèse professionnelle – et personnelle.

— Tout d'abord, techniquement, je ne suis pas une Légendaire, puisque je ne suis pas bénévole à la Nocturne des Légendes… tenté-je pour calmer le jeu.

Je suis interrompue par l'arrivée de Nathalie. Isabelle, qui est très proche d'elle du fait de leur âge – elle est sa cadette de seulement deux ans –, change de sujet et s'enquiert de savoir si Nathalie a pensé à lui rapporter un quelconque objet. Je n'écoute plus et renonce à poursuivre mes vaines explications. Ma mère en profite pour prendre discrètement de mes nouvelles, même si elle sait que le moment n'est pas idéal pour m'épancher. Trop de monde. Mes six neveux et nièces, heureux de se retrouver, poussent des cris d'excitation et se montrent des vidéos sur leur téléphone ; mes sœurs piaillent et haussent le ton ; les maris blaguent et rient à gorge déployée. J'aime cette ambiance bon enfant, ce retour aux sources, même si j'ai tendance à rester dans ma bulle. En société, je garde mes distances pour me poser en observatrice. Je suis heureuse d'être là, mais je ne participe pas activement aux conversations. Je sais que mes sœurs y voient une forme de snobisme de ma part. Le parallèle est vite trouvé avec le monde équestre qui peut s'avérer un brin rupin. Je ne leur en veux pas. Après tout, me connaissent-elles vraiment ?

La maison de ma mère est telle que je l'ai toujours connue. Malgré le cataclysme provoqué par le départ du père, elle n'a pas changé. Le canapé défraîchi recouvert de sa housse à fleurs. Les vieux meubles trop lourds et trop foncés, à l'exception du buffet, poncé et reverni par ma mère il y a bien longtemps. Les bibelots encombrants et dépareillés : bric-à-brac entassé au fil des années, allant des cadeaux de Noël ou pour la fête des grands-mères, en colliers de coquillages et dessins d'enfants. Ma mère conserve et expose tout. Gaëlle râle, il y aurait tant de bazar à ranger ! Elle a bien essayé et lui a acheté de jolies boîtes, mais ma mère n'en démord pas : ces objets ne lui ont pas été offerts pour rester cachés.

L'apéritif se prend debout, le mari de Nathalie remplissant les verres chaque fois que l'un d'eux se vide, ma mère enchaînant les allers-retours de la cuisine au séjour, les mains dans ses maniques, suivie une fois sur deux d'une Isabelle qui peste de la voir se démener ainsi. Gaëlle m'entraîne vers la fenêtre, voulant tout savoir de mes premières journées. J'évoque Chris et son incapacité à lâcher son poste malgré sa santé. Je ris de mon bizutage avec Cacahuète et hésite à parler de mon appréhension à l'idée d'encadrer un tel spectacle. Finalement, comme Nathalie se joint à nous, je choisis de ne pas en dire davantage. Son côté mère poule a ce je-ne-sais-quoi d'étouffant qui m'empêche de me confier à elle.

Avant que ma mère ne nous impose de passer à table, je rejoins mes plus jeunes nièces, affalées dans le canapé et occupées à rire en pointant du doigt les photos d'un vieil album de famille.

— Qu'est-ce que vous faites ?

— Mémé… me répond la benjamine de quatre ans.

— Tu as vu Mémé sur les images ?

Je la prends sur mes genoux pour m'asseoir à sa place. Je feuillette le livre, tournant les pages jaunies avec précaution. Je redécouvre avec émerveillement toutes ces photos en noir et blanc, que je n'avais pas dû voir depuis mon enfance. Je reconnais Mémé, ma grand-mère maternelle, une femme menue aux cheveux gaufrés. Sur les clichés, elle porte des jupes qui laissent entrevoir ses mollets. Elle pose un peu crânement.

Mémé est morte il y a six mois, à l'âge de quatre-vingt-dix-huit ans. Elle a fini sa vie chez elle, dans la maison qui l'a vue naître. Même si elle est restée autonome jusqu'au bout, ma mère s'en est beaucoup occupée ces dernières années. Sa disparition l'a profondément affectée. À sa mort, Isabelle a décrété qu'on ne devait pas être tristes, car Mémé avait eu une belle et longue vie. J'ai partagé son avis, avant qu'elle ajoute qu'il était rare qu'une personne ait la chance de connaître « tous » ses arrière-petits-enfants...

Alors que je parcours l'album, désignant parfois de l'index un visage familier, je me rends compte que la plupart des personnes qui s'affichent me sont inconnues.

— C'est drôle, dit Ambre, la plus jeune fille de Nathalie. Mémé, elle a toujours le même collier.

— C'est son médaillon ! explique Gaëlle en s'installant sur un accoudoir. Tu te souviens, Tess ? Mémé le portait tout le temps.

J'acquiesce, me penchant sur un portrait d'elle pour détailler le bijou. Ces dernières années, il était glissé sous ses vêtements, on ne voyait qu'un morceau de chaîne autour de son cou. Sur son lit de mort, il avait été mis en évidence sur sa robe prune. Un médaillon bombé en or ciselé, assez gros, qui pouvait s'ouvrir. Adolescente, j'en avais voulu un moi aussi. J'y avais inséré un cliché de Cachou. Finalement, je ne l'ai pas beaucoup porté, parce qu'il me gênait.

— Elle a été enterrée avec, ajoute Nathalie.

Ambre, fascinée, me prend le livre des mains.

— Regarde, Tatate, il est sur cette photo aussi !

Le ton passionné des enfants attire les plus grands et le jeu devient rapidement celui de « Où est le médaillon ». L'aîné des cousins est tout fier de sa trouvaille : le pendentif ressemble selon lui à s'y méprendre à celui dans *Pirates des Caraïbes*. Les autres approuvent à grand renfort de « Trop stylé ! ».

— Rien à voir ! La pièce est plate dans le film, rétorque Ambre, intraitable sur les détails.

Cela génère quelques exclamations supplémentaires, entre ceux qui trouvent que les bijoux se ressemblent et ceux qui se rangent du côté d'Ambre.

— Là, on dirait qu'elle ne l'avait pas, remarque Lola tout en lorgnant un cliché fané. C'est qui, le bébé dans les bras de Mémé ?

— C'est tata Jacqueline, la grande sœur de Mamie, répond Isabelle.

— Et on l'a mise sous terre avec ce bijou ? Mais il devait avoir une sacrée valeur ! s'étonne le mari de Nathalie.

— On est peut-être passés à côté d'un magot, ricane son acolyte, le conjoint de Gaëlle.

— En tout cas, ce n'est pas là-dessous que ça va servir ! enchérit le troisième beau-frère.

Les conversations vont bon train et l'album passe de main en main, lorsque ma mère sort de la cuisine. À sa manière de froncer les sourcils et de se rembrunir, je me sens coupable de faire partie de la bande.

— Mais qu'est-ce que vous fabriquez ?

Son ton réprobateur interrompt immédiatement les rires et le livre de photos atterrit dans ses mains comme par magie.

— C'est vieux ce qu'il y a là-dedans, il faut en prendre soin !

L'ombre de la nostalgie est passée sur son visage. Elle essaie de la chasser, mais sa voix légèrement brisée la trahit. Je saisis soudain combien cet album lui est précieux. À part ceux du cœur, ce sont les derniers souvenirs qu'il lui reste de sa mère. Elle a dû le sortir pour le consulter dans l'après-midi, puis l'oublier là, occupée à préparer le repas.

— Espèces d'idiots, gronde Isabelle en décochant à son mari un coup de coude dans les côtes. Vous n'en ratez pas une ! C'est encore frais pour maman, alors gardez vos blagues pour vous.

Ma mère fait mine de ne pas l'entendre. Elle ouvre une porte du buffet pour y enfermer l'album à double tour.

— Allez les sauterelles, on passe à table, je m'écrie en me redressant et en incitant les plus petits à en faire autant.

Manuel esquisse un semblant de sourire dans ma direction. C'est le premier en deux jours. Quand je réalise qu'il va falloir me contenter de cette image de lui pour la semaine à venir, mon cœur se serre.

Le temps va me sembler bien long.

Février 2009

Je me souviens encore comme si c'était hier du début de cette année 1993. Le père avait déserté la maison quelques mois auparavant et je passais mon temps libre à aller voir les chevaux du voisin. M. Henry, à force de patience, avait réussi à dompter ma timidité. Il me faisait monter de temps en temps. Un après-midi, je lui ai demandé :

« Les pattes des chevaux sont tellement maigres ! Elles ne risquent pas de se casser quand ils courent ? »

Je l'ai vu rire ce jour-là, mais rire ! J'avais ri à mon tour, contaminée par sa bonne humeur. Il m'avait alors expliqué qu'on n'appelait pas les membres du cheval des pattes, *mais des* jambes.

« Vois-tu, petite, le cheval est considéré comme un animal noble. »

M. Henry avait aussi un petit côté aristocratique, à la Jean Rochefort. Il n'accordait pas sa confiance à n'importe qui, alors être devenue sa petite protégée me rendait fière.

Ce jour-là, au retour de notre balade, il a décroché d'un mur de son garage le cadre qui représentait l'anatomie du cheval.

« Prends-le. Tu me le ramèneras quand tu auras mémorisé tous ces noms. »

Finalement, il me l'a donné.

Quand tu seras en âge de savoir lire, nul doute que tu connaîtras déjà les bons termes depuis bien longtemps.

7

— Gatsby !

Je peste. L'après-midi commence mal. Nous venons d'arriver dans la carrière entourée de hautes haies pour rester à l'abri des curieux durant la saison. Et Gatsby se roule dans le sable. Ce matin déjà, au lieu de nous attendre sagement pendant que nous nous occupions de ses congénères, il a trouvé le moyen d'enlever sa séchante, couverture qui permet d'ôter l'humidité restante de la douche et de maintenir les chevaux propres si toutefois l'envie leur prenait de se rouler par terre. Gatsby a accueilli le sermon de Guillemette les lèvres retroussées, comme s'il riait de sa propre blague. Il a fallu le nettoyer de nouveau, ce qui nous a mis en retard.

Ce cheval est un phénomène. Il se révèle de jour en jour, mais pas de la meilleure façon. Je rirais aussi, si je n'avais pas un spectacle à préparer, réglé au millimètre près. Travailler avec un canasson aussi joueur est un véritable enfer. La veille, en fin d'exercices, je l'ai mis dans le groupe d'Elios et de Wilco pour faire un test. J'ai observé leur comportement tout au long de la matinée et je me suis aperçue qu'il était plus posé au contact du premier. Je voudrais réessayer aujourd'hui, pour m'assurer de l'efficacité de ce changement.

Pour l'instant, c'est détente à la longe. Je garde Gatsby avec moi, tandis qu'Eva et Guillemette s'occupent des deux autres.

Le vent charrie des odeurs de terre et d'herbe. Des relents d'essence, aussi, en provenance du parking à côté. En l'absence de pluie, nous faisons les entraînements dehors malgré le froid mordant. J'ai besoin de m'aérer, de même que les chevaux. L'averse de cette nuit a créé des flaques éparses qui jalonnent les chemins du parc. Quand je l'ai guidé jusqu'ici, Gatsby a pris un malin plaisir à m'éclabousser, comme un enfant qui braverait l'interdiction de ses parents à la moindre occasion. Je l'ai laissé faire, songeant qu'il avait besoin d'une pause. Sauf que celle-ci s'éternise. Gatsby n'a manifestement pas terminé de s'amuser. Soudain, il se dresse bien droit sur ses appuis, les oreilles tournées vers l'avant. Des chevaux approchent. Leurs sabots cliquettent sur le sol. Il n'en faut pas plus pour déconcentrer Gatsby, au contraire de ses camarades, qui continuent de s'échauffer avec souplesse, imperturbables. Un cavalier, que j'ai vu discuter une fois avec Guillemette, s'arrête à notre hauteur, juché sur un majestueux étalon brun dont les bas de jambes sont protégés par des bandes bleues. Le jeune homme se marre.

— Attention, mon gros, tu vas finir réformé des Légendes ! s'exclame-t-il à l'intention de Gatsby.

— Un sacré farceur, je réponds. Il est unique en son genre.

— Il me rappelle Diablo.

En l'entendant, Guillemette vient vers nous, un grand sourire aux lèvres, tout en poursuivant son travail avec Wilco.

— Tu te souviens ? Il était terrible ce cheval !

Ils rient en chœur, avant de m'expliquer qu'à l'instar de Gatsby, Diablo avait une âme d'enfant. Il ressemblait à un poulain, toujours partant pour accomplir les pires bêtises. Ils avaient fini par lui trouver un rôle sur mesure au prélude de la Croisade. Pour faire patienter le public avant le spectacle, deux acolytes entraient en scène, accompagnés de Diablo qui se roulait dans une mare de boue. Il adorait ça.

— Ce serait parfait pour toi, Gatsby, je lance à l'intéressé en l'incitant à démarrer au petit trot.

— Le prélude n'a plus lieu depuis que Diablo est parti vivre ses vieux jours dans sa nouvelle famille.

— C'est ici que nous avons besoin de toi de toute façon ! crie Guillemette au cheval.

Notre visiteur nous salue et repart.

— Qui est-ce ?

— Andréani. Il est voltigeur.

— C'est son vrai nom ?

— Non ! Tu ne connais pas Nicolas Andréani ? Quand notre Andréani a commencé au Parc des Légendes, il a annoncé qu'il voulait savoir voltiger comme le champion du monde de l'époque. Son surnom a été vite trouvé.

— Et son vrai nom, c'est quoi ?

Guillemette se contente de hausser les épaules en silence, concentrée sur Wilco. Elle tente de lui faire tracer un huit entre deux plots. C'est un nouvel exercice que je leur ai présenté. Mais son élève est réticent. Je la sens en difficulté. La jeune femme a choisi de guider l'étalon non pas à hauteur de sa tête, mais de sa croupe.

— Si tu veux te placer là, c'est possible. Mais Wilco a peur de te bousculer. C'est normal, il a appris à respecter l'homme. Regarde, je vais te montrer comment lui donner confiance.

Je m'approche et tends la longe de Gatsby à Guillemette. Avec mon stick, j'exerce une pression sur le sommet de la croupe de Wilco, du côté où je me tiens. Il répond à ma demande et déplace ses hanches de sorte à s'éloigner de moi. Puis j'agis sur la hanche opposée pour l'inciter à ramener son postérieur dans ma direction tout en reculant moi-même, laissant ainsi suffisamment de place entre nous. Je manifeste ma satisfaction en lui caressant la croupe. Je répète ensuite le geste plusieurs fois, jusqu'à ce que je sente Wilco se détendre.

— C'est toujours facile avec toi ! râle Guillemette avec bonne humeur, avant de m'imiter.

Les résultats sont probants, Wilco et la dresseuse apprennent vite. Je les encourage, puis j'annonce que nous allons débuter l'entraînement du spectacle par le trio infernal.

— Allez, mon gros, c'est l'heure de tout donner !

Je gratouille Gatsby au niveau de l'encolure, il dresse la tête et hennit pour exprimer son contentement. J'enclenche la musique, les premières notes s'égrènent, douces et envoûtantes. À force, je connais chaque oscillation, chaque rythmique par cœur. Cette mélodie a le pouvoir de m'embarquer dans un univers parallèle où plus rien d'autre n'existe que l'instant présent. Le sable de la carrière se transforme en champ de coton et je vogue parmi des nuages ouatés, seule avec trois chevaux magnifiques. Le rêve blanc…

… qui vole malheureusement en éclats quand, au moment où je rassemble les animaux face à moi pour qu'ils se redressent, Gatsby se met debout sur ses jambes arrière avec deux bonnes secondes d'avance, ce qui le fait retomber en même temps que les autres se lèvent.

— Non, non ! je clame haut et fort. Ça ne va pas du tout, Gatsby !

Je m'arrête pour couper la musique. C'est alors que je remarque Chris, assis sur l'une des chaises qui l'attendent désormais un peu partout. Cela a pour effet de décupler mon agacement.

— Encore là ?

Les mots m'ont échappé, plus durs que je ne l'aurais voulu.

— Ma mère m'a emmené.

— Tu sollicites tout le monde.

— Tu as mis Gatsby avec Elios et Wilco ?

Sa question est purement rhétorique, puisque la réponse est sous ses yeux. Je sens les reproches poindre.

— J'ai remarqué qu'il est plus attentif au contact d'Elios.

— Manifestement ce n'est pas le cas, puisqu'il n'a pas réussi.

— Il voulait bien faire. Il a peur de rater cette figure, donc il part trop tôt, c'est tout.

— Alors pourquoi tu t'énerves ?

— Je ne m'énerve pas.

Un demi-sourire satisfait flotte sur ses lèvres, tandis que mon emportement est toujours palpable. Je l'observe malgré moi. Ses traits sont plus tirés que la veille et son corps est raide. Je devine que son genou est douloureux.

— Qu'est-ce que tu fais encore là, Chris ? intervient Guillemette, comme si elle lisait dans mes pensées. Tu ne serais pas mieux chez toi, à te reposer ?

— Que veux-tu que je fasse entre mes quatre murs ? C'est ici, chez moi.

— Pour que tu nous reviennes vite en forme, tu devrais prendre soin de toi, insiste-t-elle d'une voix affectueuse.

Il bougonne une phrase inintelligible puis se tait. Je me demande soudain qui il est, et quelle est sa vie en dehors du parc. Il semble sans attaches, à part ici.

Je me concentre à nouveau. Je ne relance pas la musique, je veux seulement travailler le passage délicat où les trois étalons doivent se dresser ensemble, telle une vague immense et magnifique. Nous recommençons plusieurs fois, mais aucune de mes tentatives n'est concluante. Gatsby démarre trop tôt, ou au contraire a un train de retard. Parfois, il ne se cabre pas du tout. Plus ça va, plus j'entends Chris pester.

— Putain, mardi dernier ça allait très bien ! s'exclame-t-il au moment où la tension qui bouillonne en moi est sur le point d'exploser.

D'un coup d'œil, je demande à Guillemette de prendre le relais. Je me dirige vers Chris d'un pas décidé.

— Qu'est-ce que tu insinues, Chris ?

Je me plante devant lui et ancre mes yeux dans les siens.

— Tu as changé les groupes.

— Ah, c'est donc ça ! Monsieur ne supporte pas que quelqu'un fasse autrement que lui !

— Ce ne serait pas un souci si c'était convaincant.

— Je pense surtout que tu es de très mauvaise foi. Gatsby a du mal, mais tu as bien dû remarquer qu'il est resté concentré. Ce cheval n'est pas fait pour cet exercice.

— Il faut qu'il y arrive, on n'a pas le choix. Le parc ouvre dans trois mois. Nous n'avons pas le temps de repartir de zéro avec un autre étalon. Tu sais parler aux chevaux, c'est pour ça que tu as été embauchée.

— Dis-moi quelque chose, Christoph Müller. Ai-je été engagée pour te remplacer ou pour être sous tes ordres ?

Une ombre de gêne le traverse, et il détourne les yeux. Le vent fouette une mèche de cheveux qui s'est échappée de ma queue-de-cheval. Je la cale derrière mon oreille d'un geste rageur. Nous avons parlé plus fort que je ne le pensais et tout le monde nous a entendus. Personne n'ose intervenir, mais le malaise plane. Depuis trois jours que je suis revenue, j'écoute en silence les remontrances de Chris. Il déverse sa frustration sur moi. À peine une semaine que je suis là et toute ma confiance s'est envolée. J'en ai assez, cette situation ne peut plus durer. Je ramasse ma veste, posée sur la barrière à côté de lui.

— Où tu vas ? m'apostrophe-t-il, une pointe d'inquiétude dans la voix.

Je ne lui adresse pas un regard.

— Ce n'est pas en fuyant qu'on résout les problèmes, ajoute-t-il.

— Puisque *je suis* le problème, je rentre chez moi.

— Si tu attends qu'on te coure après, c'est raté, j'en suis incapable.

Je l'ignore et ouvre le portail.

— Tess ! crie-t-il.

Puis, j'ai le temps de refermer derrière moi et de m'éloigner quelques mètres avant qu'il ne lâche :

— Excuse-moi. J'ai… j'ai besoin de toi.

À ces derniers mots, je m'arrête. Je ne le connais pas bien encore, mais je sais qu'ils ont dû lui coûter. Je me retourne lentement. Il est là, coincé sur sa chaise, sa jambe opérée d'un côté et son corps tendu de l'autre, dans une position inconfortable qui crispe les traits de son visage. À moins que ce ne soit ma menace qui lui fasse peur. Je sens l'attention des autres sur nous, alors que nos destins à tous sont suspendus à nos deux ego. Je soupire, lasse tout à coup, et reviens sur mes pas.

— Pourquoi tu n'as pas promu Guillemette à ma place ?

— C'est Guigui, pas Guillemette.

— Je n'aime pas les surnoms.

Ses yeux gris luisent d'un éclat amusé, deux fossettes se creusent dans ses joues à mesure que son sourire s'étire.

— Guigui est une bonne dresseuse, mais elle n'a pas ton expérience. Je t'ai vue tout à l'heure avec Wilco. Je te le répète depuis le début, c'est *toi* que je veux.

Je rougis. Dans un autre contexte, sa phrase paraîtrait déplacée. Je pense à Manuel et à son aversion envers Chris. Mon mari, que j'étais à deux doigts d'aller retrouver. Et puis les raisons de ma présence ici se rappellent à mon bon souvenir. J'ai accepté ce poste pour trouver des réponses dans ma vie. Je n'ai même pas encore eu l'occasion de les chercher.

— Tu viendras moins souvent ?

C'est une sorte de pacte que j'ai besoin de sceller avec lui. Mais Chris secoue la tête, l'air désolé.

— Je ne peux pas te le promettre.

Consciente que je n'aurai pas plus, j'insiste tout de même :

— Tu resteras à ta place et tu me laisseras aux commandes ?

— Ça, je dois pouvoir essayer.

— Je ne veux pas que tu essaies. Je veux que tu le fasses.

Mon ton est catégorique. Il me tend la main, comme pour officialiser la promesse qu'il s'apprête à me faire. J'avance vers lui, hésitante. J'ai la sensation d'être un animal qui répond aux codes qu'il m'envoie. Son regard ne me quitte pas, m'encourage à poursuivre. Je suis fascinée par le charisme qu'il dégage, malgré sa posture. Guillemette m'a déjà parlé de son amour pour les chevaux, de son talent, de son magnétisme qui fait de lui l'un des meilleurs dresseurs. Je ne l'ai encore jamais vu à l'œuvre. Pourtant, en cet instant je la crois. Quoi qu'il me dise à présent, je sais que je vais rester.

— Marché conclu, me murmure-t-il en serrant ma main dans la sienne, quelques secondes de trop.

Quand je retire mes doigts, j'ai le souffle coupé. Nous ne sommes pas si différents, en réalité. Je lui ai succédé en bouleversant l'ordre qu'il a instauré au sein de son équipe. En appliquant mes propres méthodes, je lui laisse entendre que son travail est à parfaire. Et moi, j'ai sans cesse peur de tomber du piédestal sur lequel il m'a élevée.

— Je ne suis pas là pour prendre ta place, je chuchote à mon tour. Juste pour assurer l'intérim, le temps que ta guibole soit rétablie.

Son sourire change et remonte jusqu'à ses yeux.

Enfin, nous nous comprenons.

Novembre 2012

Aujourd'hui j'avais rendez-vous avec le père. Il m'a invitée à déjeuner dans le petit restaurant italien du centre-ville de La Rochelle, où il a emménagé après le divorce.

Je n'en ai pas parlé à mes sœurs. Elles deviennent aussi hystériques que notre mère quand je parle de lui. Surtout depuis que je le revois (il est au moins resté ça de mes premières visites chez le psy). Ma mère et mes sœurs se comportent comme s'il était l'homme le plus détestable en ce monde. J'ai du mal à être si catégorique. Peut-être parce que j'étais la chouchoute comme elles disent. Je crois surtout que je le fais pour toi.

Pour faire la paix avec mon passé et te laisser exister.

Ça finira par marcher, un jour.

Ce midi, j'ai demandé au père de rencontrer Paula et Rémy, ma demi-sœur et mon demi-frère. Ses autres enfants. Sa nouvelle famille.

Il a eu l'air très surpris, comme si ma requête ne l'avait jamais effleuré. Il m'a répondu qu'il aimerait bien, mais que ce ne sont que des ados, et que c'est un peu compliqué en ce moment. J'ai compris qu'il n'avait nullement l'envie de me raconter ses difficultés parentales. Alors nous avons convenu d'organiser ça « un jour » et puis nous avons changé de sujet.

Il m'a posé des questions sur les Crins Noirs. Pour une fois, j'ai eu l'impression qu'il s'intéressait vraiment à moi.

8

— Merci pour la bouteille, madame Praud. Je vous en ramène une de chez moi mercredi, c'est promis.

— Pensez donc, mon petit, ça me fait plaisir ! Je n'ai pas souvent l'occasion d'en ouvrir une. Le vin, ça se bonifie avec le temps, mais quand c'est trop vieux, ça finit par tourner au vinaigre. J'espère au moins qu'elle sera bonne. Je suis ravie que vous vous soyez fait des amis.

Je m'extrais avec peine des bavardages interminables de ma propriétaire. Je vais finir par me mettre en retard. Guillemette nous a conviés à dîner chez elle, Andréani et moi – ce dernier s'avère être un bon copain de son conjoint. N'étant pas sortie du parc avant la fermeture des magasins, j'ai frappé chez Mme Praud pour lui emprunter une bouteille. Je n'aime pas arriver chez les gens les mains vides.

Au début, j'étais plutôt tentée de décliner l'invitation, mais je n'ai pas trouvé d'excuse. Un samedi soir en solitaire dans mon logement minuscule, que pourrais-je avoir de mieux à faire ? Et puis j'ai songé à mes dernières soirées, harassée par le travail, mais incapable de détacher mes pensées de Manuel et de ses silences. Toute la semaine, j'ai dû faire le premier pas pour avoir de ses nouvelles. Je sais bien qu'il m'en veut, mais nous n'allons pas passer trois mois ainsi… Je pensais prendre du recul, partir pour faire le point sur ma vie. Au lieu de ça, je passe mon temps libre les yeux rivés sur mon téléphone, dépendante du bon vouloir de mon mari. Je ne me suis jamais retrouvée dans cette position inconfortable d'aliénation, comme Gaëlle au début de sa relation avec le futur père de ses filles. Combien de fois ai-je levé les sourcils et grimacé en entendant ses jérémiades : « Tu crois qu'il va venir ? » « Il ne m'a pas appelée hier, tu penses que ça veut dire que tout est fini entre nous ? »

Je consulte une énième fois mon portable désespérément muet et soupire. Je me trouve pathétique. D'une main décidée, je rentre l'adresse de Guillemette dans l'application GPS et démarre le moteur de ma voiture.

Il ne me faut que dix minutes pour arriver. Il est tard, mais j'ai l'habitude. S'occuper d'animaux implique des horaires décalés. Guillemette m'accueille avant de me faire signe de la suivre en cuisine, où elle termine de préparer un dahl de lentilles corail. Elle m'apprend qu'il s'agit d'un plat végétarien indien. Je me demande si elle ne mange jamais de viande. Consciente du raccourci que je fais, je garde cette pensée pour moi.

Dans le salon, j'entends une petite voix parler tout bas. Je penche la tête pour mieux voir.

— C'est Cléophée, me dit Guillemette. Cléo, tu viens dire bonjour ?

La fillette obéit, nous rejoint sans un mot et lève son visage rond entouré de deux nattes brunes vers moi. Je me penche pour l'embrasser. Elle garde un air grave, même quand je lui souris.

— Tu as quel âge, Cléophée ?

— Six ans, chuchote-t-elle d'une voix douce. Et toi, tu t'appelles Tess ?

— Oui.

— Et tu travailles les chevaux avec maman ?

— Oui, c'est ça. Tu les connais, les grands chevaux blancs du Parc des Légendes ?

— Un peu.

Cléophée hausse les épaules. Mais son visage s'illumine quand elle ajoute :

— Je connais plus les oiseaux de papa.

— On dirait qu'il y en a un qui va se faire plaisir à montrer ses nouvelles recrues, enchérit Guillemette en écartant le rideau de la cuisine.

La lumière extérieure est allumée, nous suivons du regard les silhouettes de Lechêne et d'Andréani qui se dirigent vers l'arrière de la maison. Valentin, son compagnon – dit « Lechêne » parce qu'il a la carrure d'un grand arbre sur lequel viennent se poser ses oiseaux –, est fauconnier au parc, où il assure le spectacle des Grands du Ciel. En plus de son activité, il possède des dizaines d'espèces aviaires, qu'il abrite dans des volières installées dans leur jardin.

— Ça risque de durer un moment, me prévient Guillemette en souriant d'un air désolé.

Mon hôtesse me désigne le salon pour que nous nous y installions en attendant les hommes. Elle demande à Cléophée de nous faire un peu de place sur la table basse. La petite s'exécute sans broncher et rassemble son château Playmobil et ses animaux dans un coin. Je m'intéresse à ses jeux. Elle m'avoue jouer au Parc des Légendes, avant de se replonger dans son univers. Ses lèvres s'arrondissent, s'ouvrent et se ferment en paroles muettes tandis qu'elle anime ses personnages.

— Elle a l'air sage, je m'extasie.

Guillemette hoche la tête en silence, un œil impénétrable posé sur sa fille.

— Elle est fille unique ? je poursuis, me rendant compte que je ne sais rien de sa vie privée.

Elle acquiesce de nouveau avant d'enchaîner :

— Et toi, tu as des enfants ?

— Non.

J'essaie de paraître la plus naturelle possible. Souvent, je n'aime pas ma manière de répondre. Le « non » est soit trop appuyé, soit trop détaché. Je suis contente du ton parfaitement neutre que j'y mets cette fois avec brio. Je guette la réaction de Guillemette, mais je n'y perçois ni surprise, ni reproche. Elle semble aussi indifférente que mon « non ». Elle se lève pour nous servir à boire et nous trinquons à notre collaboration sur les mois à venir.

— Comment tu te sens, au boulot ? m'interroge-t-elle.

— Bien…

— La saison n'a pas encore démarré, c'est calme. Mais tu verrais cette effervescence, lorsque le parc est ouvert ! C'est l'école de la vie.

— C'est dommage, je ne saurais pas ce que c'est.

— Tu crois vraiment que Chris pourra reprendre en avril ?

Sa moue sceptique me fait frissonner malgré la température de la pièce et la flambée qui grésille dans le poêle. Je n'ose pas imaginer la tête de Manuel si je lui annonçais que je rempilais six mois de plus.

— Est-ce que ça va mieux, avec lui ? ajoute-t-elle prudemment.

— Nous avons chacun notre caractère…

— Il te fait confiance. C'est juste que… laisser sa place lui coûte. Chris est divorcé, ses enfants sont grands et font leurs études loin d'ici. Les chevaux du parc, c'est tout ce qui lui reste.

Ces confidences m'apportent des explications que j'avais déjà plus ou moins devinées.

— J'étais là quand Lucien Gruss est venu nous voir et qu'il lui a conseillé de faire appel à toi. Après sa visite de tes écuries, il était certain de son choix.

— Alors c'était vrai… je murmure, ébahie.

— Bien sûr que c'est vrai. Heureusement que tu as fini par accepter ! Sinon, ça aurait été à moi de m'y coller.

Cette révélation ne me surprend pas vraiment. J'avais rapidement supposé, après mon arrivée, qu'aucune autre solution n'avait été trouvée.

— Je n'étais pas très encline à assurer son remplacement, reprend-elle. Mais c'était l'option la plus facile pour l'équipe, du fait de mon expérience sur le spectacle. On aurait formé Eva pour qu'elle devienne mon binôme. C'est tellement mieux que tu sois là, je préfère de loin ma position.

Je m'apprête à objecter, quand des éclats de voix nous parviennent. Nous nous attendons à voir surgir les deux amis, mais le calme leur fait écho. Guillemette, sans chercher à meubler le silence, se lance à la recherche d'un bol pour le remplir de pistaches. Elle dépose un ramequin à côté pour les coques vides. Cette fille me désarçonne dans sa façon de ne jamais rien laisser paraître.

Je ne sais pour quelle raison j'y repense. Les mots sortent presque malgré moi :

— Tu n'as pas eu l'air étonné quand je t'ai dit que je n'avais pas d'enfant…

Guillemette hausse les épaules, jette un regard vers sa fille avant de revenir à moi, sans gêne manifeste.

— J'imagine que tu dois avoir tes raisons. Qui serais-je pour m'immiscer ainsi dans ta vie personnelle ?

— D'habitude, les gens ne s'en privent pas.

— Moi aussi, on me demande souvent pourquoi je n'ai qu'une fille. Demander « si » est une preuve d'intérêt. Mais le « pourquoi », je le trouve indécent. À croire que je suis un monstre d'égoïsme à ne pas vouloir offrir un petit frère ou une petite sœur à Cléo. Et puis quoi, si on avait ensuite des jumeaux, on se ferait taxer d'inconscience parce qu'on aurait une famille nombreuse ? Pour respecter les codes sociaux, il faudrait avoir deux enfants. Un garçon et une fille, de préférence. Sinon, on est exclu de la normalité… On passe notre vie à se faire juger, alors n'en rajoutons pas en jugeant les autres.

J'observe Guillemette. Tout sourire a déserté mon visage tandis que je me rends compte du paradoxe que je ressens : je suis en accord avec ce qu'elle dit. Je n'ai jamais compris comment on pouvait exiger ce genre d'explications de la part d'une personne qu'on connaît à peine. Il m'est arrivé des dizaines de fois de devoir me justifier sur mon statut de nullipare. J'ai vécu chacune de mes réponses forcées comme une violence. J'ai lu la pitié dans les yeux des gens à qui j'ai confié avec réticence mon parcours compliqué pour devenir mère. Pour éviter cela, j'ai parfois répondu que c'était un choix, que je n'aimais pas les gosses. L'indignation que je suscite alors me semble nettement préférable à cet apitoiement gêné.

Or, en cet instant, j'ai envie de demander « pourquoi » à Guillemette. Elle a mis tout son cœur dans sa tirade, avec une intensité qui n'a pas manqué d'éveiller ma curiosité.

Avant que je ne puisse dire quoi que ce soit, les hommes sont de retour. Leurs rires les précèdent. Cléophée repose la figurine d'aigle avec laquelle elle jouait et se précipite dans les bras de son père.

— Tu lui as montré Horace ? demande-t-elle d'une petite voix en nichant son visage au creux du cou de celui-ci.

— Andréani a adoré ta nouvelle perruche, ma chérie.

L'intéressé ajoute qu'il en a rarement vu dotée de si jolies couleurs, ce qui fait rosir la fillette de contentement. Lechêne et Andréani m'embrassent sur les deux joues, puis ce dernier s'exclame en lançant un clin d'œil malicieux à Cléophée :

— J'espère que tu t'intéresses davantage aux chevaux de ta mère. N'oublie pas qu'un fauconnier n'a qu'un oiseau sur le poing, ce n'est pas assez difficile pour toi.

Lechêne lui envoie une tape amicale sur l'épaule. Cléophée doit avoir l'habitude de cette boutade, car elle rit à son tour.

— Et les cavaliers ont besoin d'un scratch pour tenir assis sur leur selle, alors ne fais pas trop le malin, riposte son père.

— Si j'étais attaché à la selle, comment ferais-je toutes mes figures ?

Guillemette, qui revient avec un plateau chargé de verres pour les derniers arrivants et de préfou à l'ail, m'explique qu'une vieille rivalité subsiste entre cavaliers et fauconniers. Une sorte de guéguerre sympathique, qui fait partie intégrante de l'histoire du Parc des Légendes, héritage du père et du fils Du Buisson. Lechêne et Andréani perpétuent la tradition avec un plaisir évident.

Je retourne à ma place, Guillemette se serre entre Lechêne et moi. Est-ce l'effet des bulles dans mon verre, ou bien celui de l'intérieur cosy de mes hôtes ? Les discussions et les rires faciles de mes compagnons de soirée, ou la présence attendrissante de Cléophée, pendue aux basques de son père ? En tout cas, je me sens bien. Pour la première fois depuis longtemps, aucune pensée négative n'assaille mon esprit. J'oublie mon téléphone, mes manques, mes frustrations. Je ne suis que Tess, liée par une passion commune pour les animaux avec des personnes que je connais à peine. Je lâche prise d'une façon totalement inhabituelle, qui me déconcerte autant qu'elle m'apaise.

Lorsque nous passons à table, Andréani m'interroge :

— Comment tu t'en sors, avec ton canasson joueur ?

Je souris au souvenir de Gatsby, qui se roulait avec bonheur dans la paille de son box lorsque je l'ai quitté en fin de journée.

— Nous avons encore du temps devant nous, mais c'est loin d'être gagné...

— C'est un cheval de clown, pas de magie. Plus j'y pense, plus j'aimerais remettre en place un prélude à la Croisade, s'anime Andréani. Si vous me laissez Gatsby, il pourra devenir une vedette dans son genre. Il s'éclaterait, j'en suis sûr.

Guillemette nous sert le dahl dans les assiettes creuses que lui tend son compagnon. Elle objecte :

— Chris ne voudra jamais. Il trouvera que c'est du gâchis. Un si beau cheval...

Je partage son avis. Bien que je reste sceptique sur le résultat, nous n'avons pas assez essayé. Peut-être existe-t-il une faille chez Gatsby à exploiter.

— Tess est douée. Elle saura comment faire.

La confiance sincère de Guillemette me fait rougir.

— Je vais faire de mon mieux, dis-je d'une petite voix.

Andréani sourit, puis change de sujet. Lorsqu'elle a fini son plat, Cléophée glisse sur le sol, se dirige vers le frigo et attrape un yaourt à boire qu'elle avale rapidement. Puis elle annonce qu'elle va se coucher. Je suis sidérée par la maturité de cette petite. Les enfants de mon entourage auraient profité de la soirée entre amis de leurs parents pour se pelotonner sous un plaid sur le canapé, et se seraient endormis devant la télé. Mais pas Cléophée. Elle fait le tour de la table pour embrasser tout le monde. Guillemette empile les assiettes sales.

— Bonne nuit, ma Cléo, dit-elle en l'enlaçant.

Je propose immédiatement de débarrasser pour que Guillemette puisse coucher sa fille pendant ce temps.

— Reste assise. Cléo est une grande fille, elle peut se coucher toute seule.

Comme j'entends le robinet s'ouvrir dans la salle de bains, et que je visualise la fillette en train de se brosser sagement les dents, ma gorge se serre. Je lutte contre l'image de cette fêlure qui s'impose à moi. D'abord parce qu'elle me brise le cœur.

Et surtout parce que je me surprends en plein flagrant délit de jugement.

Février 2022

Ce matin, j'ai fait une grave découverte. À mes dépens.

Je suis allée acheter du matériel pour l'entretien des Crins Noirs, dont un nouveau balai. Va savoir pourquoi, je l'ai pris rouge.

J'ai très vite compris mon erreur.

Quand je l'ai utilisé près du box de Furtivo, il est devenu fou. Comme le jour de son arrivée, il s'est mis à se cabrer, à hennir de terreur. Je l'ai calmé tant que j'ai pu, sans saisir la raison de son emballement.

Mais les blessures à l'âme sont invisibles.

Ce n'est que lorsque j'ai repris mon nettoyage et qu'il a réagi de la même manière que j'ai compris. Un test avec un ancien balai marron m'a confirmé que ce n'est pas l'objet qui le plonge dans cet état de panique, mais l'objet et *sa couleur.*

J'en ai donc déduit que Furtivo a autrefois été violenté avec un balai rouge.

Le cheval est un animal extrêmement intelligent, qui garde une mémoire vive des détails, surtout dans le cadre de traumatismes. Celui-ci est imprégné en Furtivo de façon indélébile. Malgré moi, je lui ai fait revivre des scènes de grande souffrance. Je m'en veux.

Tous nos progrès ensemble auraient pu être ruinés à cause de ce simple incident.

Je me suis débarrassée de l'objet sans plus attendre et suis allée en racheter un noir. Et je me suis employée à témoigner à l'animal plus d'amour encore.

9

Depuis la zone technique où, juchée sur le tracteur, j'assure la manutention du fourrage destiné aux écuries, j'embrasse du regard le domaine des Crins Noirs. Malgré le labeur, ce lieu ne représente pour moi rien d'autre qu'un havre de paix, et le retrouver même juste pour deux jours m'est aussi vital et élémentaire que l'air que je respire. Je distingue la silhouette de Nadia qui se presse en direction du manège. Je sens la jeune fille de plus en plus à l'aise dans son domaine et je me surprends à anticiper la fin de son apprentissage. Nous pourrions lui proposer un poste chez nous. Nourrir de telles pensées me rembrunit soudain. Ne suis-je pas partie parce que je ne savais plus si ma place était ici ? Je ne dois pas déjà me projeter. En tout cas, je lui ai promis un cours de liberté demain. Elle pourrait devenir une bonne dresseuse si elle le souhaitait.

Plus tard, alors que je m'apprête à travailler Furtivo, j'ai soudain une idée. Je vais emmener le pur-sang dans la carrière pour m'entraîner avec lui sur la chorégraphie du rêve blanc. Si je parviens à en tirer quelque chose, je ne vois pas pourquoi ce serait impossible avec Gatsby. C'est un défi insensé que je me lance, mais comme tout challenge, il me fait frémir d'excitation.

Une fois la barrière refermée derrière nous, j'ôte la bride de Furtivo. Il s'ébroue, à son aise. Ses muscles se tendent sous sa peau. Je sens l'exaltation parcourir son dos, ses reins, sa croupe. Il guette un signe de ma part. Il n'est plus le cheval fou du début, n'ayant en tête que l'idée de se défouler. Il attend désormais mes instructions, est attentif à nos échanges. Toutefois, Nadia m'a confié qu'il est différent en mon absence. Plus nerveux, sur le qui-vive. Je commence par le faire marcher, puis j'accélère le rythme peu à peu, jusqu'à le laisser aller à un galop souple et tonique. Je vérifie son allure et constate un bon équilibre et une impulsion idéale. Satisfaite, je lui indique de s'arrêter. Un simple « Oooh ! » dans les graves suffit.

Je pianote sur mon téléphone, trouve la musique du spectacle et la paramètre pour qu'elle passe en boucle. Puis, je m'applique à lui apprendre chaque pas un à un. Il est seul, mais cela n'a pas d'importance. Les notes du morceau ne masquent pas totalement les sons alentour, pourtant je n'entends qu'elles. Même après des dizaines d'heures d'écoute, je ne m'en lasse pas. Les instruments de l'Orchestre philharmonique dégagent ce qu'il faut de magie pour relier hommes et animaux dans un même univers féerique. La musique semble d'ailleurs plaire à Furtivo, qui ne se déconcentre pas durant la demi-heure que dure notre travail. Ses performances feraient piètre figure à côté de Wilco ou Elios, mais je suis sidérée par sa volonté et sa réactivité. Il répond à mes demandes. Ses iris sombres posés sur moi ont la douceur de ceux de Cachou, mêlés à une sorte de fougue contenue. Et lorsqu'il se dresse sur ses jambes arrière pour me faire face, je le vois presque jubiler. Son corps vibre d'une puissance allègre : il adore ça.

Manuel nous surprend ainsi. La désapprobation que je lis sur son visage stoppe net le charme de l'instant.

— Tu viens à peine de rentrer que ça te manque déjà…

L'amertume qui retrousse un coin de ses lèvres me hérisse. Je coupe la musique, Furtivo hésite sur la conduite à adopter. Je le gratifie d'une petite tape sur la croupe et le laisse courir dans l'enclos tandis que je rejoins Manuel derrière la clôture.

— J'ai du mal à dresser un nouveau cheval, je voulais m'exercer avec Furtivo. Peut-être que je devrais essayer de prendre Gatsby à part aussi. Je suis surprise de voir à quel point Furtivo prend plaisir à coopérer en tout cas.

— Il a déjà fait du spectacle.

C'est vrai. Le passé chaotique du pur-sang me fait oublier une partie de son parcours. Je me tourne vers Manuel, qui suit l'animal des yeux. Ses mâchoires crispées m'indiquent qu'il ne partage pas mon enthousiasme.

— Il y a encore du travail aux écuries…

Son ton est dénué de reproche, mais je ne peux pas m'empêcher d'en lire au travers des mots. Il considère mon échange avec Furtivo comme un loisir accessoire, puéril et inutile. D'ordinaire, il aurait manifesté son admiration quant aux progrès de l'étalon.

— Manuel…

J'hésite. J'ai envie de me blottir contre lui pour détruire les barrières qu'il a érigées entre nous, mais je n'en trouve pas la force. Je lui en veux. Son manque d'empathie me tue. Il s'enferme quelque part où je ne peux pas le rejoindre. Mais n'ai-je pas fait la même chose avant lui ? Je suis perdue. Complètement désemparée, alors qu'il ne me suffirait que d'un signe… Manuel évite mon regard. Sa main remonte par réflexe jusqu'au sommet de son crâne pour y ajuster le chapeau de cow-boy qu'il porte dès les premiers rayons du soleil. Elle ne rencontre que sa tignasse brune. Gêné par ce moment d'égarement, il la laisse retomber sur les rondins qui encadrent la carrière, où elle s'agrippe avec force.

— Oui ? demande-t-il enfin.

— Non, rien…

Gaëlle vient me chercher avec un peu d'avance. Nous avons convenu de rendre visite à notre mère aujourd'hui. Nous nous retrouvions souvent en famille le dimanche. À présent que je travaille le week-end, je fais en sorte de me libérer en semaine pour profiter des miens.

Semblant avoir prémédité son coup pour éviter que je ne m'enfuie, ma sœur attend que j'aie bouclé ma ceinture pour m'avouer :

— Maman n'a pas l'air en forme.

Il n'en faut pas plus pour que l'inquiétude me noue la gorge.

— Elle est malade ?

— Je dirais plutôt qu'elle est fatiguée moralement, soupire-t-elle en démarrant.

— Tu crois que ça a un rapport avec la mort de Mémé ?

Gaëlle hausse les épaules, tourne la tête à droite et à gauche, avant de franchir un stop.

— Elle a quand même perdu sa mère.

J'acquiesce en silence. Quand j'étais plus jeune et qu'une très vieille personne mourait, je n'imaginais pas que cela puisse provoquer tant de peine à ses enfants, eux-mêmes déjà âgés. Pour moi, ce n'était que l'ordre des choses. Maintenant, je comprends qu'à n'importe quel moment de la vie, la perte de nos parents nous rend orphelins. Et puis, cela sous-entend que si la roue tourne normalement, les prochains sur la liste, c'est nous… Une prise de conscience somme toute angoissante.

Ma mère sort sur le perron dès qu'elle entend les roulis des gravillons dans la cour. Baignée dans sa solitude, elle guettait notre arrivée. Je la serre dans mes bras. Le giron maternel est rassurant, mais s'y lover trop longuement contrarie la pudeur dans laquelle nous avons été élevées. Même si je ne me confie pas, je ressens plus que jamais le besoin de sa présence à mes côtés avec tout ce qu'il se passe ces derniers temps.

Nous la suivons jusque dans la cuisine, où nous prenons place autour de la table. Ma mère n'a jamais eu l'habitude d'installer ses invités en petit comité dans le salon, encore moins ses enfants. Elle sort du four un brownie tiède. Je salive à l'avance. Je n'ai pas hérité des talents culinaires de ma mère.

— Tu n'as pas mis de cacahuètes au moins ? s'enquiert Gaëlle en affichant le petit air chagriné de celle qui a été oubliée.

— Tu crois que je ne me souviens pas des allergies de mes filles ? La tienne est arrivée sur le tard, mais je sais bien que ça te provoque des aphtes. Tu peux y aller, il n'y a pas l'ombre d'une arachide là-dedans.

Ma mère paraît soudain très fière d'elle, mais cette impression n'est que fugace. Bien vite, les plis autour de ses lèvres retombent, ses paupières s'affaissent. Elle m'évoque ce chien ridé que nous avions, quand le père était encore là. Il s'appelait Bidule. Je ne me rappelle plus qui lui avait dégoté ce nom. À cette idée, je suis prise d'une envie de rire. Cela faisait bien longtemps que je n'avais pas pensé à lui. Le père l'a emmené avec lui. Comme si le seul autre être masculin de la maison était en fait celui qu'il aimait vraiment. Après son départ, ma mère a continué de sourire. Elle l'a fait pour nous. Et pour faire la nique au père, pour lui prouver, bien qu'il ne puisse pas le constater, qu'elle n'avait pas besoin de lui. De toute façon, c'est plus son amour-propre que son amour, qui a été blessé dans ce divorce. En couple ou seule, la vie de ma mère n'a pas tant changé. Elle s'occupait de ses enfants et de la maison, en plus de son travail à l'usine de confection.

Je glisse un morceau de gâteau dans ma bouche. Celui-ci fond sur ma langue, libérant des arômes puissants de chocolat noir et de noisettes, tandis que je me liquéfie littéralement de plaisir.

— Comment ça se passe avec Manuel ? me questionne ma mère. Je l'ai trouvé un peu tendu l'autre soir.

Elle me surprendra toujours. Elle est autant capable de mettre les pieds dans le plat que d'esquiver un sujet sensible. Sa remarque a pour effet immédiat de gâcher mon bonheur gustatif.

— Il a du mal à accepter mon choix, c'est tout.

J'adopte un ton qui se veut sans réplique, tout en feignant un certain détachement. Mais ma mère n'a pas dit son dernier mot.

— Ça désorganise le ranch, tout de même.

— Maman ! s'exclame Gaëlle en riant. Tu te souviens que nous ne sommes pas dans l'Ouest américain ? Ce sont des *écuries*.

— Peu importe, répond ma mère en balayant l'air d'une main. C'est un endroit où il y a des chevaux. Nathalie m'a montré le passage pour lequel tu as été engagée. Une personne à part entière pendant trois mois pour trois minutes à peine de spectacle, c'est de la folie !

— Tu n'as pas idée du travail que ça représente, je me défends, navrée de constater que mon univers lui est toujours étranger, après toutes ces années.

— Et puis quand ils se cabrent comme ça, c'est dangereux. Tu pourrais te prendre des coups de sabot.

Pour appuyer son propos, ma mère frémit exagérément. Je m'agite sur ma chaise. Mon corps envoie les premiers signaux d'un malaise qui risque d'écourter notre visite. Gaëlle le sent et oriente la conversation dans une autre direction :

— Tu as quelque chose de prévu mercredi ? Je t'aurais bien laissé les filles. J'ai des rendez-vous, ça m'arrangerait.

Ma mère acquiesce, tout en versant du café dans nos tasses.

— Et sinon, comment tu vas ? ajoute Gaëlle en la regardant avec insistance.

— Ma foi, ça va.
— Mémé ne te manque pas trop ?
— Bah, ça fait un vide, c'est sûr.

Sans trop savoir pourquoi, je reparle de l'album photos qui a fait le tour de l'assemblée, le soir de son anniversaire. Je voudrais le feuilleter de nouveau, évoquant de nombreux visages inconnus. Ma mère se lève. Je m'attends à ce qu'elle aille le prendre dans le buffet où elle l'a rangé devant nous. Au lieu de ça, elle va le chercher dans sa chambre. Gaëlle et moi échangeons un coup d'œil consterné.

— C'est pire que ce que je pensais, me souffle ma sœur.

Ma mère me tend le livre. Je l'ai à peine ouvert que je voyage dans un passé vieux de plus de sept décennies. Ma grand-mère, jeune et belle, arbore le même sourire que j'ai déjà vu chez ma mère des années plus tôt. Mon grand-père pose aussi sur quelques clichés. Sur leur photo de mariage, son costume de gendarme lui donne fière allure. Lui ne sourit pas beaucoup et je comprends pourquoi ma mère me disait qu'il l'impressionnait. Je ne l'ai pas connu, il est mort d'un cancer quand Nathalie n'était encore qu'un bébé. Le visage de ma mère s'illumine à mesure qu'elle nous désigne ses cousins et cousines, un oncle éloigné ou une voisine oubliée. Nombre d'entre eux sont déjà morts, d'autres perdus de vue depuis longtemps. Nous nous remémorons en riant les souvenirs d'enfance que nous évoquent des noms, des lieux. Ce partage nous apporte du baume au cœur, resserre notre lien. Nous devrions faire ça plus souvent.

Je tombe sur un portrait en studio de ma grand-mère. Elle doit avoir une quarantaine d'années. Des rides encadrent le coin de ses yeux. Elle est maquillée plus que de coutume et coiffée avec soin, les cheveux gaufrés. Elle a dû se faire belle pour immortaliser un événement particulier. Je remarque d'emblée le fameux médaillon qui a suscité tant de réactions lors du dernier rassemblement. Mon doigt caresse l'objet familier.

Ma mère se racle la gorge, ce qui me fait légèrement sursauter. Je l'observe, elle se relève pour nous servir un verre d'eau, l'air lointain. La raison pour laquelle le charme vient de se rompre m'apparaît soudain. Pour la première fois de ma vie, je pose la question qui ne m'avait jusqu'alors jamais effleurée :

— Que contenait le médaillon de Mémé ?

Ma mère se raidit. Quelque chose m'échappe, mais je sais que j'ai vu juste. Gaëlle se redresse sur sa chaise et fronce les sourcils.

— C'est vrai, ça ! Il a toujours été là, à tel point qu'on a fini par oublier pourquoi.

La cheffe de famille garde obstinément le silence. Elle peut s'avérer bien plus butée que moi, mais je ne m'avoue pas vaincue. Nous sommes deux contre une.

— Tu sais ce qu'elle gardait serré contre son cœur, pas vrai ?

Les yeux rivés sur la table, elle gratte un pli de la nappe avec son ongle, à en arracher la couleur.

— Une photo de Pépé ? insiste Gaëlle.

Ma mère secoue subrepticement la tête. Encouragée par cette réponse voilée, je me lance à mon tour dans le jeu des devinettes :

— De son amant, alors ?

— Non !

La véhémence de sa protestation me fait deviner que j'ai entaché l'image modèle de sa mère.

— Vous ne comprenez pas…

— C'est un si gros secret que ça ? interroge Gaëlle, d'une voix douce.

Ma mère hausse les épaules, prise au dépourvu. Elle n'avait nullement l'envie de nous confier cela. Elle n'a jamais réfléchi à la manière de le faire. Je tente d'insister :

— Ça a l'air de te miner…

Comme elle continue de se taire, Gaëlle se penche en avant pour lui saisir une main. Puis elle lui parle avec une infinie tendresse :

— Maman, nous sommes grandes maintenant. S'il y a quelque chose que nous devons savoir, il faut nous le dire.

À ce moment précis, la sonnette de l'entrée retentit. Nous sursautons toutes trois, à l'unisson. Ma mère reste un instant hagarde, avant de se ressaisir. Quand elle se lève pour aller ouvrir, j'entrevois sur son visage le soulagement d'avoir évité la révélation.

Mars 2015

Je te parle bien avant ta conception, et j'espère continuer à le faire quand tu seras là. Je sais trop ce qu'il en est du manque de communication.

Les souvenirs que je garde du père durant mon enfance sont ceux d'un homme absent, même quand il était là. Malgré une certaine complicité entre nous, elle ne demeurait que de surface. Dans le fond, j'étais reléguée au même rang que mes sœurs : il ne nous adressait la parole que pour nous donner des ordres, jamais pour discuter.

Je me rappelle la fois où ma mère a dû subir une opération et passer quelques jours à l'hôpital. Nous sommes restées toutes seules avec le père. Les repas étaient d'un ennui ! Hormis nos mastications et le claquement de mâchoires régulier du père, on n'entendait pas un bruit. Il ne nous serait pas venu à l'idée, à l'une ou à l'autre, de prononcer le moindre mot. Ça avait l'air de soulager le père.

J'avais sept ou huit ans, et j'avais hâte que ma mère revienne.

10

— Tu le crois, ça ? Elle n'a même pas daigné partir quand elle nous a vues ! fulmine Gaëlle tout en me ramenant aux Crins Noirs.

— Elle a toujours été collante, cette femme, je réponds distraitement en regardant les premières gouttes de pluie s'écraser sur le pare-brise.

— Elle débarque toujours au mauvais moment, oui !

La voisine de ma mère, celle qui a racheté la maison de M. Henry après sa mort, a la fâcheuse habitude de feindre des visites impromptues quand elle aperçoit une voiture dans la cour. Comme ma mère n'ose pas la mettre dehors, c'est nous qui partons. Raconter nos vies à la commère du village, très peu pour nous ! Gaëlle laisse éclater son indignation dans l'habitacle de la voiture.

Je garde le silence. Il n'y avait peut-être rien à apprendre, après tout. Ma mère a bien vite pris la défense de Mémé lorsque j'ai parlé d'un éventuel amant. C'est peut-être ça, le secret. Franchement, je ne suis pas certaine de vouloir être mise dans la confidence. Je préfère garder de ma grand-mère le souvenir d'une petite dame qui ne vivait plus que pour sa descendance. Pur égoïsme de ma part, puisque Mémé a eu une vie de femme pour la faire, cette descendance. Mais avec Pépé, pas avec un autre homme.

Gaëlle finit par se calmer. Soudain, d'une toute petite voix, juste avant d'actionner son clignotant pour tourner en direction des écuries, elle me déclare :

— Avec Alex, quand nous essayions de concevoir Lola, nous sommes allés voir plein de gens pour trouver quelqu'un susceptible de nous aider. On m'a conseillé une kinésiologue. Tu me connais, tu sais que j'ai du mal à croire à toutes ces choses-là. Pourtant, j'étais prête à faire confiance à n'importe qui, du moment que ça marchait. La personne communiquait avec mon inconscient par l'intermédiaire de mon bras. Un truc vraiment bizarre. C'est d'ailleurs pour ça que je n'en ai jamais parlé. Bref, en tout cas, elle m'a dit, enfin... *mon bras* lui a dit... que dans la famille, il y avait... des secrets.

— Des secrets ?

— Oui, des secrets. J'avais interrogé maman à l'époque. Elle m'avait dit qu'elle ne voyait pas de quoi il pouvait s'agir. Pourtant, avant que je ne m'en aille, elle avait ajouté une phrase qui m'est restée : « Ce que tu ignores ne peut pas te faire de mal. » Je n'ai pas insisté, et puis les stimulations ovariennes ont suffi à nous donner le coup de pouce dont nous avions besoin.

Nous faisons claquer les portières dans la cour. J'invite ma sœur à boire une tisane, mais sans que le cœur y soit. Un drôle de sentiment, que j'ai d'abord du mal à définir, est en train de s'insinuer en moi. On dirait... de la colère. Oui, c'est ça, j'en veux à Gaëlle. Il me faut un temps supplémentaire pour en comprendre la raison. Puis, je réalise pourquoi : elle me confie ses doutes seulement maintenant, alors que cela fait des années que j'essaie de tomber enceinte ! Mais je n'ai pas le droit de lui en tenir rigueur. N'est-ce pas moi qui me suis refermée comme une huître à la moindre allusion concernant les démarches entreprises avec Manuel ? Moi aussi, je suis allée en voir, des professionnels en tout genre... Diseuses de bonne aventure, étiopathes, doulas spécialisées dans la conception, psychologues, et j'en passe. La difficile relation avec le père est souvent revenue pour expliquer ma stérilité. C'est d'ailleurs la raison pour laquelle j'ai fini par renouer avec lui. Enfin, « renouer ». Le mot est fort. « Reprendre contact » serait plus exact.

Nous pénétrons dans la cuisine. Gaëlle a remarqué mon visage assombri par les tourments, je m'en rends compte à sa façon de s'évertuer à me parler de sujets plus légers.

— C'est le nouveau pur-sang qu'on aperçoit d'ici ? demande-t-elle.

Furtivo broute paisiblement au pré. La pluie ne s'est pas encore abattue sur les Crins Noirs. On distingue à quelques kilomètres de là un rideau gris qui semble doucher le village voisin, mais le vent chasse les nuages. Avec un peu de chance, il va emporter les menaces du déluge plus à l'est. Sous la couverture qui lui tient chaud, Furtivo brille de mille feux, forme luminescente presque irréelle qui se découpe sur les arbres vert foncé et le ciel obscur.

— Oui, c'est Furtivo.

— Qu'est-ce qu'il est beau…

Je suis surprise de son ton extatique. D'habitude, elle jette à peine un regard à mes chevaux.

— Il devait être trop mignon quand il était encore un poulain.

— À sa naissance, il n'était pas blanc.

— Ah non ?

Je secoue la tête tout en remplissant la bouilloire.

— À part les albinos, les chevaux naissent gris ou alezans. Ils deviennent blancs en grandissant. C'est dommage que nous n'ayons pas de photos de Furtivo bébé.

Gaëlle se sert d'une cuillerée de thé en vrac.

— Est-ce qu'il est aussi beau que les chevaux du parc ?

Me réchauffant les mains avec ma boisson, je m'approche de la fenêtre. Je contemple l'étalon qui, comme s'il se sentait observé, a redressé la tête. Sa longue crinière flotte dans le vent. Les naseaux écartés, on dirait qu'il inspire toutes les odeurs de la nature pour s'en griser jusqu'à l'ivresse.

— Il n'est pas seulement aussi beau qu'eux. Il est *encore* plus beau. Regarde son allure altière. On dirait un sultan. Tu aurais dû le voir, quand il s'est mis debout tout à l'heure, il était…

Tout à coup, je me fige, stupéfaite par la révélation qui s'impose à moi. Je repose ma tasse sur le plan de travail, en renverse la moitié à côté tellement je tremble d'excitation. Gaëlle me considère d'un air incrédule, tandis que je passe en trombe près d'elle, m'arrête un instant pour lui effleurer le bras en chuchotant : « Tu es merveilleuse. » J'ignore mon manteau accroché dans l'entrée et je sors en laissant la porte grande ouverte. Derrière les battements désordonnés de mon cœur, j'entends ma sœur me crier : « Qu'est-ce qui t'arrive ? Qu'est-ce que j'ai dit ? » Je cours jusqu'au manège, qui s'avère vide, alors je rebrousse chemin et poursuis jusqu'à la carrière. Manuel est en train d'enseigner le débourrage à notre plus jeune apprenti. Lorsqu'il me voit surgir ainsi, rouge et échevelée, il suspend ses explications, décontenancé. L'espace d'un instant, je retrouve notre connexion, ce lien entre nous qui révèle à quel point nous comprenons l'autre mieux que nous-même. Je m'arrête, les mains sur les genoux et, tout en reprenant mon souffle, je déclare :

— Furtivo… c'est un magicien. Il n'est pas fait pour rester dans l'ombre. Les gens doivent l'admirer. Il sera formidable. C'est à lui de le faire. C'est lui qui doit remplacer Gatsby.

J'attends avec impatience de pouvoir m'entretenir avec Chris. Contre toute attente, il n'a pas assisté aux entraînements ces deux derniers jours. Guillemette a eu de ses nouvelles : il s'est fait taper sur les doigts par son chirurgien parce qu'il en fait trop. Surprenant… Ce matin, quand il a montré le bout de son nez en début de séance, je lui aurais presque sauté au cou. Je sens son regard braqué sur moi depuis que je lui ai annoncé vouloir lui parler.

Nous terminons avant l'heure du déjeuner. Je prie Eva de ramener Desvelo au paddock à ma place. La soigneuse s'exécute, ravie de me rendre ce service.

— Que me vaut l'honneur ? demande Chris avant que je n'aie eu le temps de m'approcher.

— J'ai trouvé un remplaçant à Gatsby, j'annonce sans préambule.

Son sourire énigmatique s'efface instantanément pour laisser la place à une expression perplexe. Je sens d'emblée qu'il va être difficile à convaincre. Puis il secoue la tête.

— Non, tu n'as pas compris. Nous n'avons plus assez de temps pour préparer un autre cheval. Gatsby est arrivé il y a un mois. C'est dur pour lui, mais il s'y fera.

— Justement non. Il ne peut pas. Ce n'est pas dans son tempérament. Il te donnera satisfaction sur un spectacle, mais tu ne pourras pas être sûr de lui sur les suivants. Pas parce que c'est un mauvais cheval, mais parce qu'il n'est pas fait pour ça. Tu le sais aussi bien que moi.

— Je ne suis pas idiot, je vois bien que cela ne lui convient pas. Mais tu ne te rends pas compte qu'à notre niveau, nous ne pouvons pas nous permettre ce genre d'imprévu.

— L'imprévu est déjà là, j'essaie de trouver une solution.

— On ne fait jamais venir de cheval de l'extérieur. On a notre circuit habituel, c'est comme ça.

— Même s'il est plus performant ?

— Tu le sors d'où, ce jeunot ?

Son ton ironique me déplaît.

— Il a déjà fait du spectacle.

J'entrevois dans ses yeux une lueur d'intérêt. C'est ainsi avec Chris : toute la palette des émotions se peint sur son visage. Parfois, deux sentiments contraires se disputent la place.

Quand on est une éponge comme moi et qu'on se prend en pleine figure ce méli-mélo sismique, on ressort d'un face-à-face avec Chris plus lessivé qu'après une heure de boxe.

J'inspire un bon coup avant de poursuivre. La suite ne va pas le réjouir, mais je dois aller au bout.

— C'est Furtivo.

— Furtivo ? Attends… *le* Furtivo que je connais ?

J'acquiesce en silence tout en me maudissant de ne pas avoir songé à filmer les exploits du pur-sang. Chris aurait pu le voir à l'œuvre. Et il aurait compris. Soudain, l'expression perplexe de mon interlocuteur se mue en un grand sourire.

— Tu te paies ma tête, la dresseuse ? Ha, ha ! Pendant un moment, j'ai cru que tu étais sérieuse. Furtivo…

Il se relève péniblement tout en grimaçant. La douleur dans son genou stoppe net ses ricanements. Clopin-clopant, il se plante devant moi. Le vent frais qui s'engouffre entre la toiture et les murs du manège transporte son parfum jusqu'à moi. Un effluve de pin, mêlé à des relents de sueur. Je ne saurais dire pourquoi cela ne me rebute pas. Au contraire, je m'approche davantage.

— Ce n'est pas une blague, Chris.

Je le toise, le mettant au défi de se remettre à rire. Ses yeux gris me sondent. Je n'arrive pas à deviner ce qu'il pense. Je refuse de laisser le malaise m'envahir au point que j'en oublie la certitude absolue qui m'habite depuis que cette idée m'est venue. Je sais que mon instinct est juste, je le ressens au plus profond de ma chair. Alors je me mets à lui parler de mes heures passées à entraîner Furtivo, pour voir comment je pourrais m'y prendre avec Gatsby. Je raconte ses performances, médiocres pour l'instant, mais avec une marge de progression immense grâce à cette cohésion, cette confiance entre nous. Chris m'écoute, impénétrable.

— Tu es attendrissante, quand tu rosis d'excitation, me dit-il avec un sourire.

Je me sens rougir de plus belle. Ce type peut être exaspérant d'inconvenance. Ses lèvres s'étirent davantage, satisfait qu'il est de ma gêne.

— Tu as oublié une chose, Tess : Furtivo n'est pas à toi.

Chris me donne exactement la même réponse que Manuel. Sa propriétaire me semble au contraire la personne idéale pour mettre mon plan à exécution. Chris ne veut pas entendre parler d'un quelconque passe-droit parce qu'il s'agit de sa sœur. Je démonte ses arguments un à un comme j'abattrais un château de cartes. Non, il ne s'agit pas d'un lusitanien, mais il a pu admirer la magnificence de l'étalon. Oui, il est un peu fougueux, mais du moment qu'on sait s'y prendre avec lui, il peut se montrer aussi doux que les autres. Les seuls bémols que je n'évoque pas devant lui sont ceux mis en avant par Manuel, et que je partage : d'abord, nous n'avons aucune idée de la manière dont le cheval se comportera dans le cadre d'un travail en commun avec ses congénères. Ensuite, Furtivo a tendance à *me* faire confiance, à moi et à personne d'autre… Mais, après tout, les chevaux du parc aussi ont droit à leurs journées de repos. Nous n'aurons qu'à calquer les siennes sur les miennes.

Chris s'agace de ne pas parvenir à me faire entendre raison, finit par me dire que je suis aussi butée qu'un âne. Puisque ma décision est prise, je n'ai qu'à assumer. Lui ne s'occupera de rien. Encore moins d'essayer de convaincre Hilda.

— Si elle m'appelle, je lui dirai non, me prévient-il. Et si jamais ton Furtivo ne fait pas l'affaire, il retourne d'où il vient.

Hilda a dit oui, avec un plaisir évident. Mieux que ça, elle a convaincu son frère, qui m'a finalement donné son accord.

Quelques jours plus tard, elle m'accompagne en direction du parc pour le transfert de Furtivo. Dans sa voiture, mes yeux fixés sur la route et sur le van devant moi comme si j'allais en voir surgir un cheval blanc, je me laisse bercer par son flot de paroles. Elle me parle de sa relation avec Chris. Je l'envie. Elle n'a qu'un seul frère et partage sa passion avec lui. De mes trois sœurs, aucune ne me comprend.

— Comment avez-vous réussi à faire changer Chris d'avis ? je m'enquiers avec curiosité.

— Mon frère est très attaché aux règles en général, et au protocole du parc en particulier. Ce que nous sommes en train de faire là est contraire aux habitudes de la compagnie, mais j'ai des relations parmi les membres de la direction. Ils savent que je ne prends aucune décision à la légère. Chris n'a eu d'autre choix que de s'incliner.

Elle me lance un clin d'œil complice. Je suis touchée par la confiance qu'elle me témoigne.

Que Hilda voyage avec moi dissipe un peu mon angoisse. Faire monter Furtivo dans le van s'est montré plus laborieux que prévu. Il s'est entêté à freiner des quatre fers, s'est cabré, a paletté l'air de ses sabots en lançant ses antérieurs en avant, au risque de blesser Manuel et le palefrenier. Une fois enfermé, il a donné des coups dans les parois. Heureusement que l'espace est restreint et qu'il ne peut pas prendre d'élan. Manuel est devenu livide, j'ai cru qu'il allait refuser de prendre la route. Quelques minutes plus tard, Furtivo a fini par se calmer. Je me suis rendu compte que j'avais surestimé le temps qui s'était écoulé depuis son arrivée aux Crins Noirs. Ses blessures, encore fraîches, se sont rouvertes et l'ont métamorphosé. Il était redevenu l'étalon sauvage et indomptable avec lequel j'ai fait connaissance quelques mois plus tôt. Tout le travail réalisé ensemble a semblé s'effondrer d'un coup. Cette scène me laisse une sensation de verre pilé dans la bouche, qui prend de plus en plus d'ampleur à mesure que nous approchons.

Et si je m'étais trompée ?

Janvier 2017

Manuel m'a dit quelque chose d'horrible aujourd'hui.

Selon lui, si nous ne te faisons pas naturellement, tu ne seras pas un enfant de l'amour.

Ça le mine de ne pas pouvoir te concevoir comme la plupart des pères. Il est atteint dans sa virilité.

Moi, ce que je crois, c'est qu'après tant d'années, tu es bien plus qu'un enfant de l'amour. Tu es le symbole même de l'amour, le fruit d'une passion si forte qu'elle nous enveloppera tous les trois et nous couvrira de bonheur jusqu'à la nuit des temps.

Même si nos sentiments te semblent maladroits, ne nous rejette pas. Accepte de faire de nous tes parents.

Nous deviendrons meilleurs grâce à toi. Nous apprendrons la vie ensemble.

Et par-dessus tout, nous nous aimerons à l'infini.

Parce que c'est tout ce qui importe.

On se fiche du comment. Seul compte toi.

11

En arrivant, je remarque d'emblée le comité d'accueil qui nous attend. Il y a Guillemette accompagnée de Cléophée, ainsi qu'Eva, trois autres soigneurs habitués à la liberté, Chris, Fab, le responsable équestre des Compères, et Andréani. Ils sont beaucoup trop nombreux. Furtivo est déjà assez effrayé par ce changement, il a besoin de calme. Je descends de voiture avant que Manuel n'ouvre la porte du van et leur demande de s'écarter. Mon angoisse est communicative, et personne ne bronche. Fab fait signe aux soigneurs de retourner s'occuper des box. Guillemette se met en retrait, derrière Chris et Andréani, en tirant doucement la main de sa fille. Je suis étonnée de sa présence, car le mercredi, elle est normalement en repos. Hilda a rejoint son frère. Elle se tait, à présent, consciente d'assister à un moment clé où le silence est d'or. Des coups de sabot dans la tôle du van nous indiquent que Furtivo est bien éveillé, et surtout très énervé. Quand Manuel déverrouille la serrure de la porte, il a juste le temps de s'écarter pour ne pas se prendre le battant en pleine figure. Celui-ci claque contre la paroi. Le silence qui suit en dit long sur notre stupeur. Je m'avance pour aider Manuel. Il tend un bras dans ma direction pour m'arrêter, tout en réajustant le chapeau de cow-boy qu'il a mis pour l'occasion, comme pour mieux camoufler sa désapprobation.

— C'est dangereux, souffle-t-il.

Ses mâchoires sont crispées, son ton sans réplique. Andréani réagit tout de suite. Il s'approche et se met à parler à Furtivo, de l'air enjoué que je lui connais désormais.

— Allez, mon gros. Tu ne vas pas rester à moisir entre ces quatre murs. Tu peux nous montrer ton sale caractère, mais il va bien falloir que tu sortes.

Je lui suis reconnaissante d'être ainsi. Sa jovialité désamorce les bombes. Manuel est concentré. Les muscles de ses avant-bras découverts sont tendus à l'extrême tandis qu'il tire la longe de Furtivo vers l'arrière pour le faire reculer. Le cheval rejette la tête de tous côtés en signe de protestation. J'ai peur qu'il ne se cogne contre l'aluminium des cloisons. Un animal apeuré ne se rend pas compte que son propre comportement peut le blesser. Mais Andréani veille. Il lui caresse l'encolure et tente de maintenir sa tête avec fermeté pour lui éviter les coups. Lorsque Furtivo s'est entièrement extrait du van, il se cabre. À l'aide des « Oooh ! » des deux hommes, de caresses et du maintien ferme de Manuel, il finit par se calmer. Dans mon dos, j'entends des exclamations extasiées. Guillemette ne tarit pas d'éloges sur ses proportions harmonieuses, sa poitrine profonde et sa robe pure et immaculée. Cléophée s'exclame qu'il est encore plus blanc que la neige.

Je finis par aller à la rencontre de Furtivo. Je fouille dans la poche de ma veste, j'en sors une carotte et je la tends à l'étalon. Il ne peut pas résister à une friandise, quelle que soit la situation. Puis je le saisis par la bride et le mène en direction de l'écurie. Manuel marche de l'autre côté de sa croupe, au cas où le cheval se mettrait en tête de me fausser compagnie. Andréani nous emboîte le pas, accompagné de Chris. Je n'échange pas un mot avec mon mari. Je lui suis reconnaissante d'être là, de me suivre dans mes pires folies, même s'il ne les approuve pas. Je ressens aussi son besoin de me protéger et je n'arrive pas à savoir si ça me flatte ou m'exaspère. Me laisser seule ici le perturbe parce qu'il ne peut pas veiller sur moi. Il est comme ça, et c'est aussi la raison pour laquelle je suis tombée amoureuse de lui.

J'ai choisi d'installer Furtivo dans un box un peu à l'écart des autres chevaux. Je veux qu'il se sente bien durant sa période d'adaptation. L'épaisse couche de paille fraîche semble le contenter, car il se détend, surtout lorsque je referme le portail derrière nous. Dans son nouveau havre de paix, je reste à flatter le cheval et à le caresser. Je lui susurre des mots doux, je lui parle de cette vie de star qui s'offre à lui. Il sera choyé, gâté. Il y prendra du plaisir. Je veillerai sur lui personnellement. Pas longtemps, mais cela je ne l'avoue pas. Pas plus à lui qu'à moi-même.

Quand je sors enfin, tous les regards sont braqués sur moi. Une rougeur subtile colore les joues de Manuel. En me tournant vers Chris, je remarque qu'une légère ironie flotte sur ses lèvres. Je me demande s'ils se sont querellés.

— Tu as décidé de semer la zizanie, avec ton cheval fou, me dit-il.

Son sourire ne quitte pas son visage. Je le sens plus amusé qu'inquiet.

— Je te prouverai que tu as eu raison de me faire confiance, Chris.

— Je ne doute pas de toi, plus du canasson. En revanche, ton mari…

Il ne finit pas sa phrase. Manuel fait claquer sa langue et se plante devant lui. Il paraît plus grand, mais Chris se redresse, les mains appuyées sur ses béquilles, et je constate qu'ils font la même taille.

— Qu'est-ce qu'il a, son mari ? grogne Manuel, menaçant, les bras croisés devant la poitrine.

Plus de doute : ils se sont bien accrochés pendant que j'étais avec Furtivo.

— Tu ne fais pas tellement confiance à ta femme, si ?

Manuel fixe Chris avec colère. Ses prunelles brillent d'un éclat mauvais. Si je ne le connaissais pas aussi bien, je le croirais prêt à lui balancer son poing en pleine figure.

— Tess est la seule personne au monde à laquelle je confierais ma vie sans hésiter, siffle-t-il entre ses dents.

Sa réponse me touche. Mais je la sais biaisée par son honneur qu'il veut sauver. Ce combat de coqs est puéril et pathétique. Chris se met à ricaner :

— Ta vie ! Tu y vas un peu fort, non ?

— L'essentiel, c'est que tu comprennes l'idée.

Guillemette observe la scène, inexpressive. J'ai soudain honte de me retrouver malgré moi au centre des hostilités.

Tout à coup, une clameur retentit du côté de l'écurie. La grille est entrebâillée. Mon sang ne fait qu'un tour. Mon protégé se serait déjà enfui ? Lorsque j'accours, Andréani est à l'intérieur du box de Furtivo, avec Cléophée. Le cheval se tient debout tout au fond, à mon grand soulagement. Guillemette me suit.

— Qu'est-ce qui s'est passé ? s'écrie-t-elle.

— C'est Cléo. Elle est entrée dans le box.

— Toute seule ? s'étonne sa mère.

Andréani se contente de hocher la tête, la mine grave. Nous sortons et refermons le portail. Toute la tension est retombée, tel un soufflet. L'ambiance querelleuse, l'excitation de l'arrivée du pur-sang. Nous étions en nombre et nous avons failli. Une petite fille curieuse a échappé à notre vigilance et s'est faufilée dans l'abri d'un étalon énervé, pas encore tout à fait remis de ses émotions. Nous savons tous ce qui aurait pu se passer. Et nous n'avons pas de mots pour le dire.

Manuel est reparti et j'ai laissé Furtivo s'habituer tranquillement à son nouvel environnement. Cet après-midi, je le conduirai à la carrière. Guillemette m'a invitée à déjeuner chez elle. Elle demeure étrangement silencieuse depuis l'incident de ce matin, qui semble planer sur sa conscience de mère. Lechêne est là aussi. À la fin du déjeuner, il emmène sa fille pour s'occuper des oiseaux dans le jardin. Je reste encore un peu, savourant le café que Guillemette m'a servi avant de retourner au travail. Comme si elle avait attendu durant tout le repas de pouvoir me parler en tête à tête, elle s'exclame :

— Je sais ce que tu penses !

— De quoi parles-tu ?

Je ne suis pas sûre de savoir où elle veut en venir et je ne tiens pas à risquer une maladresse.

— Je n'ai pas assez surveillé Cléo, tout à l'heure. D'ailleurs, si tu le penses, tu as raison. Je les écoutais... Je n'imaginais pas qu'elle aurait l'idée de rentrer dans le box. Elle ne fait jamais ça, d'habitude.

Son ton accusateur est davantage dirigé contre elle-même que contre moi.

— Guillemette, calme-toi. Nous étions tous là, nous sommes tous fautifs. Seul Andréani l'a vue.

— Je ne suis pas... je ne suis pas une bonne mère.

Elle se lève en prononçant ces mots durs. J'ai à peine le temps de déceler l'éclat brillant de ses yeux. Étant donné que je n'ai pas d'enfant, je ne sais pas quoi lui répondre. Je ne suis pas censée donner des leçons. Pourtant, Guillemette a besoin d'être rassurée et je comprends que c'est à moi qu'elle a fait appel en me conviant chez elle.

— Toutes les mères du monde culpabilisent à cause de ce qu'elles ont fait, n'ont pas fait, ou auraient dû faire. Je n'en connais pas une seule qui ne se jette pas un jour la pierre pour avoir échoué dans son rôle. Cléophée va bien, c'est tout ce qui compte. Arrête de te torturer...

Guillemette soupire et se rassoit.

— Justement, c'est ça qui me pèse.

D'un regard, je l'incite à poursuivre. Elle est prête à s'ouvrir, mais quelques barrières subsistent encore.

— Entrer dans le rôle de mère. Prendre soin de son enfant, veiller à ce qu'il ne coure aucun danger, qu'il ne manque de rien. Ce poids, sur nos épaules, qui ne s'allège jamais. Avant que je ne tombe enceinte, on ne m'a pas expliqué ces choses-là.

Le chemin que prend notre conversation me trouble. Guillemette me fait découvrir un aspect de la maternité que je ne soupçonnais pas et que je pressens déjà comme tabou.

L'innommable est sur le point d'être dit.

Et je ne sais pas si j'aurais la force de l'entendre. Toutefois, malgré le malaise qui me gagne, je me tais, l'encourageant à continuer. Quelque chose s'est libéré en elle. Son dernier barrage cède.

— Quand j'ai rencontré Valentin, je suis tombée amoureuse de lui tout de suite. Nous aimions les animaux tous les deux, nous partagions la passion du spectacle, nous avions des amis en commun… Nous avons rapidement emménagé ensemble. Lechêne voulait fonder une famille. Et moi aussi.

Guillemette s'interrompt pour scruter dehors, même si de la cuisine, elle ne peut voir ni son conjoint ni sa fille. Elle veut peut-être s'assurer qu'ils ne viendront pas interrompre ses confidences.

— Je suis tombée enceinte. Valentin était fou de joie, alors ça m'a rendu heureuse. Les gens n'arrêtaient pas de me dire que nous allions vivre un truc incroyable, qu'à la naissance du bébé, la force de notre amour pour lui nous dépasserait. Le jour où Cléo est née… ça ne m'est pas arrivé. Je l'ai observée, j'ai attendu le coup de foudre dont on m'avait tant parlé, mais je n'ai rien ressenti… du tout.

Sa voix se brise tandis que je perçois toute sa déception et son amertume. Mon cœur se serre. Moi aussi, je me suis souvent imaginé connaître ce jour-là un amour infini, indescriptible. Toute la profondeur d'un océan, toute la brûlure d'un volcan, réunies en un seul instant. J'ai déjà entendu parler de ces mères à qui il faut parfois plus de temps pour le ressentir.

— Ton coup de foudre a eu lieu plus tard… hasardé-je.

Guillemette secoue tristement la tête et ça me fait l'effet d'un second coup au cœur.

— Je ne suis pas faite pour ça, déclare-t-elle, résignée.

Tout à coup, la révolte gronde en moi. Cette femme m'ouvre les portes de son âme insensible de mère, tandis que je ne rêve que d'avoir la chance de l'être un jour. Quelle ironie ! Ne pouvant me retenir, je souffle :

— Alors que je me bats pour avoir un enfant…

Guillemette me considère, ses grands yeux bleus dénués de toute culpabilité.

— Tu n'en parles jamais, mais je me doutais bien… La vie est parfois injuste.

— Mais cette enfant, tu la désirais…

Je veux comprendre l'impossible. Elle acquiesce, m'explique qu'elle l'a toujours voulue sans vraiment y réfléchir. Sans s'être dit qu'elle pourrait aussi ne pas avoir d'enfant. Dans notre société, le choix de la vie de femme plutôt que de celle de mère est encore difficilement accepté.

— Les deux ne sont pas incompatibles, pourtant, argué-je.

— Bien sûr. Mais certaines femmes ne sont pas faites pour être mères, répète-t-elle. Ce que je te dis là… personne n'est au courant. Je me confie à toi, parce que je sens que tu ne juges pas les autres. Même si tu es forcément en train de le faire en ce moment. Je me suis beaucoup renseignée sur ce que je ressens. C'est tellement difficile à comprendre, je suis si honteuse d'éprouver ça. La parole se libère à ce sujet. Les femmes se mettent à parler du regret maternel.

— Ça porte donc un nom ?

— Tu ne peux pas imaginer le soulagement que c'est. J'ai le sentiment d'être un peu comprise. Je ne suis plus seule.

La porte du garage claque et le rire de Cléophée nous parvient. Guillemette se redresse, tendue, sur sa chaise. Puis elle pose sa main sur mon bras et chuchote avec ardeur, comme si sa vie en dépendait :

— J'aime ma fille. Profondément. Jamais je ne lui ferai le moindre mal. Je veux qu'elle soit heureuse. Oui, j'aime Cléo, mais pas mon rôle de mère.

À la minute où Cléophée pénètre dans la cuisine en sautillant, Guillemette me lâche et se lève pour mettre nos tasses dans l'évier. Elle sourit à sa fille, avec plus d'intensité que d'habitude.

— Alors, comment ça se passe ?

— Saperlotte, elle a mordu sa maman.

— La chouette ? Elle n'est pas très gentille, dis donc.

— Je crois qu'elle s'entend mieux avec son papa.

Une ombre de tristesse voile les traits de Guillemette. Elle presse ses lèvres charnues l'une contre l'autre, jusqu'à ce qu'elles deviennent toutes pâles. Malgré ses aveux, je ne peux m'empêcher d'éprouver de la peine pour elle. Je repense à ma première visite dans cette maison, le soir où elle n'avait pas accompagné sa fille pour se coucher. J'avais déjà pressenti, à ce moment-là, qu'elle n'était peut-être pas une mère comme les autres. Comprenant que la confession de Guillemette résonne comme un appel à l'aide, je déclare à Cléophée :

— Peut-être que Saperlotte s'entend mieux avec son papa parce qu'il lui montre qu'il l'aime. Même si sa maman ne sait pas s'y prendre, elle l'aime aussi, à sa façon.

Guillemette tressaille en entendant ces mots. Elle reçoit le message qui lui était destiné avec reconnaissance. J'espère que sa fille saura en saisir le sens caché, et l'adapter à son propre cas.

Après tout, évoquer la chouette Saperlotte était peut-être aussi pour Cléophée un moyen de dire l'indicible.

Mars 2022

Comme j'ai oublié d'emporter des livres cette semaine, Mme Praud, ma propriétaire, a tenu à m'offrir de la distraction. C'est qu'il n'y a pas la télévision dans son logement ! J'ai eu beau protester, lui assurant que je suis tellement fatiguée le soir qu'il ne me faut pas longtemps pour m'endormir, elle m'a quand même apporté quelques journaux Ouest France.

Des nouvelles catastrophiques qui me feraient cauchemarder toute la nuit. La guerre en Ukraine, ses images de réfugiés. Peut-on vivre chose plus terrible que de devoir fuir sa maison, sa ville, son pays, pour survivre ? Quel monde va-t-on laisser derrière nous ?

Au milieu de ce chaos, un article m'a touchée. C'était une interview d'Edgar Morin, un philosophe et sociologue centenaire. Il parlait de cette guerre avec recul et pragmatisme. Il m'a fait penser à M. Henry. Notre vieux voisin était comme ça aussi. Il vivait avec son temps. Il avait beau se sentir parfois dépassé, il s'adaptait toujours. Il n'était pas du genre à se lamenter, à dire comme moi « Dans quel monde vivons-nous ? ». Il en était conscient, mais il essayait de trouver des réponses pour le rendre meilleur.

J'aimerais être comme ça.

En ce moment, je pense seulement que c'est une bonne chose que tu ne sois pas là pour voir tout ça. Ce serait pur égoïsme de ma part que de te vouloir alors que tout va mal.

Est-ce que je suis en train de franchir une étape ?

12

Les semaines ont passé, muant peu à peu la nouveauté en routine. Aujourd'hui, je suis de retour aux Crins Noirs. Le souffle du printemps charrie des parfums de narcisse et de magnolia. Les tulipes surgies de terre exhibent leurs couleurs affriolantes, les champs se parent du jaune du colza, tandis que différentes nuances de vert ondulent à perte de vue. Montée sur Cachou dans la carrière, je berce mes oreilles du silence alentour, bienfaisant après cette période rythmée de musique, d'éclats de voix et d'un brouhaha qui n'a cessé de s'amplifier à mesure que l'ouverture du parc approche.

Tel l'ours à la fin de l'hiver, le parc est sorti de sa longue léthargie un beau matin de mars. Aux soigneurs qui s'occupent chaque jour du millier d'animaux et aux jardiniers qui entretiennent la végétation à l'année, se sont ajoutés les acteurs venus s'exercer sur les spectacles. Une véritable fourmilière a fait surface, bouleversant mes habitudes.

J'ai passé tant d'heures auprès de Furtivo ces dernières semaines qu'il me manque dès que je m'éloigne de lui. Au début, je l'entraînais tout seul. J'ai attendu qu'il maîtrise chaque pas avec précision pour introduire progressivement la présence de ses congénères. Il avait déjà pu s'habituer à eux à la sortie des box, au marcheur et dans la carrière. Ça s'est fait en douceur, si bien que le pur-sang a mieux réagi que je ne l'aurais pensé. Il a énormément progressé au fil des mois. La confiance qu'il me voue l'aide à prendre de l'assurance et à s'adoucir.

Il travaille désormais au même rythme que les lusitaniens. Nous avons organisé le planning de sorte que Furtivo soit toujours avec moi. Je suis la seule qu'il ait acceptée pour l'instant. Pendant mes jours de repos qui ont suivi son arrivée, je me suis fait un sang d'encre pour lui. Guillemette m'avait envoyé des messages pour me rassurer. L'étalon se laisse maintenant conduire par elle au pré. Par contre, quand il s'agit de danser, ce n'est pas gagné… Notre relation est exceptionnelle. Furtivo est le second cheval, après Cachou, avec lequel je partage une telle connexion. Je mesure la chance rare que j'ai, de connaître cette osmose. Si je m'agenouille dans le manège, Furtivo accourt. Quand j'active la musique du rêve blanc, il dresse ses oreilles vers l'avant et ne bouge plus, dans l'attente de mes instructions.

Chris a boudé les premiers pas de Furtivo au sein de la compagnie. La raison officielle de son absence était sa santé. Mais je ne suis pas dupe. J'ai bien compris que c'était sa manière à lui de me signifier son désaccord, et de me laisser me débrouiller toute seule. Ça vaut sûrement mieux ainsi. Je préfère qu'il ait manqué les débuts confus du cheval, et qu'il m'ait évité ses commentaires désobligeants. Son expression extasiée, lors de la représentation improvisée pour lui avec Furtivo et deux autres chevaux, m'a ragaillardie, même s'il l'a vite fait disparaître derrière son air fermé. À la fin, comme s'il ne voulait pas me faire le plaisir du moindre éloge, il m'a lancé sur le ton de la provocation :

— Ton sauvage, tu comptes lui apprendre à se laisser guider par quelqu'un d'autre, avant ton départ ?

Je sais qu'il a raison. Mais il m'exaspère. Chris est un homme difficile à cerner. Avec lui, je ne sais jamais comment réagir. Pourtant, en dépit de son attitude déroutante, j'éprouve une étrange attirance. Comme si je voulais à tout prix me faire apprécier de lui.

Guillemette m'a avoué qu'elle l'a rarement vu aussi dur qu'avec moi. Elle met son comportement sur le compte de la frustration.

Après les aveux de Guillemette quant à ses regrets maternels, notre amitié a évolué. Nous passons désormais nos samedis soir ensemble. La relation entre Cléophée et sa mère m'interroge beaucoup, mais je n'en parle jamais. Je les observe en silence, avec toujours la même question au bord des lèvres : Cléophée ressent-elle les regrets de sa mère ? Comment va-t-elle grandir, le fossé ne risque-t-il pas de se creuser entre elles ? J'essaie de leur trouver des raisons de partager davantage de choses toutes les deux.

La deuxième personne que j'ai eu la chance de découvrir au parc est Andréani.

Il a réussi à embarquer dans son projet fou le responsable de la Croisade. Régulièrement, il entraîne Gatsby pour le prélude, en plus de ses cabrioles sur le dos de Jolicœur. Gatsby termine ses journées dans un état de saleté rare, mais son épanouissement fait plaisir à voir. Il suffit à nous faire oublier la corvée que représente le nettoyage de son poil.

Andréani dégage une sorte de candeur et de fraîcheur spontanées. Il peut se montrer aussi puéril que mature. Son attachement à Cléophée, la fille de son meilleur ami, est touchant. À les voir jouer tous les deux, on pourrait se demander lequel est l'adulte et lequel est l'enfant. Un jour, il a évoqué devant moi la proximité très forte entre Cléophée et Lechêne. Ses yeux brillaient d'admiration. J'ai compris qu'il rêvait d'une relation semblable, sans que je sache si cela s'adressait à son propre père ou à sa descendance future. J'ai profité qu'il aborde le sujet pour l'interpeler sur ce rapport père-fille si fusionnel qu'il empêche à la mère d'exister.

D'après sa réponse, il était clair qu'Andréani ne percevait pas les failles de cette famille.

« Guigui est heureuse de leur complicité. Elle n'est pas du genre à être jalouse.

— Et toi ? Est-ce que tu t'entends de cette façon avec ton père ? »

Son regard s'est perdu un instant au loin, tandis qu'il cherchait les bons mots.

« Oh, moi, non ! C'est bien différent. Mon père ne fait pas copain-copain avec ses enfants. Nos rapports ont été conflictuels pendant très longtemps, je n'arrivais pas à accepter son autorité. C'est d'ailleurs pour ça que ma mère a voulu que j'intègre une école de spectacle. Pour éviter que je tourne mal. C'est l'équitation et la voltige qui m'ont fait rentrer dans le droit chemin. »

J'ai souri à l'évocation des vertus animalières. Puis, mue par l'esprit de confidence qui planait, je lui ai avoué que je n'avais pas une meilleure expérience paternelle que lui. Nous en avons ri tous les deux.

Quant à Manuel, il a fini par se détendre. J'ai bien conscience que l'échéance de mon contrat qui approche y est pour quelque chose. Mon mari se détend à mesure qu'il entrevoit le bout du tunnel. Il se projette au moment de mon retour, qui coïncide avec la période des naissances. Pourtant, le délitement de notre relation se poursuit, inexorablement. Il y a peu, il m'a fait l'amour. Cela faisait des semaines qu'il ne m'avait pas touchée. J'ai senti son empressement maladroit, son soulagement à l'idée que nous nous retrouvions enfin. J'ai cherché à éprouver ce désir qui me manque tant, cette envie physique de me fondre en lui. Je ne l'ai pas trouvé. Tandis que je reposais dans ses bras, je me suis sentie aussi seule que dans ma petite chambre de Maillezais.

Je mène Cachou par la bride en direction du pré dans lequel il va profiter de la douceur du printemps et de l'épaisseur gourmande de l'herbe. De là, j'aperçois Manuel qui discute avec le maréchal-ferrant. Son chapeau de cow-boy est enfoncé sur son front. Je souris malgré moi. J'aime quand il le porte. J'aime son air ombrageux, son allure farouche. J'aime l'apparence de cet homme indomptable avec qui je partage ma vie. Si seulement les épreuves ne nous avaient pas éloignés à ce point...

Le maréchal-ferrant lui tapote l'épaule et m'adresse un petit signe de la main avant de s'éloigner. Je pâlis : je ne peux plus reculer. C'est maintenant que je dois parler à Manuel.

Que je dois lui annoncer que je ne rentrerai pas.

Chris m'a prise à part mercredi dernier. Je m'y attendais déjà depuis quelque temps, sans vouloir me l'avouer.

« Tu es prête à signer ton nouveau contrat ? »

Cette façon d'annoncer les choses sans préambule, sans me demander mon avis, a le don de m'horripiler. Je comprends sa femme qui a pris le large cinq ans plus tôt. La communication et Chris sont deux éléments bien distincts, qui ne se mélangeront jamais. Je ne savais pas si je devais feindre l'incompréhension ou aller directement au conflit. J'ai choisi de répondre avec calme, mais fermeté :

« Ce n'était pas prévu comme ça, Chris.

— Ça non plus ! »

Il a désigné son genou avec un geste de colère. L'attelle s'était muée en genouillère la semaine précédente.

« Le médecin m'a prolongé. Ne prends pas cet air surpris, j'imagine que tu t'en doutais.

— J'aurais apprécié qu'on en discute avant. Mon contrat se termine dans moins de deux semaines.

— Tu as peur que ton petit mari le prenne mal ?

— J'ai l'impression que ça te fait presque plaisir...

— Tu te trompes, je suis pour la paix des ménages. »

À la manière dont ses yeux d'acier se sont ancrés dans les miens avec un brin d'ironie, j'ai compris qu'il mentait. Je ne sais pour quelle raison, mais Chris n'aime pas Manuel, et à cet instant, tout son corps le criait.

« Tu n'as pas digéré votre conflit, le jour de l'arrivée de Furtivo ?

— Ton mari a peur pour toi, mais moi je pense que tu es beaucoup plus forte que tu n'en as l'air. Tu es une femme volontaire et indépendante, Tess. »

Il a prononcé ces mots avec une sorte d'admiration, à tel point que je me suis sentie rougir.

« Plus sérieusement, même si j'étais en état de reprendre, comment crois-tu que nous ferions avec ton pur-sang ? Tu as réussi à te rendre indispensable, on dirait. »

Il a haussé les épaules d'un air désinvolte, mais il jubilait d'avoir touché dans le mille. Comme d'habitude avec Chris, je ne suis pas parvenue à lui en vouloir totalement. Je lui reprochais son manque de communication, mais j'avais ma part de responsabilité dans l'affaire. Mon déni me revenait en pleine figure. Comment pouvais-je prétendre avoir terminé ma mission ? Mon contrat aurait pris fin et j'aurais dit au revoir à tout le monde en leur souhaitant bon courage avec Furtivo ? J'en aurais été incapable.

C'est cela que je m'efforce d'expliquer à Manuel, aujourd'hui. Devant son attitude résignée, je me rends compte qu'il avait su bien avant moi. Je croyais qu'il évoquait l'avenir aux Crins Noirs pour oublier cette période d'éloignement. En vérité, il me poussait à réagir. Le moment n'était pas venu pour moi de rentrer. J'étais partie pour trouver des réponses à mes questions, et elles m'échappaient encore.

— Ton Chris m'avait prévenu, lâche-t-il avec sarcasme.

J'ai d'abord envie de répliquer qu'il ne s'agit pas de *mon* Chris, mais je m'abstiens. La riposte à la jalousie ne servirait à rien d'autre qu'envenimer la situation. Surtout, je réalise ce que cela sous-entend. Le jour où Furtivo a intégré la troupe, j'avais bien senti de l'orage dans l'air. À ce moment-là, nous savions tous trois que je m'engageais sur du long terme. Chris, ça l'arrangeait. Manuel, pour sa part, souffrait. Quant à moi, mon inconscient avait déjà fait son choix.

Manuel ne manifeste ni désaccord ni doute. Son esprit pragmatique reprend le dessus quand il ouvre la bouche avec un détachement apparent, le chapeau si bas sur son front que je ne discerne pas ses yeux :

— Je vais avoir besoin de Nadia pour le poulinage. On dirait qu'il va falloir prolonger son séjour dans la dépendance…

Un pincement me serre le cœur. J'hésite entre me juger chanceuse d'avoir un mari aussi compréhensif, ou bien reconnaître que ma décision vient de sonner le glas de notre couple.

Avril 2016

Aujourd'hui, il s'est passé une chose étrange.

J'écoute souvent de la musique sur YouTube. Si j'ai le temps, je jette un coup d'œil aux clips. Quand les premières notes de la chanson Photograph *d'Ed Sheeran ont retenti, la curiosité m'a happée.*

J'ai regardé.

J'ai regretté, mais j'ai continué.

On y voyait des vidéos du chanteur, filmé par ses parents de sa naissance à l'âge adulte. Des images de babillements, de premiers pas, d'entrée à l'école. L'évolution d'un enfant au sein d'une famille. Les images d'un amour puissant, d'un attachement profond.

Je t'ai vu toi, mon enfant. Devant mes yeux se déroulait ce dont je rêve depuis tant d'années.

J'ai mis une main devant ma bouche. Un sanglot montait du fond de mon âme. Il était muet et vide, comme toujours.

Pleurer, je ne le peux pas. Je ne le peux plus. J'ai beau avoir mal, je n'en suis pas capable.

J'ai visionné le clip une nouvelle fois. Je guettais l'oppression dans ma gorge, l'humidité dans mes yeux.

Puis la porte d'entrée a claqué, Manuel a lancé « Tu es là ? ». J'ai coupé la musique, pris une profonde inspiration, et je suis descendue préparer le dîner.

13

L'ambiance dans les écuries est surexcitée. Les discussions et les rires des soigneurs accompagnent le nettoyage des box et des chevaux. Ceux-ci sont shampooinés, brossés, nattés et parés de leurs plus beaux caparaçons. Les étalons me font l'effet de vraies vedettes, juste avant leur représentation. Nous sommes au matin de l'ouverture du parc. En raison du beau ciel bleu annoncé pour tout le week-end, la rumeur d'une forte affluence enfle, et mon état de stress s'en trouve d'autant plus exacerbé.

Je fouille dans le foin à la recherche de mon cure-pied. Cet objet, on le perd sans cesse, sauf si on y attache une balle de tennis. Évidemment, le mien n'en a pas. Je souffle, agacée. Il va encore falloir que j'en réclame un à Rémy, le soigneur en charge du matériel. J'imagine d'ici son air blasé. Il est plutôt du genre mal embouché, personne n'ose aller le voir pour lui demander quoi que ce soit. Je me suis sans doute fait dérober le mien. Je ne suis pas superstitieuse, mais mon angoisse monte d'un cran supplémentaire. La journée commence mal.

Soudain, mon portable vibre dans la poche de ma salopette. J'y jette un regard distrait avant de constater que c'est Manuel qui m'a écrit :

Je pense à toi aujourd'hui, ma libellule.

Je souris, à la fois étonnée et soulagée qu'il m'affuble de ce surnom affectueux. Vu l'état de nos relations, je n'aurais pas pensé qu'il soit capable de faire fi de ses ressentiments à mon égard. Je croise à ce moment-là le regard insistant de Guillemette. Nul doute que si on me voyait sur mon téléphone au lieu de vaquer aux occupations du jour, mon attitude ne serait pas appréciée. Je fourre le portable dans ma poche et m'empresse d'aller emprunter un cure-pied dans le box voisin.

Nous emmenons les chevaux en repos au marcheur, tandis que les autres passent par la carrière. En qualité de grands sportifs, ils ont droit à leur séance d'échauffement. Nous effectuons quelques exercices au sol, avant de chevaucher nos montures pour plusieurs tours au trot, puis au galop. Sous mes fesses, je sens Furtivo se détendre, et cette relaxation est communicative. C'est avec lui que je tiens à ouvrir le bal.

Guillemette m'a confié qu'en saison, elle avait l'impression de courir un marathon par jour. Il y a toujours mille choses à faire : soigner les chevaux, les entraîner, nettoyer leur matériel, s'habiller, assurer le bon déroulement des spectacles sur scène ou en coulisses, répéter ses placements. Le Parc des Légendes est l'école de l'excellence, celle où rien n'est laissé au hasard et où il faut montrer le meilleur de soi. Non, pas montrer : *révéler* le meilleur de soi. La passion se transmet, si évidente aux yeux des spectateurs qu'elle se transforme en un torrent d'émotions. Ce matin, je sais que j'aime les chevaux par-dessus tout, mais je n'ai plus aucune certitude quant à ma capacité à l'exprimer. J'essaie d'ordonner mentalement mon enchaînement, mais je m'y perds. À quel moment indiquer aux chevaux de se retourner, de se lever ? Tout se mélange dans ma tête, avec des images de Manuel, un sourire posé sur les lèvres. Il me manque tellement. Or, ce ne sera pas lui qui sera assis au premier rang, mais Chris. Et je sais d'avance qu'il se montrera implacable au sujet de ma prestation.

Lorsque nous arrivons au Théâtre, nous installons les chevaux dans les quelques box attenants. Puis, entourée de Guillemette et d'Eva, j'entre dans la salle du topo, où toute l'équipe se réunit avant les spectacles pour que les ultimes consignes soient données. Nous sommes nombreux, une trentaine peut-être. Les rôles ont déjà été attribués ce matin par Fabien. Je monterai sur scène lors de la première et de la dernière représentation. Guillemette assurera celle du milieu de journée, tandis que je resterai en coulisses pour récupérer les costumes. Je me réjouis de ne pas avoir eu à apprendre davantage de rôles, le mien me posant déjà assez de soucis. Mick, le responsable des Compères, revient sur quelques faiblesses qu'il a pu constater hier sans toutefois s'y attarder. L'enjeu est de taille, car la Comtesse et Guillery, les rôles principaux, seront joués par des novices. Je vois la belle danseuse trépigner sur sa chaise. Elle doit passer sa validation pour le rôle à suivre du premier spectacle, devant Jérôme Du Buisson en personne. Quelle angoisse ! J'en oublie un instant ma propre peur.

— Nous ne sommes pas à l'abri d'un ajout de séance supplémentaire pour le milieu de journée de demain, en fonction de l'affluence. Nous nous entraînerons peut-être dès aujourd'hui en ce sens. Pas d'inquiétude, vous serez avertis suffisamment tôt. Notre spectacle fait partie des plus demandés. Soyez fiers de faire partie des Compères !

Mick termine sa tirade en criant presque, ce qui suscite une avalanche de « hourras » et d'applaudissements frénétiques. Des frissons parcourent mon dos. J'examine tous ces visages souriants ou concentrés et je me dis qu'ils vont être mes compagnons de route pendant plusieurs mois. Là d'où je viens, je travaille les chevaux, j'enseigne le dressage en liberté. J'ai rarement plus de deux élèves à la fois. J'écoute les hennissements de mes animaux, les cliquetis de leurs sabots, le chant des oiseaux, le souffle du vent. Je me laisse porter en dehors du temps. Mes seules contraintes horaires sont celles des cours et des repas. Ici, je suis au cœur d'une fourmilière bruyante où ceux qui disposent du moindre moment de liberté en profitent pour s'entraîner, encore et encore. Un tourbillon incessant où réactivité, polyvalence et adaptation sont les maîtres mots. Alors que mes oreilles sifflent sous le vacarme des acclamations et que j'admire tous ces gens qui m'entourent, je me demande si je serai capable de trouver ma place parmi eux.

J'attends derrière le grand rideau rouge. Je disparais sous mon costume, la casaque brodée de fils fluorescents m'arrivant bien plus bas sur les chevilles qu'à Guillemette. Celle correspondant à mes mensurations est encore en fabrication, nous nous partagerons donc la sienne en attendant. Le costume de Chris est resté au placard, même Guillemette nage dedans. Furtivo, accompagné de deux autres chevaux, patiente dans mon dos, ainsi que les acteurs qui vont faire leur entrée plus tard. Le spectacle vient de commencer, je ressens l'exaltation de la foule, enhardie par les pitreries de Guillery qui lui ont arraché quelques éclats de rire.

Le présentateur commence son discours. Les visiteurs retiennent leur souffle, totalement absorbés par la voix de Gérard Darmon et la musique du XVIe siècle. Les applaudissements retentissent quand il se tait, s'arrêtent lorsque sa voix reprend. C'est un accord tacite entre spectateurs et acteurs, pour que chacun reçoive autant que l'autre donne. Les scènes de cape et d'épée, les ballets des danseuses et les prouesses équestres s'enchaînent. Durant une trentaine de minutes, l'immense théâtre abrite effets spéciaux impressionnants, jeux de lumière et d'eau. Dans quelques instants, ce sera mon tour.

Je me retourne vers Furtivo, qui franchira le rideau avant moi. Le cheval a accompli de tels progrès qu'il est désormais capable de guider le trio. Il l'a déjà fait… mais sans public. Je le sens stressé. Il oriente ses oreilles en tous sens, effrayé par les applaudissements qui se sont ajoutés aux voix fortes des acteurs. Sous le costume blanc qui le recouvre entièrement à l'exception des yeux, du nez et des sabots, ses membres s'agitent. Je doute soudain de mon choix. J'ai voulu nous offrir le luxe d'une grande première ensemble. N'ai-je pas présagé de ses capacités ? J'ai cru l'avoir assez préparé, mais peut-être que cette effervescence lui rappelle des souvenirs douloureux… Au bord de l'implosion, je ne suis plus sûre de rien.

— Que les chevaux dansent pour vous, ma bien-aimée ! s'exclame Guillery.

Le signal.

Il est trop tard pour reculer.

Tout le monde compte sur nous. J'attends encore un peu. Je respire à grandes goulées, les sourcils froncés dans une moue concentrée. Puis les premières notes de la musique de Zelda retentissent et je tapote la croupe de Furtivo pour lui signifier d'entrer en scène.

— Ça va aller, mon gros. Je suis là.

La confiance que Furtivo m'accorde prend le dessus sur ses peurs. Il est aux abois, terrifié par l'obscurité presque totale, le volume sonore, les acclamations du public. Mais il y va. Il fonce, la tête haute, le corps délié. Je cours derrière lui. Les pas que j'avais oubliés tout à l'heure me reviennent instantanément. Je me suis entraînée si dur ces derniers jours que je retrouve la fluidité des répétitions. Je deviens Guillery à mon tour, celui qui, par amour, dresse des montures sauvages.

Une bouffée de fierté m'envahit, je prends conscience du travail accompli. Furtivo et moi ne faisons qu'un, jusqu'à ce que les deux autres chevaux blancs nous rejoignent. Dans le noir de la salle, rien d'autre n'est visible que nous quatre, figures fluorescentes et mouvantes. Les trois grands étalons évoluent avec aisance et poésie. Et quand ils se dressent à l'unisson face à moi, me dominant de toute leur hauteur, la salle entière retient son souffle. C'est comme si le temps s'était soudain figé. J'entends ensuite l'émotion qui afflue des spectateurs et déborde des mains qui applaudissent. Je me sens envahie par une vague puissante qui me soulève et me porte. Je voudrais que ces deux minutes quarante-six ne s'arrêtent jamais.

Mai 2015

Ma psy a voulu que je lui reparle de cette soirée de juillet 1992.

C'est surtout de l'odeur dont je me souviens. Les effluves du cirage à bois resteront à jamais associés au soir où tout a basculé.

Le soir où ma mère s'est mise à détester le père.

Le soir où le père est parti, seul avec sa valise et son chien.

Il faut que je verbalise ce qui s'est passé, ainsi, peut-être en serais-je libérée.

Enfant, j'avais du mal à m'endormir, surtout quand il faisait chaud. Observer mes parents en catimini m'apaisait, même si je ne voyais pas tout ce qu'ils faisaient et que je ne les entendais pas de façon distincte. Je m'asseyais dans le couloir, prête à retourner dans ma chambre à la moindre approche pour éviter de me faire pincer. Ce soir-là, je me suis levée. Nathalie et Isabelle dormaient chez une copine. Gaëlle boudait dans sa chambre, son walkman enfoncé sur les oreilles, parce qu'elle n'avait pas eu le droit d'en faire autant.

De la salle à manger émanaient encore des relents d'eau oxygénée et d'ammoniaque. Le père avait décidé qu'il faudrait changer de buffet, qu'il jugeait trop foncé. Ma mère s'était mis en tête de l'éclaircir elle-même. Le résultat était plutôt réussi. Elle terminait son chantier, qui avait duré plusieurs jours, par un coup de cirage pour protéger le bois. L'odeur planait jusqu'à ma cachette dans le couloir.

J'en ai ensuite détecté une autre : celle de la cigarette. Le père fumait de temps en temps, mais c'était rare. J'ai entendu mes parents chuchoter. Je ne comprenais pas ce qu'ils disaient, mais ils le faisaient assez fort, alors j'ai supposé qu'ils se disputaient. Par moments, j'en voyais un passer l'espace étroit de la porte entrouverte, exécutant des gestes saccadés.

Et puis j'ai aperçu le père. Il traînait une valise dont les roulettes vibraient à travers toute la maison. Ma mère n'a pas esquissé un mouvement pour le retenir. Elle a repris son chiffon et son cirage.

J'ai entendu la porte du garage s'ouvrir et se refermer. Ensuite, après un temps qui m'a paru infini, la voiture a démarré et a remonté l'allée lentement.

J'avais huit ans. À cet âge, on ne conçoit pas les histoires des adultes.

Pourtant, j'ai su avec certitude que le père ne rentrerait jamais à la maison.

Je suis retournée dans mon lit et j'ai pleuré toute la nuit.

Dans mes souvenirs, c'est la dernière fois que mes larmes ont coulé.

14

Je me sens si épuisée, que j'ai l'impression d'avoir pris dix ans d'un coup. Même si j'ai l'habitude depuis toujours de solliciter mon corps quotidiennement, au Parc des Légendes, l'exigence est encore plus haute. La présence du public et le besoin que tout lui paraisse fluide nécessitent un travail réglé au millimètre près. Pour les novices tels que moi, cela suppose une concentration extrême qui dépense une énergie considérable.

Que dirait M. Petit, l'antipathique médecin du centre de PMA, s'il me voyait ? Son unique plaisir est de mettre en avant mon grand âge : « Vous comprenez, à trente-huit ans, vos chances d'enfanter se réduisent. » Sachant qu'il me rabâchait déjà ces mots quand j'en avais trente-cinq, j'ai presque l'impression d'avoir déjà un pied dans la tombe.

Ici, mon corps lui donne raison. Je suis tellement fatiguée le soir que je dîne rarement avant de m'étaler sur mon lit. J'ai perdu du poids, en attestent mes pantalons qui bâillent un peu.

La prochaine fois que j'irai au centre, je me réjouirai d'évoquer mes exploits devant le Dr Petit. D'une part pour lui faire comprendre que j'ai toujours eu parfaitement conscience de ses petites remarques blessantes – comme si j'avais besoin qu'on me rappelle mon âge à chaque visite !

Mais aussi pour lui montrer que même à l'aube de la quarantaine, on peut se lancer des défis. Que je ne suis pas bonne à jeter à la poubelle.

Tout en songeant à cela, je ne suis pas certaine d'être en mesure de le faire. Retournerai-je un jour au centre de PMA ? Plus le temps file, et moins j'en ai l'envie, ni même la force. Me détacher de ces échecs m'apparaît soudain aussi vital que l'eau ou l'air.

Qu'est-ce que cela signifie ? Que j'ai juste besoin de faire une pause, ou que je suis déjà prête pour l'étape suivante ? Et quelle est-elle, cette étape ? L'adoption, ou accepter une existence sans enfant ?

Un avenir avec, ou sans Manuel ?

Malgré mon désir de me ressourcer aux Crins Noirs, je suis restée dormir à Maillezais hier soir, parce que j'ai promis à Cléophée de l'emmener voir le spectacle de la Croisade des Chevaliers. Cela fait plusieurs jours que la fillette réclame à ses parents d'assister au fameux prélude d'Andréani. Ils remettent toujours à plus tard. Ils ont mille choses à faire durant leur repos, et je comprends qu'ils n'aient pas envie de le passer sur leur lieu de travail. De mon côté, je ne parviens jamais à me libérer entre deux spectacles ; cela me permettra donc à la fois de faire plaisir à Cléophée et d'assouvir ma curiosité quant aux talents conjoints de Gatsby et d'Andréani.

J'ai jugé préférable de prévenir Manuel par un simple message, auquel il m'a répondu par un loquace « OK ».

Guillemette m'a remerciée de m'occuper de Cléophée. Mais, ce faisant, j'ai eu le sentiment qu'elle sentait ses failles de mère pointées du doigt. Face à ses inquiétudes, j'ai décidé de lui confier ce qui me trotte dans la tête depuis déjà quelques jours :

— Est-ce que tu crois que parfois, les choses n'arrivent pas parce que cela vaut mieux ainsi ?

Elle m'a regardée avec des yeux encore plus ronds que d'habitude, ses cils recourbés naturellement touchaient presque ses paupières. J'ai reformulé ma question de manière plus explicite :

— Peut-être que je ne parviens pas à devenir mère, pour la simple raison que je ne suis pas faite pour ça en réalité.

— Tu veux parler de signes que t'enverrait l'univers ?

J'ai acquiescé, la gorge soudain nouée.

— Si c'était le cas, je n'ai pas dû en recevoir, moi, avant de faire Cléo ! a-t-elle ri sans réserve.

Sa façon d'évoquer ses regrets librement devant moi m'a mise mal à l'aise. J'allais changer de sujet, quand Guillemette a ajouté :

— Je ne pense pas que la maternité te soit refusée parce qu'elle n'est pas faite pour toi. Je ne sais pas ce qu'essaie de te dire l'univers, mais je n'ai aucun doute sur le fait que tu serais une mère incroyable.

Ne laisse pas tes regrets t'éloigner de ta fille, tu peux encore être une mère pour elle, même différemment, ai-je songé. Mais je n'ai pas osé le lui dire. Je savais qu'elle plaquerait un grand sourire sur son visage et esquiverait par une pirouette. Je n'avais pas envie que mes paroles se heurtent à sa prétendue indifférence et tombent à plat. Un jour, peut-être qu'elle sera prête à les entendre.

Cléophée et moi sommes assises au troisième rang. La fillette offre son visage aux rayons du soleil, tout en trépignant d'impatience sur le banc. Elle a voulu enlever son gilet, mais nous ne sommes qu'au mois d'avril et l'air est encore frais. Nous n'avons pas prévenu Andréani de notre présence pour lui faire la surprise.

Deux hommes entrent sur la piste sableuse, l'un vêtu en bouffon, l'autre en chevalier. Ils enchaînent les pitreries et Cléophée rit de bon cœur en frappant dans ses mains. Elle se montre beaucoup plus enjouée que d'ordinaire.

Soudain, Andréani surgit, monté sur Gatsby. Je coule un œil en direction de ma petite compagne, qui semble fascinée. Depuis le début du prélude, les acteurs évoluent autour d'une mare. Inutile d'être devin pour prédire la suite. Arrivé à hauteur, Gatsby reconnaît le signal et ne boude pas son plaisir. Il prend son temps pour se laisser tomber dans l'eau, tandis qu'Andréani saute de sa monture afin d'éviter le bain forcé. Puis, le cheval se roule dedans avec volupté, sous les hurlements surjoués des acteurs, et les rires de la foule. Cléophée est aux anges, elle se tient les côtes tellement elle rit. Mue par une tendresse qui déborde de mon cœur, j'entoure ses épaules de mon bras en partageant son hilarité. Elle tourne la tête vers moi et comme tous les enfants de son âge qui vivent un moment de bonheur, elle force les traits de sa joie en une adorable mimique, qui ferait fondre les plus aigris. Je me demande si sa mère l'a déjà vue ainsi. La culpabilité me ronge immédiatement. Des instants de complicité, j'en ai partagé plus d'un avec mes neveux et nièces. Mais jamais mêlés à ce besoin de protection que m'inspire Cléophée. J'ai beau la savoir heureuse, son lien défaillant avec sa mère me donne envie de déployer un trésor d'énergie pour combler le manque. Or, ce n'est pas mon rôle. La femme en mal d'enfant que je suis risque d'y laisser un gros morceau d'elle-même.

Alors, à contrecœur, je desserre mon étreinte pour applaudir à tout rompre les participants au prélude qui saluent leur public.

Nous assistons ensuite au spectacle. Je suis émerveillée par les prouesses cavalières d'Andréani et des autres voltigeurs. Rigueur, souplesse, équilibre, goût du risque. Le tout rendu seulement possible grâce à la confiance absolue qui relie l'homme à son cheval.

À la fin, nous nous faufilons à travers la foule pour attendre Andréani à la sortie.

— Eh ! Si j'avais su que vous étiez là, je vous aurais fait venir sur scène pendant le prélude ! s'exclame-t-il en soulevant Cléophée dans ses bras.

La petite rosit de plaisir.

— Gatsby a l'air content, remarqué-je.

— Un peu, oui ! Il est devenu le cheval le plus shampooiné du parc, mais il le vaut bien.

Je ris de sa blague, que Cléophée ne comprend pas, mais qui se joint à nos éclats de rire pour nous imiter. Nous échangeons encore quelques mots, puis je ramène Cléophée chez elle.

J'arrive aux Crins Noirs en début d'après-midi. Je trouve Manuel dans la cuisine, en train de laver la vaisselle. Je m'approche de lui et me hisse sur la pointe des pieds pour déposer un furtif baiser sur ses lèvres.

— Tu as fait bonne route ? me demande-t-il.

La question habituelle. Chaque fois que je rentre, notre premier rituel est de prendre des nouvelles de chacun. Un simple dialogue de politesse, puisque lorsque nous avons un sujet délicat à aborder, nous attendons toujours le lendemain.

Je l'interroge au sujet de Cachou. Son appétit n'est plus le même qu'autrefois, mais il continue de bien se porter et de marcher tous les jours.

— Ta sœur est passée ce matin.

— Ah oui, c'est vrai qu'Isa a amené les enfants.

— Non, c'est Gaëlle qui les a conduits.

— Tu vas t'en sortir, tout seul avec eux ?

— Tu es là jusqu'à demain, et puis après, je ne suis pas vraiment seul.

— Thibault n'est pas toujours facile…

— Normal, c'est un préado… Mais il s'occupe bien de sa cousine. Ils ont à peine fini de manger qu'ils sont déjà repartis voir les chevaux.

Mes sœurs ont beau pester contre les odeurs tenaces qui imprègnent les vêtements des enfants à leur retour, elles sont soulagées de savoir que les écrans sont relégués au second plan quand ils viennent ici.

— Gaëlle pensait te voir, reprend Manuel.

— Pour ne rien te cacher, je n'étais pas mécontente de louper Isa, mais ça m'aurait fait plaisir de voir Gaëlle, avoué-je tout en me servant dans le frigo.

— Elle m'a laissé un drôle de message pour toi. Elle dit qu'elle n'a pas réussi à en savoir plus au sujet de ta mère.

Je comprends alors que ma sœur a fait en sorte de se libérer aujourd'hui parce qu'elle comptait me parler.

— Qu'est-ce qu'elle a voulu dire ? insiste Manuel, face à mon absence de réaction.

Je m'installe à table avec du fromage et du pain, en évitant son regard. J'ai peur de laisser transparaître une angoisse que je n'ai pas encore acceptée.

— On ne trouve pas maman en forme depuis le décès de Mémé.

— Le contrecoup, tu penses ?

Je hausse les épaules.

— Sûrement. Mais la dernière fois que nous sommes allées la voir toutes les deux, on a vraiment eu l'impression qu'elle nous cachait quelque chose.

— Comme quoi ?

— C'est ce qu'on essaie de savoir…

— Je crois que Gaëlle aimerait que vous alliez ensemble chez elle dès que tu peux.

Je déglutis.

— Je viens à peine de rentrer pour repartir demain soir. La prochaine fois, peut-être…

Manuel se contente de ranger la vaisselle en silence. Il ne semble pas pressé de retourner à ses occupations équestres. Je lui raconte que depuis cet après-midi avec Gaëlle, lorsque j'ai rendu visite à ma mère seule, je n'ai pas osé reparler de Mémé. Je n'ai pas voulu risquer qu'elle se referme ou s'agace, et ainsi gâcher les rares moments que nous partageons.

— Tu préfères faire semblant, alors ? me lance Manuel avant de se plonger dans le nettoyage de la gazinière.

J'entends presque la suite, qu'il tait : « C'est pareil, avec moi ? »

Je ne réponds pas et vais ranger le fromage dans le frigo. Puis, accoudée au plan de travail, je l'observe frotter, rincer, essuyer. Ses cheveux noirs toujours aussi épais, à présent striés de fils blancs. Ses épaules carrées et sa démarche souple. Ses muscles sous le tissu tendu de son polo. Se sentant étudié, il me jette un coup d'œil. J'ai l'impression de revoir le sauvageon de nos débuts. Le beau ténébreux qui se laissait aussi peu apprivoiser que la jeune femme farouche que j'étais. Qu'il a pourtant réussi à dompter en un temps record. Après notre premier rendez-vous, nous n'avons pu l'un comme l'autre résister à la tentation d'un premier baiser. C'était passionné, brûlant, rempli de promesses. Le lendemain, j'ai offert à mon cow-boy ce qui lui manquait : un chapeau à large bord et à la calotte haute. Depuis, il se rachète toujours le même.

Il s'approche de moi tout en ne me quittant pas des yeux. Je retiens mon souffle, suspendue à ce qui pourrait arriver. Je l'imagine se serrer contre mon corps, enfouir sa tête dans mon cou et me souffler que jamais rien ne nous séparera. Je glisserais ma main sous son polo, laisserais mes doigts jouer avec les poils de son torse. Je rejetterais la tête en arrière pour m'offrir à lui.

J'entrouvre la bouche sans même m'en apercevoir, subjuguée par mon fantasme. Manuel se plante devant moi, sourit et se penche… pour mettre en route la cafetière, qui se trouve à côté de ma main. Puis il s'écarte, et la connexion est brisée.

Je soupire de frustration et j'écoute mon cœur affolé, jusqu'à ce que ses battements se calment. Je suis aussi bouleversée par ce que j'ai lu dans ses prunelles sombres, que par le trouble suscité en moi. Je crois que, pour la première fois depuis très longtemps, j'ai éprouvé du désir. Pas seulement l'envie d'en faire naître chez mon mari pour concevoir un bébé. Mais celle d'être aimée, de partager un moment charnel tous les deux.

Je ne sais pas si Manuel a ressenti mon émoi. Je pourrais aller vers lui et prendre les devants. Mais je ne le fais pas. D'abord parce que la raison me souffle que nous ne sommes pas tranquilles, en plein jour aux Crins Noirs. Mais pas seulement. Autre chose me retient. Soudain, les yeux gris de Chris apparaissent devant moi.

Je m'empresse de les chasser. Je ne comprends pas, je n'éprouve aucune attirance pour lui.

À la fois déboussolée et énervée, je quitte la cuisine pour aller voir Cachou.

Mai 2022

Hier matin, je me suis occupée de Cacahuète. Je t'ai déjà parlé de lui ? C'est un cheval de trait au caractère de cochon. Habituellement, ce sont les retardataires qui ont le privilège de le toiletter. Parfois, je me dévoue. Sinon ce serait toujours les mêmes. Et je peux te dire que ce n'est vraiment pas un cadeau !

J'étais concentrée sur le fait d'esquiver à la fois ses sabots et ses dents en le sortant du box.

C'est à ce moment-là que j'ai cru reconnaître la silhouette du père au loin.

Qu'est-ce que le père ferait au parc, en dehors des heures d'ouverture ?

Cet instant d'égarement m'a valu un coup de pied bien senti de Cacahuète, en plein dans le mollet. Ce soir, je me suis découvert un bleu énorme.

Si la psy, que je ne vais plus voir depuis longtemps, m'entendait, elle chercherait à trouver la cause de mon hallucination. Peut-être que le passé a besoin de remonter à la surface pour que je me libère d'un poids.

Est-ce un message que m'envoie l'univers, comme dirait Guillemette ?

15

Gaëlle a acheté des pass annuels pour elle et ses deux aînées, afin de pouvoir venir plusieurs fois au cours de la saison. Elle trouve la benjamine trop petite et comme son mari n'est pas enthousiaste à l'idée de consacrer son temps libre au parc à thème, c'est lui qui la garde. Je suis navrée pour lui que sa routine de bricoleur se voit ainsi désorganisée. Mais mes deux nièces sont tellement dithyrambiques au sujet de leur « Tatate » qui murmure à l'oreille des chevaux blancs, que personne ne trouve rien à redire à ce bouleversement temporaire.

Pour ma part, je n'ai pas l'habitude d'être ainsi considérée par ma famille. Gaëlle semble enfin prendre la mesure de ce qu'implique mon métier. Elle s'intéresse vraiment à ce que je fais. Les petites étoiles qui pétillent dans ses yeux me surprennent autant qu'elles me font plaisir. Il est vrai que la magie opère davantage au sein d'un lieu aussi grandiose et féerique, plutôt que dans nos écuries qui sentent le crottin de cheval…

Aujourd'hui, les filles passent le pont de l'Ascension au parc. Je les ai retrouvées de bonne heure pour un déjeuner sur le pouce avant la prochaine séance. Gaëlle râle un peu face à l'empressement de ses deux ados. Elle leur rappelle qu'elles n'ont pas besoin de courir partout grâce au pass, mais Lola et Inès ne l'entendent pas de cette oreille : elles veulent optimiser leur présence pour voir et revoir un maximum de représentations. Elles ont donc englouti leur pique-nique en cinq minutes, puis se sont précipitées vers le spectacle immersif des guerres de Vendée, qui permet de revivre les mois de conflits et d'exils avec les Chouans, exterminés après la Révolution française. Je crois qu'elles aiment bien se faire peur en progressant dans les galeries sombres et inquiétantes, parfois éclairées des flammes engloutissant les maisons, avec les tirs des fusils en fond sonore ou les pleurs de ceux qui restent.

Gaëlle n'a pas fait d'histoires, je la vois presque soulagée qu'elles nous laissent seules. Elle a donné rendez-vous aux filles dans une demi-heure, devant les jeux pour enfants. En attendant, nous allons marcher dans le bois aux Farfadets. Je ne prends jamais le temps d'y aller. Pourtant, j'aime cet écrin de verdure préservé, avec ses sentiers qui serpentent dans les sous-bois, à l'écart de l'agitation du reste du parc. Les visiteurs prennent plaisir à chercher les lutins qui s'y cachent, tapis derrière un arbre ou en haut d'un rocher. Leurs rires espiègles jaillissent parfois au loin, invitant à s'enfoncer plus profondément au cœur de la végétation.

Alors que nous déambulons tranquillement, ma sœur remet le sujet des secrets de famille sur le tapis. Je ne peux pas m'empêcher de soupirer, légèrement agacée.

— Tu sais, j'y pense sans cesse, m'explique-t-elle. Je m'en veux de ne pas avoir insisté davantage à l'époque où j'essayais d'avoir les filles. Je suis sûre que ça aurait pu t'aider aussi.

— Arrête. Tu te fais des idées, c'est certain.

— Je croyais que Manuel et toi, vous vous aimiez tellement, que votre amour comblait à lui seul le manque.

Je garde le silence. Le thé qu'elle a préparé dans un Thermos reste coincé dans ma gorge. Je fixe mes pieds, au comble du malaise.

— J'avais tort, puisque tu es partie, murmure-t-elle dans un souffle.

J'esquisse un léger signe de la main, incapable de parler.

— Je m'inquiète beaucoup pour toi, ajoute-t-elle encore.

J'ai envie de lui crier de se taire, même si sa sollicitude me bouleverse. Je lui ai souvent reproché son égocentrisme, mais finalement, si elle est là, à mes côtés, c'est bien pour traverser cette épreuve avec moi. Pour s'assurer que je ne fasse pas n'importe quoi. Mais je ne suis pas du genre à prendre dans mes bras et à remercier. Et pour ça, je me sens bête. Elle, elle sait exprimer ses émotions.

— On pourrait aller voir tante Jacqueline, reprend-elle sans attendre de réaction de ma part. Peut-être qu'elle saura nous dire ce que maman n'a pas pu.

Je la considère un instant, perplexe. La sœur de notre mère ? Comment la faire parler ? Je sens Gaëlle prête à soulever des montagnes pour moi. Cette révélation me terrifie. Ma famille n'a pas à subir mes déconvenues. Les choses à régler ne concernent que moi. Soudain effrayée à l'idée de mêler mes proches à mon histoire, je m'écrie sans réfléchir :

— J'étais là quand le père est parti !

— Quoi ?!

Cette fois, c'est Gaëlle qui s'étrangle en recrachant son thé.

— Tu veux dire… que tu as assisté à la rupture entre les parents ?

Elle s'arrête et se plante face à moi. Ses yeux noisette, semblables à ceux de notre mère, me sondent avec gravité. Je hoche la tête.

— Et tu n'as jamais rien dit ?

— Je n'y arrivais pas. C'était comme… trahir maman après ce que le père avait fait.

— Ce soir-là, tu as su pourquoi il nous a abandonnées, tu as entendu quelque chose ?

— Non, rien, ils se sont disputés à voix basse.

— Tu étais si jeune. J'avais douze ans, et toi… (elle réfléchit un instant…) tu en avais huit.

Elle serre ma main dans la sienne. Sa paume est moite.

— Si tu le disais à maman, tu crois que ça t'enlèverait un poids ?

— C'est si vieux, maintenant, je rétorque en me remettant à marcher.

Mon regard parcourt les arbres et les buissons fleuris alentour, sans les voir. Je songe à tout ce que je tais : l'image du père qui refait surface, même en plein jour. Le sentiment d'avoir toujours été engluée dans un passé suspendu. Ce futur que j'attends avec empressement, pour combler les failles anciennes, peut-être… Manuel m'a souvent reproché d'être si obsédée par l'avenir que j'en oubliais de profiter de l'instant présent.

Je crois qu'il se trompe.

Je ne me complais pas dans « demain ».

Je m'enlise dans « hier ».

Le mardi suivant, Gaëlle et moi allons rendre visite à notre tante. Ma sœur a réussi à me persuader de venir, en me promettant qu'elle ne lui parlerait de rien d'autre que du moral préoccupant de notre mère. Je m'inquiète pour elle aussi, alors j'ai accepté.

Jacqueline nous reçoit avec sa bonne humeur habituelle. Roger, son mari, est parti jouer aux cartes chez les voisins. À l'aube de leurs quatre-vingts printemps, le couple a gardé une vie sociale très active qui force le respect. Ils ont toujours une association à aider, des amis à recevoir ou des arrière-petits-enfants à garder. Leur santé de fer y est pour beaucoup, à moins que ce ne soient toutes ces activités qui entretiennent leur forme.

— Ça me fait plaisir de vous voir, les filles ! s'exclame-t-elle en s'effaçant pour nous laisser entrer.

Elle n'ajoute pas que ce n'est pas souvent. Elle nous installe dans le salon, puis disparaît pour réapparaître deux minutes plus tard avec un plateau garni qu'elle a visiblement préparé exprès pour nous. Ça me rappelle les fois où nous venions ici passer du temps avec nos cousins. On jouait tous ensemble à la famille. Les plus grands étaient les parents et moi, le bébé. Tout le monde me faisait manger, me donnait à boire, me coiffait. Même mes sœurs faisaient mine d'être gentilles, alors qu'à la maison, elles me tenaient toujours à distance de leurs jeux.

Les formalités d'usage expédiées – prendre des nouvelles des uns et des autres, en donner –, Gaëlle n'est pas longue à mettre les pieds dans le plat :

— Comment trouves-tu maman, en ce moment ?

Jacqueline hésite, repose la soucoupe de sa tasse à fleurs. Ma sœur insiste :

— Elle n'a pas trop le moral…

Jacqueline soupire :

— Je m'en veux, mes petites, si vous saviez… Après ce que je lui ai révélé… Je ne sais pas comment j'ai pu croire qu'il en serait autrement.

Gaëlle et moi échangeons un regard furtif. D'un accord tacite, nous décidons de faire semblant d'être déjà au courant, afin de ne pas effaroucher Jacqueline.

— Dire, c'est toujours mieux que taire… avance Gaëlle à tâtons.

Jacqueline se penche pour attraper un biscuit qu'elle trempe dans son café. Elle réajuste les lunettes sur son nez et lève les yeux en direction du plafond, comme pour mieux réfléchir.

— Justement, parfois, je m'interroge… Mémé disait souvent : « Ce que l'on ignore ne peut pas nous faire de mal. »

— Ah ? Maman aussi dit ça ! s'exclame Gaëlle.

— Elle le tient de notre mère. Moi aussi j'ai remarqué que Françoise se laisse aller à une certaine morosité. Je lui propose de se joindre à nous, de temps en temps, mais elle n'en a pas envie. Je crois qu'elle se complaît avec l'album de photos de Mémé. Comme si elle y cherchait des réponses…

— Avec ce collier… je me risque.

Jacqueline hoche la tête et murmure, sur le ton de la confidence :

— Ah, le collier ! Le gardien du secret !

Ce petit jeu de dupes ne m'amuse pas du tout, je sens que je perds patience. Je jette un œil du côté de ma sœur. Je lis sur son visage un mélange de triomphe – « J'avais raison » –, et de désespoir quant à savoir comment amener notre tante à dévoiler la vérité. Je décide de prêcher le faux.

— En même temps, apprendre que sa mère a un amant n'est jamais facile…

Les petits yeux de Jacqueline s'arrondissent derrière ses épais carreaux.

— C'est ce que Françoise vous a dit ? s'étrangle-t-elle.

— Elle ne nous a rien dit du tout, soupire Gaëlle, résignée à ne plus feindre.

— Elle se ferme quand on évoque Mémé, mais nous, on s'inquiète, ajouté-je.

— Je vois… murmure Jacqueline.

Elle se lève, rassemble les tasses vides et les emporte à la cuisine. Elle y reste un temps infini. Nous n'osons pas intervenir, ni proposer notre aide. Nous nous contentons d'échanger des coups d'œil interrogatifs, et des reproches silencieux en triturant nos mains. Enfin, elle revient, armée de sa cafetière.

— Nous allons avoir besoin de tout ça, dit-elle en se rasseyant.

16

Jacqueline

Quand j'avais sept ans, Mémé était encore appelée « maman ». Elle était assez coquette. Tous les dimanches, elle se coiffait comme les actrices des années cinquante. Elle a arrêté quand le ballon qui lui tenait lieu de ventre est devenu si énorme qu'il la faisait presque basculer en avant. Elle se déplaçait difficilement, alors souvent, elle me demandait de lui rendre des petits services. Elle me disait : « Ma Liline, apporte-moi mon livre, s'il te plaît. » Ou encore : « J'ai besoin de toi, ma grande fille. Est-ce que tu peux m'approcher mes pantoufles ? »

J'aimais cela. Auréolée de mes deux couettes, je me sentais importante.

Mon père n'arrêtait pas de répéter qu'il ne se souvenait pas que ma mère ait été aussi impotente quand elle m'attendait. Pour autant, l'idée de proposer son aide ne lui serait jamais venue parce qu'à l'époque, les hommes ne mettaient pas leur nez dans les travaux des « bonnes femmes ». C'était ma tante qui venait tous les jours pour assurer les tâches ménagères et l'intendance à la maison.

Je n'avais qu'une hâte : que le bébé naisse. J'en avais plus qu'assez d'être fille unique. Je voulais un petit frère ou une petite sœur, pour pouvoir lui donner le biberon ou le changer comme je le faisais avec mon poupon.

Ma mère a perdu les eaux un dimanche matin. Je n'avais pas école, et mon père ne travaillait pas. En ce temps-là, on accouchait chez soi. Ma mère a sommé mon père d'appeler la sage-femme. La gravité que j'ai lue sur son visage m'a fait peur, si bien que je l'ai embrassée comme si je ne devais pas la revoir avant longtemps. Votre grand-mère a toujours été une femme aimante, mais à cet instant, je ne l'ai pas sentie très impliquée dans le baiser qu'elle m'a rendu.

La sage-femme est arrivée vite, elle habitait tout près. C'était une dame que je connaissais, je la croisais régulièrement dans le village. Ma mère était dans la chambre parentale. Je n'avais pas le droit d'entrer. Parfois, je l'entendais gémir de douleur, et je m'interrogeais : comment allait sortir le bébé ? Je n'ai pensé qu'à ça toute la journée.

À midi, mon père m'a fait déjeuner. Je n'arrêtais pas de lui poser des questions. Il a fini par menacer de me punir si je ne terminais pas de manger en silence. C'est à ce moment-là qu'on a entendu les premiers cris du bébé. J'ai bondi sur mes pieds, mais mon père m'a ordonné de d'abord finir mon assiette, il viendrait me chercher quand je pourrais voir le nouveau-né. Il ne me serait jamais venu à l'idée de répondre à mes parents, alors j'ai obéi. Même si je n'ai plus été capable d'avaler une seule bouchée. J'ai attendu très longtemps. La sage-femme a rapporté de l'eau de la cuisine, et en passant, elle m'a dit :

« Tu as un petit frère, ma grande Liline ! »

J'ai demandé à entrer dans la chambre, elle m'a répondu d'être bien sage. « Tu devrais aller jouer », a-t-elle ajouté. Puis elle est retournée auprès de ma mère.

J'ai posé mon assiette dans l'évier et je suis allée chercher mon poupon. J'ai prétendu que c'était mon petit frère. Je l'ai nourri, changé, bercé. Il venait juste de s'endormir quand de nouveaux vagissements ont retenti. Ça m'a fait sursauter parce qu'ils risquaient de réveiller mon bébé. Mon père m'a rejointe dans la cuisine un peu plus tard. Il était tout rouge et un immense sourire illuminait son visage.

« Tu as une petite sœur ! » s'est-il écrié.

Je n'y comprenais plus rien. Avais-je un frère ou une sœur ? La sage-femme s'était-elle trompée ? Mon père m'a répondu « les deux ». J'ai cru qu'il allait ajouter « mon capitaine », car il disait toujours ça. Il avait l'air à la fois excité et effrayé. Son humeur m'a gagnée et je me suis mise à trépigner d'impatience. J'ai répété que je voulais les voir. J'avais envie de serrer ma mère dans mes bras, aussi, pour m'assurer qu'elle pensait toujours à moi et que deux bébés ne prenaient pas trop de place, au point de me voler la mienne. Mais mon père a dit qu'elle devait d'abord se reposer un peu, et les nouveau-nés aussi.

Je crois qu'après cela, j'ai dû m'assoupir. Les pas de la sage-femme dans le salon m'ont tirée de mon sommeil. Elle faisait une drôle de tête. Une nouvelle fois, j'ai insisté pour entrer dans la chambre de mes parents, pour embrasser ma mère, mon petit frère et ma petite sœur. La sage-femme s'est assise sur le canapé près de moi. Elle m'a regardée intensément. Elle hésitait. J'ai compris que ce qu'elle s'apprêtait à me dévoiler était important. J'ai eu l'impression de grandir d'un coup.

« Il ne faudra plus jamais que tu évoques ton petit frère, m'a-t-elle confié. Sinon, ça rendra tes parents trop tristes. Il n'y a qu'une petite sœur, ma grande Liline. Un seul bébé. »

Je serrais les barreaux en fer forgé du canapé dans mes doigts, aussi fort que si je risquais de m'envoler. La sage-femme n'a pas pleuré, elle avait sûrement dû connaître des accouchements bien pires. Je ne pense pas avoir compris tout de suite. Je n'ai pourtant posé aucune question. Je savais que quelque chose de grave était arrivé, et je ne devais pas en parler.

Ce n'est que le soir que j'ai pris la mesure du drame qui s'était produit. Je me languissais d'embrasser ma mère. Mon père avait ressurgi de la chambre dans l'après-midi, mais il n'avait pas mentionné le petit frère. La sage-femme avait raison, ça devait le rendre trop triste. Je n'ai pas osé aborder le sujet. Après le dîner, il m'a enfin laissé entrer dans la chambre. Je me suis avancée vers ma mère. Elle était très pâle, mais elle a esquissé un faible sourire. Puis elle a ouvert ses bras et je m'y suis blottie un long moment. J'avais enfoui mon nez dans sa chemise de nuit. Je cherchais son odeur. Elle était là, en un peu changée.

« Tu as vu ta sœur ? » Ma mère pointait son doigt vers le berceau à côté du lit. Une forme minuscule gisait au milieu, emmaillotée. Ses petits poings étaient fermés et sa bouche tétait le vide. Le bébé rêvait. En observant ma petite sœur pour la première fois, je me suis sentie fondre. Toutes mes peurs, tous mes doutes se sont envolés. J'ai souri en pensant que je serai toujours là pour prendre soin d'elle et la protéger.

Je m'endormais près de ma mère quand mon père m'a soulevée dans ses bras et portée jusqu'à ma chambre. Une fois dans mon lit, je me suis réveillée. Je voulais déposer un dernier baiser sur la joue du bébé et souhaiter une bonne nuit à ma mère. C'est à ce moment-là que j'ai entendu mes parents discuter. Je me suis arrêtée près de la porte, sans me montrer. Mon père parlait de l'enterrement qui aurait lieu le lendemain. Ma mère pleurait. Ça m'a serré le cœur. Mon père lui disait qu'elle devait être courageuse, que de toute façon ils ne savaient pas qu'elle attendait des jumeaux. Il lui restait encore un bébé, en bonne santé, et elle avait déjà une grande fille. Ils pourraient même avoir d'autres enfants par la suite. Ma mère a reniflé et a réclamé un mouchoir. Puis elle a exigé que mon père lui rapporte une mèche de cheveux du bébé avant de le mettre en terre. Il a voulu savoir ce qu'elle en ferait. Elle a répondu qu'elle la garderait contre son cœur pour le reste de sa vie. Mon père a promis, et ma petite sœur s'est mise à gémir. Alors, je suis allée me coucher.

Cette nuit-là, je me suis demandé où mon père avait mis le corps en attendant qu'il soit enterré. J'ai pensé qu'on irait peut-être se recueillir sur sa tombe de temps en temps, comme on le faisait sur celle de mes grands-parents. Nous n'y sommes jamais allés, et je n'ai pas obtenu de réponse à mes questions. Personne n'a évoqué une seule fois l'existence de ce frère jumeau. Ma mère n'a plus pleuré la mort de son unique garçon après ça, ou bien elle l'a fait en secret. Je ne crois pas qu'elle ait su que j'étais au courant. Quant à mon père, il a semblé oublier qu'il m'avait parlé des « deux » sans « mon capitaine ». Peut-être a-t-il cru que c'était moi qui avais oublié.

Le jour où mon petit frère est né et mort quelques heures plus tard, j'ai prié. Je ne priais jamais, mais je l'ai fait pour lui. Je lui ai dit que je l'aurais aimé, s'il avait vécu. Je lui ai chuchoté de veiller sur notre famille, puisque nous avions à présent une petite étoile là-haut dans le ciel.

Octobre 2017

Deuxième transfert : raté.

Ça me fait bien plus mal qu'au premier, pour lequel on nous avait prévenus qu'il avait très peu de chances de fonctionner. Bêtement, je me suis focalisée sur le deuxième.

Ce nouvel échec m'a fait l'effet d'un coup de poing dans le ventre. Manuel m'a prise dans ses bras. J'ai senti qu'il était déçu, mais pour moi ce n'était pas seulement de la déception. Je souffrais. Puis il est reparti travailler. Sa vie a repris son cours, tandis que j'étais incapable de penser à autre chose.

J'ai eu envie d'aller voir Mémé. Je n'avais pas prévu de lui expliquer ce qu'il venait de se passer. Pourtant, malgré ses quatre-vingt-dix ans passés, elle a tout de suite senti mon malaise.

Alors, comme quand j'étais petite, j'ai posé ma tête sur ses genoux et je lui ai raconté. Il a fallu que je force ma voix pour qu'elle m'entende. Elle a cru que je pleurais. Elle m'a caressé les cheveux de ses doigts noueux. Puis elle a dit que je ne devais pas m'en faire. Manuel et moi réagissions de façon différente, parce que les « bonshommes » ne comprennent pas ces trucs de « bonnes femmes ». Chez nous, ce sont nos entrailles qui parlent.

Je doute que mon mari aurait apprécié ces propos. J'ai mis cela sur le compte du décalage entre nos générations.

Plus tard, je me suis posé la question sous un angle différent :

Hommes et femmes, sommes-nous capables de ressentir les mêmes émotions ? Et surtout, de nous comprendre ?

17

Lorsque Jacqueline se tait, je remarque que Gaëlle s'est mise à pleurer. Mes yeux sont secs, mais ma gorge est aussi nouée qu'à la lecture de mes résultats de prise de sang. Personne n'a jamais eu conscience du drame qui a bouleversé la vie de Mémé. Elle qui souriait toujours, qui aimait tant danser, chanter. Elle n'a jamais montré qu'elle avait été malmenée par la vie.

— Je n'avais que sept ans, mais je me rappelle chaque détail de cette journée. Tout est gravé là, dit Jacqueline en tapotant sa tempe de son index.

Des larmes roulent aussi sur les joues de notre tante, libératrices. Elle raconte qu'elle a appris à assimiler la douleur de sa mère, comme si elle n'avait pas voulu la laisser vivre ça toute seule. Quand ses propres enfants n'étaient encore que des nourrissons, elle avait sans cesse peur qu'ils ne meurent à leur tour. Elle avait été sur le point de se confier à sa mère, mais elle n'avait pas eu le courage de raviver sa peine. Le collier était toujours là, niché contre son cœur. Tant qu'il en serait ainsi, cela voudrait dire qu'elle n'avait pas oublié.

Jacqueline avait ouvert le médaillon, plusieurs jours après le drame, ou peut-être des semaines ou des mois plus tard, elle ne savait plus. Sa mère était sortie de la chambre pour s'occuper de Françoise qui pleurait. Comme tous les soirs, elle avait ôté son collier et l'avait déposé soigneusement sur sa table de nuit. Jacqueline avait trouvé la mèche à l'intérieur. Quelques centimètres de fins cheveux châtains. Elle avait songé qu'heureusement, son petit frère n'était pas chauve comme son poupon, sinon sa mère n'aurait pas pu garder de souvenir de lui.

— À la mort de Mémé, Françoise a voulu savoir ce que contenait le pendentif, poursuit Jacqueline. Elle a découvert la mèche, sans comprendre. Au fond du médaillon, un prénom était inscrit : Michel. Je ne sais pas s'il était déjà là quand j'ai regardé, enfant. Elle a dû le faire graver plus tard. Votre mère avait besoin de comprendre, alors je lui ai révélé la vérité. Après tout, cette histoire la concerne, elle aussi.

Elle ajoute dans un souffle qu'il n'y avait plus personne à faire souffrir en parlant du petit frère. Elle avait obéi à la sage-femme, elle n'avait pas évoqué le bébé mort devant ses parents. Sauf que l'annonce avait bouleversé Françoise. Le passé refaisait surface, maintenant qu'il ne restait plus d'autre témoin que cette femme, une petite fille de sept ans à l'époque, qui n'avait pas été mise dans la confidence.

Qui pourrait répondre aux questions de notre mère ?

Affairée à nettoyer les cuirs aux écuries avec du savon glycériné, je garde le silence. L'odeur sauvage, mais raffinée de la matière éveille en moi l'instinct du retour à soi, de l'introspection la plus profonde. Cette corvée opère sans doute de la même façon sur Guillemette, qui semble aussi plongée dans ses réflexions, tandis qu'elle nourrit les cuirs propres à la cire d'abeille.

« Ce que l'on ignore ne peut pas nous faire de mal. »

Cette phrase tourne en boucle dans ma tête. Mémé avait raison. Maintenant que ma mère sait, rien ne sera plus comme avant. Qu'est-ce qui est le plus difficile pour elle ? Se dire qu'elle avait un frère jumeau, mais qu'il est décédé ? Ou que ses propres parents lui ont caché cette tragédie toute leur vie ? Pourtant, comment leur en vouloir ? Cette peine était la leur, ils ont dû se débattre avec. À l'époque, on n'accordait pas la même importance à la psychologie. Les états d'âme étaient relégués au second plan. Je comprends mieux pourquoi Mémé me parlait des « bonshommes » qui ne pensent pas comme les femmes. Elle s'était sans doute sentie incomprise de son mari, et incapable de reparler à quelqu'un d'autre de ce traumatisme.

— Salut, la dresseuse !

Je sursaute à l'arrivée de Chris. Il se déplace en claudiquant légèrement, sans l'aide d'une canne. Sous son pantalon, sa jambe droite est plus épaisse, toujours maintenue par la genouillère.

Depuis l'ouverture du parc, il me laisse tranquille. Cela remonte en réalité plutôt au jour où j'ai signé ma prolongation de contrat. Nous ne nous sommes plus querellés ensuite. Chris semble moins frustré, plus détendu. Hilda m'a confié que le manque de visibilité quant à sa santé et à son remplacement lui faisait très peur. Il aurait pu s'épargner la peine de se montrer désagréable et me faire engager d'emblée pour toute la saison, ai-je eu envie de rétorquer, mais je me suis retenue. Je ne suis pas sûre qu'elle aurait accepté ce point de vue sur son frère.

Le contact retrouvé avec les animaux n'est pas complètement étranger à sa renaissance. À présent, il travaille les étalons à pied une heure par jour.

Une fois notre besogne terminée, Guillemette et moi conduisons les chevaux à la carrière. Aujourd'hui, Chris a pris Elios, Wilco et Desvelo. Il les fait tournoyer autour de lui, en un cercle parfait. De temps en temps, il commande un changement d'ordre. Un cheval passe devant, tandis que l'autre ralentit pour se retrouver à l'arrière. Je ne lâche pas le quatuor des yeux, fascinée par cette grâce que seule la complicité fait naître.

Chris se sent observé, je le remarque à sa manière de froncer légèrement les sourcils. Pourtant, il reste concentré et ne se détourne pas un seul instant de ses danseurs.

— Tu apprends en me regardant ? me lance-t-il soudain, narquois.

Mais il reprend son sérieux avant que je ne puisse réagir.

— Mendo est en repos aujourd'hui, mais je voudrais que tu revoies quelques points avec lui, vendredi, entre deux spectacles. Il a pas fait du bon boulot, hier.

— C'était son tour au rêve blanc ?

— Non, il dansait en duo avec la Comtesse, Guillery sur le dos. Sa révérence laissait à désirer. L'ostéo a regardé, mais il n'a pas de douleur. C'est juste qu'il ne fait pas les bons gestes.

— J'y veillerai.

— Préoccupée, la dresseuse ?

Pour la seconde fois, je sursaute. Je ne peux visiblement rien lui cacher, mais ce n'est pas auprès de lui que je m'épancherai. *J'ai appris que ma grand-mère avait perdu un enfant.* J'imagine qu'il ne comprendrait même pas que j'évoque mon aïeule avec tant d'émotion.

— Si c'est le boulot, tu dois m'en parler, si c'est perso, tu peux, ajoute-t-il en flattant l'encolure de Wilco.

— Et si c'est rien ?

Mon ton est plus agressif que je ne l'aurais voulu.

— Ta réponse parle d'elle-même, réplique-t-il avec un petit sourire en coin. Comme tu voudras, mais n'oublie pas que moi aussi, je suis un chuchoteur.

— Meilleur avec les chevaux qu'avec les humains, je parie.

— Ça, c'est ce que tu crois.

Il claudique jusqu'à la barrière et demande à un soigneur qui passe par là d'emmener les chevaux au rond de longe automatique.

— Un café avant le grand rush ? me propose-t-il.

J'accepte. Sa présence est rassurante. Ici, je suis toujours sur le qui-vive. Ballottée de droite à gauche toute la journée, concentrée, mais alerte à mon environnement au cas où on m'appellerait quelque part pour gérer une urgence. Disponible, partout, tout le temps. Les rares moments que je partage avec Chris sont des instants suspendus où je sais que personne ne viendra me déranger. Et puis, il sait prendre chaque décision qui s'impose avec justesse. *Il a la tête bien faite*, aurait dit Mémé. Mais cela, je ne le lui avouerai jamais, hors de question de lui fournir cette satisfaction. C'est peut-être moi qui ai la tête mal faite. Trop fière, comme le pensent mes sœurs.

Durant ces dix minutes de pause, Chris ne me parle pas travail. Il me raconte la visite de ses enfants ce week-end et les grandes vacances qui approchent. Ils les passeront chez lui, pour pouvoir participer aux représentations de la Nocturne des Légendes, dont ils sont coutumiers depuis l'enfance.

La Nocturne démarre en effet en cette fin de semaine. Guillemette, Lechêne et Andréani font partie des quatre mille bénévoles appelés Légendaires qui évolueront sur scène, au pied de l'abbaye. Ils s'engagent à assurer au moins la moitié des représentations, en plus des répétitions. À écouter Guillemette m'en parler, je n'étais pas loin de penser qu'il s'agissait d'une sorte de secte. Qui accepterait de sacrifier autant de week-ends durant la saison estivale, sans être rémunéré ? Ma question l'a fait rire, elle a l'habitude de ce genre de discours. Elle m'a alors décrit l'ambiance familiale, avec une foule hétéroclite capable de s'unir dans un même élan. Les passionnés, qui vivent le mythe de Mélusine tous les soirs comme s'ils y étaient. Les bambins qui ne comprennent pas ce qu'ils jouent, mais qui préfèrent le rôle dans la carriole, parce que c'est moins fatigant. Ceux qui n'habitent plus en Vendée, mais qui reviennent en fin de semaine dans leur famille, juste pour participer. Ceux qui ont fait leurs premiers pas sur cette scène et qui transmettent le flambeau à leur progéniture.

Tous ensemble, ils retracent l'histoire de la fée Mélusine, maudite par sa mère après qu'elle eut enfermé son père dans une montagne. Elle était condamnée à se cacher de l'homme qui accepterait de l'épouser, pour que jamais il ne découvre son secret : chaque samedi soir, une queue de serpent remplaçait ses jambes. Le spectacle enchaîne les tableaux de liesse et d'abondance pour fêter les dix fils qu'elle enfanta, ainsi que d'impressionnantes mises en scène pour représenter la sortie de terre des édifices qu'elle éleva dans la région – Tiffauges, Vouvant, les remparts de La Rochelle, l'abbaye de Maillezais et bien d'autres. Un niveau de prouesse technique inégalé qui a valu au parc plusieurs récompenses internationales.

Cléophée participe aux spectacles, mais seulement le vendredi. Guillemette tient à ce qu'elle se couche tôt le samedi tant qu'elle n'est pas en vacances. Étant donné que je passais jusqu'à présent mes soirées du samedi chez eux, j'ai proposé de continuer ainsi pour garder Cléophée. Ma jeune amie s'est montrée très enthousiaste. Guillemette m'a dévisagée de cet air étrange que je lui connais, semblant me signifier que je n'ai pas su rester à ma place. Je me fais sûrement des idées, car elle n'a pas arrêté de me remercier.

Samedi, quand je suis arrivée, Cléophée avait déjà enfilé son pyjama.

« C'est pour pas perdre de temps », m'a-t-elle dit en sortant plusieurs jeux de société. Elle avait tout prévu. Elle m'a parlé de sa chouette Saperlotte et m'a montré sa représentation Playmobil et Kapla de la Croisade. À vingt-deux heures, elle bâillait en se frottant les yeux, alors je l'ai portée jusque dans son lit. Guillemette m'avait préparé la chambre d'amis pour que je puisse dormir sur place. Après une douche rapide, je me suis assise sur le matelas moelleux du canapé convertible, munie d'un stylo et de mon carnet.

Juin 2022

J'hésite à contacter le père.

Nos rapports ont toujours été distants, depuis que j'ai renoué avec lui.

D'ailleurs, c'est souvent moi qui fais le premier pas pour caler un déjeuner. Je ne saurais même pas dire si nous nous voyons plus d'une fois par an. D'habitude, ça me prend comme ça. Je pense à lui, et puis je lui envoie un message. Je ne me torture pas l'esprit avec mille questions. C'est aussi naturel que ma déception, quand notre entrevue se termine.

La gamine de huit ans en moi qui cherche à reprendre la relation avec son père, là où elle s'est arrêtée un soir d'été de 1992, ne se fera jamais à l'idée de n'y trouver que l'écho des années vides.

En acceptant de travailler quelques mois au parc, j'y voyais l'occasion de faire le point sur ma vie. J'ai cru que c'était à l'avenir que je réfléchirais.

Au lieu de cela, la plaie du passé est en train de se rouvrir.

18

L'été est arrivé. Le soleil éclabousse désormais les pierres des bâtiments et pénètre même jusque dans les premiers box. Je profite du calme du matin, celui où seule la rumeur des travailleurs berce mes oreilles qui ne parviennent pas à s'habituer à l'effervescence quotidienne suscitée par les visiteurs. Leur nombre ne cesse de croître à mesure que les jours s'allongent, que l'appel du dehors se fait ressentir. J'aime ce tourbillon tout en lui préférant ma tranquillité. Je me baigne dans ce flot intarissable pour ne pas oublier quand cette parenthèse enchantée aura pris fin. J'appelle cela *profiter*. Tout ne me correspond pas, mais je n'en perds pas une miette. Chris avait raison quand il disait que c'est la chance d'une vie.

De bonne humeur, je me surprends à siffloter. Pour la troisième fois, j'ai passé la nuit chez Guillemette pour garder Cléophée. Nous nous apprivoisons, apprenons nos petites manies. C'est une enfant calme et posée, mais si nous rions beaucoup, au bout d'un moment, elle finit par sautiller sur place. Elle ressemble à une amaryllis qui s'ouvre petit à petit, chaque jour davantage. Je ne sais pas si sa mère la perçoit comme moi.

Absorbée dans mes réflexions, j'attache la longe d'Elios à l'anneau fixé sur le mur extérieur. Puis je m'applique à le panser.

Mon affection pour Cléophée m'a fait admettre une chose : je pourrais aimer un enfant qui n'est pas le mien, au moins autant que si je l'avais porté. Je ne comprends même pas comment j'ai pu en douter. À son insu, Guillemette aussi m'a ouvert les yeux. Elle a beau être la mère biologique de Cléophée, leur lien ne va pas de soi. Guillemette ne se sent pas à sa place auprès de sa fille. Je l'observe à la dérobée, en train de brosser Wilco. Elle semble si sereine. J'aimerais tellement lui faire prendre conscience qu'avec un enfant chaque étape est différente, et demande de s'y impliquer en prenant la mesure des années qui passent. Chaque moment revêt la fragilité de l'éphémère. On ne détient rien d'autre que des fragments de bonheur saisis çà et là quand l'instant s'y prête, et c'est cela que l'on met dans son cœur pour garder le meilleur en soi. Cléophée grandit, et Guillemette ne savoure pas assez cette période de l'enfance d'une importance fondamentale pour l'adulte qu'elle deviendra. J'ai envie de lui dire tout cela, mais je ne maîtrise pas ce rôle. Le costume est au placard. Il m'attend, je l'attends. Comment pourrais-je savoir de quoi je parle ?

J'aimerais tant partager tout cela avec Manuel, mais cela fait trop longtemps que nous nous éloignons l'un de l'autre. Nous n'avons pas été prêts en même temps. Je ne regrette rien, si notre souhait n'a pas été exaucé, c'est qu'un autre destin nous attend. Nous avons atteint un point de non-retour, je le sens au plus profond de moi. Ça me rend triste bien sûr, mais je préfère ne pas y penser : il n'est pas encore l'heure de prendre des décisions.

J'ai essayé de ressentir de nouveau cette vague de désir qui m'avait envahie brièvement dans la cuisine, quand Manuel se trouvait face à moi. J'ai voulu retrouver cette chaleur dans mon corps. Je n'ai pas réussi. À présent, il est las d'avoir fait les efforts avant moi. Nous sommes en décalage là-dessus aussi. Comme mon costume au placard, il attend.

Je ne parviens même plus à me confier à lui. Je lui ai raconté le secret de Mémé, sans entrer dans les détails. Il m'a posé des questions, mais je lui ai à peine répondu. Sûrement parce que j'en ai assez de ressasser, assez d'être perturbée par cette révélation.

Guillemette a fini avec Wilco, elle est partie chercher un autre cheval. Je m'apprête à faire de même avec Elios, quand je crois apercevoir le père, au loin. Cette fois, son apparition ne me paraît pas relever du mirage. Est-ce qu'il viendrait pour me voir ? Par quel miracle aurait-il eu vent de ma présence dans ce parc ? Et puis, il est là avant l'ouverture, il ne peut s'agir d'un simple visiteur…

Je rattache prestement la longe d'Elios et me mets à courir dans sa direction. Pas question de le laisser filer.

Tandis que je cavale, mes pensées virevoltent autour de moi. Peut-être que le père cherche à rattraper le temps perdu, qu'il veut s'excuser ? Après tout, j'étais sa fille chérie, celle qu'il faisait sauter sur ses genoux. J'ai envie de lui crier que je savais qu'il ne m'avait pas vraiment abandonnée. Il s'éloigne, alors j'accélère la cadence. Arrivée derrière lui, je le hèle :

— Papa !

Je n'ai plus prononcé ce mot depuis… mes huit ans. Quand nous nous voyons, je m'arrange pour ne pas l'appeler. Sinon, c'est seulement « le père ».

Il fait volte-face.

Je comprends instantanément qu'il y a un malentendu. Ses yeux s'arrondissent de surprise. La confusion brouille ses traits. Ce n'est pas ce que j'espérais. Il n'est pas là pour moi. Pire, je le dérange. Tout à coup, j'entends :

— Eh, P'pa !

Je tourne la tête, non sans avoir eu le temps de capter l'expression suppliante du père. Je me décompose. Le sang pulse dans mes tempes, occultant tous les bruits environnants. Andréani nous observe, le père et moi. Il sent qu'un détail lui échappe. J'ai chaud, trop chaud. Je suis à deux doigts de m'évanouir en comprenant ce qui est en train de se passer et ce que cela signifie.

Andréani est mon demi-frère.

L'ado difficile, qui se cherchait et ne voulait pas voir ses sœurs, c'est lui.

Je fixe le père avec insistance. J'attends qu'il fasse le premier pas. C'est à lui de dire quelque chose. C'est à *notre* père de faire les présentations. Mais il ne le fait pas. Alors, la réalité me percute de plein fouet. Il n'a jamais parlé de son passé à ses autres enfants. Ils n'ont jamais su qu'il y avait quatre grandes sœurs, que le père avait déjà une famille avant d'en fonder une nouvelle.

Pourquoi ?

Sa lâcheté me saisit, m'horrifie, me donne envie de vomir. J'étais prête à tomber dans ses bras, comme s'il détenait la réponse à toutes mes questions, comme s'il était le maillon manquant dans ma vie pour me permettre d'avancer. Il n'est pourtant rien qu'un couard qui n'a jamais eu le courage d'assumer ses décisions. Que lui avions-nous fait pour qu'il renonce à nous aussi facilement ? Pour qu'il nous efface de manière si définitive ?

Je n'ose pas lever les yeux vers Andréani. Je sens qu'il s'impatiente, cherche à comprendre. Je l'apprécie tellement, il ne mérite pas d'avoir été ainsi laissé dans l'ignorance. Plus je perçois le trouble qui gagne le père et ses clignements semblables à des tics nerveux, plus mon regard se fait dur et méprisant.

— Vous vous connaissez ? intervient enfin Andréani.

J'ai l'impression que nous nous faisons face tous les trois depuis un temps infini. Sans le secours de la providence, je ne sais pas comment le père se serait sorti de cette situation. Personne ne le saura jamais.

Tout à coup, il s'est effondré.

Un faible, jusqu'au bout. Incapable d'affronter ses mensonges.

Je n'esquisse pas un mouvement vers lui, figée dans mon dégoût. C'est Andréani qui réagit, appelle à l'aide et se précipite vers le père. Moi, je reste là, à la place qu'il m'a choisie, en dehors de sa vie. Je ne suis qu'une simple spectatrice, regardant sans les voir les gens s'affairer autour de son corps inerte, lui prodiguer les premiers secours. Quand les pompiers arrivent, je n'ai pas bougé, peut-être même pas cligné des paupières.

Guillemette s'approche de moi.

— On te cherchait partout, qu'est-ce que tu fais ?

Hagarde, je parviens à peine à esquisser un mouvement.

— Ça ne va pas ? s'inquiète-t-elle en me touchant la main.

Je suis incapable de lui répondre, comme si je me trouvais trop loin de mon corps pour en avoir une quelconque maîtrise.

— Ne t'en fais pas, me rassure-t-elle. Le père d'Andréani va s'en sortir, ils l'emmènent à l'hôpital.

Je la sens me tirer par le bras, d'abord avec douceur, puis comme je ne bronche toujours pas, avec un peu plus d'insistance.

— Qu'est-ce qu'il a dit ? je chuchote.

— Qui ?

— Andréani.

— Rien. Enfin, je ne sais pas. Il est monté dans le camion avec son père. Tu as l'air sous le choc. Tu n'aurais pas fait une bonne infirmière, ma parole !

Mai 2015

Le lendemain du départ du père, la vie a repris son cours, comme s'il ne s'était rien passé. À cela près qu'il n'était plus là.

Ce n'est que le soir que mes sœurs se sont rendu compte que Bidule avait disparu. Moi, j'avais remarqué son absence, mais comme je me doutais qu'elle avait un lien avec la scène à laquelle j'avais assisté la veille, je n'avais rien dit. À cause de ma nuit blanche, j'avais une mine affreuse, et des maux de ventre qui ne m'avaient pas quittée de la journée. Ma mère s'est méprise sur l'origine de mon malaise et s'est mise à pester contre la gastro qui sévissait désormais même en plein été.

C'est Isabelle qui a fini par demander pourquoi on n'attendait pas le père pour dîner. Ce soir-là, elle l'appelait encore « papa ». Notre mère n'a pas levé les yeux du pain qu'elle tranchait lorsqu'elle nous a froidement annoncé :

« Votre père est parti et il ne reviendra pas. »

Mes sœurs ont lancé des cris indignés, affolés et déconcertés. Ma mère a expliqué calmement qu'il nous avait abandonnées pour aller vivre loin de nous, avec une autre femme.

Les mots qu'elle a choisis étaient durs. Elle n'a pas pris sa défense, pas plus qu'elle ne nous a ménagées. Elle ne nous a pas non plus apporté de réponses.

Pourquoi ? Pourquoi avait-il fait ce choix ? Je sentais mes sœurs aussi désemparées que moi.

Les jours d'après, les choses se sont sérieusement gâtées. Ma mère le traitait de tous les noms dès qu'on l'évoquait. Ça a réveillé une colère sourde chez mes sœurs. Le père indifférent, voire inexistant, s'est mué en père lâche et indigne. Je me bouchais les oreilles pour ne pas entendre.

On a fini par ne plus parler de lui du tout. Je pensais souvent à lui en secret et je lui demandais encore et encore : « Pourquoi ? »

Parfois, je partageais le jugement de mes sœurs et de ma mère. Et parfois, je me remémorais les efforts qu'il faisait pour moi seule.

« Papa » est devenu « le père ». Celui qu'on n'a pas choisi, et qu'on traîne comme un boulet.

Avec Manuel, nous ferons tout ce qui est en notre pouvoir pour que tu n'aies pas envie de nous appeler autrement que « papa » et « maman ».

19

Je suis hors course pendant toute la journée. Cette impression de me sentir étrangère à mon propre corps ne m'a pas quittée. Chris m'a demandé à plusieurs reprises ce que j'avais. Guillemette a dû lui dire que j'avais été témoin de l'attaque cardiaque du père d'Andréani, car il a fini par me ficher la paix. Furtivo est plus nerveux aussi, le pur-sang à fleur de peau ressent ma tension. J'aimerais prendre sur moi et ne rien laisser paraître, mais c'est purement et simplement impossible. C'est comme si je portais un poids mort au creux de mon ventre. Peut-être que la petite fille que j'étais vient de mourir et que sa disparition symbolique se traduit ainsi. Par moments j'ai la sensation d'être ankylosée, comme si je me déplaçais sous l'eau dans un scaphandre, ou bien je ressens tout avec une acuité extraordinaire, sursautant au moindre mouvement.

Le soir, en sortant des écuries, je m'empresse d'extirper mon téléphone de ma poche. Gaëlle répond à la deuxième sonnerie. Son inquiétude, qui s'explique par la rareté de mes appels, croît à la tonalité bizarre de ma voix.

— Le père est venu avant l'ouverture du parc, ce matin.

— Je croyais que tu ne lui avais pas encore annoncé ? Tu l'as eu récemment ?

— Ce n'est pas moi qu'il cherchait.

Gaëlle reste silencieuse, je l'imagine retenir sa respiration à l'autre bout du fil. Comme mes autres sœurs, elle n'a jamais souhaité renouer avec lui. Malgré cela, au contraire de nos aînées, elle me demande de ses nouvelles de temps en temps.

— Le fils prodige travaille ici.

Quand il nous arrive d'évoquer les autres enfants du père avec Gaëlle, nous appelons le garçon ainsi, en détournant l'expression « fils prodigue » pour déverser notre jalousie sur celui que nous ne connaissions pas. Je me rends compte aujourd'hui à quel point nous nous sommes trompées. Je ménage mon effet sans le vouloir. Les mots ont du mal à sortir.

— C'est Andréani, dis-je enfin.

Gaëlle émet un cri d'exclamation étouffé, que je ne parviens pas à identifier.

— Andréani… Ton ami Andréani ? bredouille-t-elle.

Je confirme, puis me mets à parler sans pouvoir m'arrêter, sans écouter si Gaëlle répond ou réagit. Les paroles que j'ai tues depuis ce matin s'enchaînent.

— Andréani est un garçon formidable. Les relations avec son père étaient très tendues à l'adolescence. Sa mère l'a empêché de mal tourner en encourageant sa passion pour les chevaux. Il les aime, comme moi. C'est quelqu'un de drôle, de léger. Il est ce genre d'ami que tout le monde rêve d'avoir. J'avais demandé son vrai nom à Guillemette, mais elle ne savait pas. Il y a un autre Rémy qui travaille ici. C'est pour ça qu'ils lui ont trouvé un surnom. Ici, seuls les surnoms comptent. Gaëlle, le père… il n'a pas parlé de nous à ses autres enfants. Non seulement il a refait sa vie, mais il a carrément effacé notre existence. Par honte, peut-être…

Ma voix se brise. Je crois que Gaëlle tente de me calmer, mais à nouveau, je suis comme loin de tout, hors de moi-même. J'arrive à hauteur de la grille quand soudain, je l'aperçois. Il marche dans ma direction. Nos regards se croisent.

— Je te rappelle, je souffle à Gaëlle.

Je l'entends vaguement protester « Attends... », mais je raccroche.

Andréani fonce vers moi. Un instant, j'ai peur qu'il m'annonce une mauvaise nouvelle.

— Il faut qu'on parle, me dit-il.

Je ne pose pas de question, je le suis, tel un automate. Il me guide jusqu'à sa voiture. Je prends place côté passager. Il ne démarre pas. Ses yeux verts – comme ceux du père, comme les miens – me dévisagent en silence.

— Qui es-tu ? me demande-t-il enfin.

— Je suis Tess Levasseur. Et toi, tu es Rémy Levasseur.

La bulle qui me tenait à distance de la réalité vient d'éclater. Andréani frémit. Il ne m'a jamais confié son nom ni son prénom. Ce qu'il a peut-être déjà deviné s'imprime dans son esprit. Il déglutit avec peine.

— Didier Levasseur a toujours été une énigme pour moi.

Il esquisse un semblant de sourire. Il n'est plus l'Andréani que je connais. Je sens qu'il est incapable de poursuivre, alors je reprends pour lui :

— Didier Levasseur a quitté sa femme et ses quatre filles un soir d'été 1992. J'avais huit ans, ma sœur aînée seize. Il ne nous a jamais revues ensemble, après ça. Il envoyait une pension alimentaire, une somme symbolique selon ma mère. Il ne demandait pas de nouvelles. Occasionnellement, à Noël, nous recevions une carte de vœux, qui échouait invariablement à la poubelle. Ma mère savait qu'il vivait à La Rochelle, c'est tout. Quand il a eu un téléphone portable, il a laissé son numéro sur ses rares missives. J'ai fini par le contacter, il y a quelques années. Nous nous sommes retrouvés, ponctuellement. Des déjeuners au restaurant. Toujours dans des endroits neutres. Il ne fallait pas mélanger ses deux vies... J'aurais dû me douter... Surtout lorsque j'ai réclamé de vous rencontrer, ta sœur et toi, et qu'il m'a répondu que ce n'était pas le bon moment...

Andréani ferme les yeux et repose son crâne contre l'appuie-tête. Je ne sais pas quoi dire pour l'aider à digérer la nouvelle.

— Le père rêvait d'avoir d'un fils, ajouté-je.

Il se redresse, surpris, et se met à ricaner.

— Tu veux rire…

— Je te promets que c'est vrai. Il voulait un fils, ma mère lui a donné quatre filles. Il en a eu une cinquième, puis toi, enfin.

Andréani secoue la tête, l'air résigné.

— Que ce soit avec ses filles ou son fils, il a été un père incompétent. Il mettait la barre tellement haut que je me sentais nul à ses yeux.

Je me tais. Je me contente d'observer les traits d'Andréani qui se tordent à mesure que les souvenirs douloureux de son enfance refont surface. Le père a sans doute été pire avec le garçon qu'il désirait depuis si longtemps et en qui il avait fondé tant d'espoirs. De fantasmes. Face à la réalité, il ne pouvait qu'être déçu.

— Comment va-t-il ?

— Ça va. Il a déjà eu des signes avant-coureurs d'attaques ces dernières années. Son cœur va finir par lâcher, c'est sûr. C'est bien fait pour lui…

— Ouais…

J'ai répondu du tac au tac et je me surprends moi-même. Comment peut-on penser que son propre père mérite d'avoir frôlé la mort ? Peut-être parce que en plus du reste, il ne m'a jamais rien dit de ses problèmes de santé. Andréani et moi nous fixons en silence un instant, aussi étonnés l'un que l'autre par nos propos inconvenants, avant de partir d'un petit toussotement embarrassé. C'est un drôle de gémissement qui s'échappe de mes lèvres. Une plainte inappropriée, qui me fait pouffer pour de bon. Bientôt Andréani fait de même, jusqu'à ce que cela se transforme en un fou rire incontrôlable. Dans l'habitacle de sa voiture, nous rions ensemble à nous en tenir les côtes.

Quand nous nous calmons, Andréani est rouge pivoine et j'ai les yeux qui débordent. À défaut de larmes de tristesse, le père aura fait naître celles du rire. Peu importe, pourvu qu'elles fassent du bien.

— Tu as les cheveux…

Andréani mime une tignasse hirsute au-dessus de sa tête. Je dois être toute décoiffée, mais je ne vérifie pas dans le miroir du pare-soleil. La retombée de notre excitation laisse place à une gêne confuse. Nous ne savons pas comment nous comporter l'un avec l'autre.

— Quatre… murmure-t-il.

— Ça fait beaucoup de sœurs d'un coup, je te l'accorde. Il n'y a que moi qui aime les chevaux dans la famille.

Je ne sais pas pourquoi j'ai besoin d'ajouter cela, comme si j'étais celle qu'il devait préférer.

— Ma sœur ne les a jamais beaucoup appréciés non plus. Sans parler des parents…

Je comprends qu'il a dû se sentir très seul, lui aussi.

— Je n'arrive pas à savoir si je le déteste, me confie-t-il soudain, l'air grave.

— Moi non plus. Je crois que c'est ça, mon problème. Je n'ai jamais réussi à lui fermer la porte, contrairement à mes sœurs. Il est mon père et je veux juste qu'il m'aime.

Je n'en reviens pas d'avoir prononcé cette dernière phrase. J'éprouve une subite envie de m'autoflageller. Mais en même temps, ces quelques mots contiennent toute la sincérité du monde.

— Tu vas aller le voir ? me demande Andréani.

— Non ! rétorqué-je avec une virulence qui me surprend.

— Pourquoi ?

— Eh bien… parce qu'il ne le souhaiterait pas. Il a sa famille et…

Andréani me coupe :

— Qu'est-ce que ça peut te faire, ce qu'il voudrait ou non ?

Je hausse les épaules. Je n'ai jamais été du genre à m'immiscer dans la vie des gens contre leur volonté. Malgré mon caractère parfois bien trempé, je n'ai pas l'âme de ceux qui provoquent les batailles.

— Ta mère savait ?

— Je crois que oui. À l'hôpital, je lui ai raconté l'incident au parc et elle s'est figée quand j'ai parlé de toi. C'est comme ça que j'ai compris qu'il y avait un passé que j'ignorais. Tu étais soit ma sœur cachée, soit une maîtresse… Et je ne t'aurais jamais imaginée avec un vieux machin tel que lui, alors…

Nous éclatons de rire à nouveau.

— Ça va changer quelque chose, entre nous ? chuchoté-je, inquiète.

— Si tu fais référence aux repas de famille que tu vas devoir te taper avec moi le dimanche, tu me connais mal !

Je lui administre une petite claque sur le bras, amusée, et surtout soulagée de retrouver le jeune homme enjoué que je connais.

Je n'ai peut-être pas retrouvé un père, mais j'ai au moins gagné un frère.

Janvier 2021

Avant que nous ne fondions les Crins Noirs, Manuel et moi aimions évoquer un rêve inatteignable : celui d'une vie dans le Montana. Comme dans le roman L'homme qui murmurait à l'oreille des chevaux *de Nicholas Evans, ou* Au cœur de l'Ouest *de Penelope Williamson.*

Une vie au grand air, au sein de contrées immenses et sauvages. Avec notre ranch, nos chevaux et nos vaches.

Mais c'est impossible, car, comme le dit Manuel, ma tribu compte bien trop pour moi. Tous autant qu'ils sont, ils m'agacent, me désespèrent. Mais j'ai besoin d'eux. Tout simplement.

Alors, on a créé notre Montana. Chez nous. Sans les vaches.

20

Le trajet du retour jusqu'à la maison m'a semblé à la fois durer une éternité et ne représenter qu'un saut de puce dans le temps. Je n'ai pas vu la route défiler. Pourtant, j'ai l'impression d'avoir quitté Andréani depuis des heures quand j'arrive chez moi. Je coupe le moteur dans la cour et pénètre à l'intérieur sans bruit. Il est presque vingt-deux heures et aucune lumière ne filtre à travers les volets clos. Des éclats de voix me parviennent du salon, je devine que Manuel somnole devant la télé. Il redresse la tête lorsque j'entre dans la pièce et dépose un baiser furtif sur ses lèvres. Tandis qu'il s'étire et coupe la télévision, son regard se pose sur moi, d'abord sans me prêter attention, mais quelque chose semble l'alarmer, car il se lève soudain pour examiner mon visage avec circonspection.

— Qu'est-ce qui t'arrive ? Ça ne va pas ? Tu as mal quelque part ?

J'ai envie de lui répondre « au cœur ». Je lui fais signe de monter jusqu'à la chambre et, pendant que je prends ma douche, je lui raconte tout. J'ai besoin de rester active, pour ne pas flancher. Pour ne pas m'écouter lui dire l'espoir que j'avais placé dans l'apparition du père. Puis la déception, vertigineuse, quand je me suis rendu compte qu'il n'était pas venu pour me voir – cela, j'aurais pu lui pardonner s'il n'y avait pas eu la suite –, mais surtout que ma présence même constituait pour lui une menace terrible. Je parle d'Andréani, qui s'avère s'appeler Rémy Levasseur. Ce demi-frère que je n'espérais plus rencontrer.

— Incroyable ! Le garçon avec lequel tu as sympathisé est en fait ton frère ?

— C'est dingue, n'est-ce pas ?

— On se croirait dans un de tes romans.

— Je t'arrête tout de suite. Dans un film ou dans un livre, j'aurais sûrement trouvé ça touchant. Là, ça ne m'évoque pas d'autre mot que *pathétique*.

— Tu t'y feras. On s'habitue à tout.

La réaction détachée de Manuel me déconcerte. Pour ne pas avoir à riposter, je relate ensuite l'attaque du père.

— Une crise cardiaque ? Merde alors ! Il va bien ?

Sa main se fige au-dessus de la panière à linge où il s'apprêtait à déposer mes vêtements. L'inquiétude – certes louable – de mon mari au sujet de la santé du père m'arrache un soupir.

— Il s'en est sorti, ne t'en fais pas pour lui. Il est lâche, mais costaud.

Manuel fronce les sourcils face à mon ton méprisant. A-t-il vraiment prêté l'oreille au reste de mon histoire ? Je n'ai pas dû être assez claire. Le plus important, ce n'est pas le cœur du père qui a faibli, mais plutôt l'élément déclencheur.

— Tu m'écoutes ? Le père n'a jamais parlé de l'existence de ses quatre filles à ses derniers enfants. Quelle sorte d'homme est capable de renier son passé de cette façon ?

Manuel hausse les épaules, puis se glisse dans le lit.

— Certains vont jusqu'à mener des doubles vies. Ils ont deux femmes et des enfants dans des maisons différentes et personne n'en sait jamais rien.

— Je devrais le remercier d'avoir choisi de vivre une seule vie de famille à la fois ?

— Je veux juste te faire comprendre que tu n'es pas la seule.

Cette fois, c'est moi qui considère Manuel avec étonnement, tandis que je me faufile à mon tour sous la couette. J'ai le sentiment qu'il ne se met pas à ma place. Ce soir, j'ai juste besoin d'un peu de compassion.

— Que veux-tu y faire ? ajoute Manuel en éteignant sa lampe de chevet. Ton père a toujours été lâche, tu ne le changeras pas.

Ses mots me secouent, mais je les préfère aux précédents. Oui, le père est fidèle à son personnage en fin de compte. Ce sont mes sœurs qui ont eu raison de ne plus rien attendre de lui et de tourner la page. Je me remémore la fois où je l'ai appelé, quelques années plus tôt, au numéro qu'il avait laissé sur l'une de ses dernières correspondances, que j'avais réussi à sauver du rebut. Il s'était montré ému de m'entendre. J'ai cru que je lui avais manqué. Finalement, je le soupçonne d'avoir eu peur que ma soudaine irruption mette son foyer en péril.

— Comment réagirais-tu à ma place ? demandé-je à mon mari.

Je me tourne sur le côté et pose mes deux mains l'une contre l'autre, sous mon visage. Je le contemple dans la pénombre. Seulement éclairé par les LED de son réveil, son profil se détache. Son nez droit, son menton volontaire. Il fait mine de réfléchir avant de changer de position pour me faire face. Sous le drap, il caresse mon bras lentement.

— Tu sais que tu ne pourras pas le changer, Tess…

Il ne répond pas à ma question. Il veut déjà que j'oublie. Les événements de la vie glissent sur Manuel. Il ne s'encombre pas avec les doutes, les peurs, les regrets, la colère. Pendant longtemps, ça m'a permis de tenir le coup, c'est grâce à lui que je parvenais à prendre du recul et considérer la situation sous un nouvel angle. Avec plus de légèreté, de détachement. Mais c'est aussi ce qui a fini par nous éloigner.

À force de paraître indifférent, il me laisse à penser que rien ne l'atteint, rien ne le touche. Qu'il ne connaît pas l'émotion. Sauf quand il s'agit de ma sécurité. Or, parfois, le plus douloureux n'est pas ce qui blesse la chair, mais ce qui meurtrit le cœur. Et Manuel ne sait se dépêtrer de ça autrement qu'en le chassant.

Dans un mouvement d'humeur, je me place sur le dos et fixe le plafond.

— Ne te trompe pas d'ennemi, me glisse Manuel.

Je ne dis rien. Je sens son regard sur moi. À son tour, il détaille mon profil, attend que je réagisse. Mue par cette peine qui m'a assaillie toute la journée, j'ai presque envie de lui en causer aussi. De honte, je ferme les yeux. Je me déteste autant que je hais le père en cet instant.

Soudain, je sens les doigts de Manuel effleurer de nouveau mon bras. Sa main poursuit en direction de mon ventre et soulève mon haut de pyjama. Il réprime un soupir. Son souffle chaud résonne jusque dans mon oreille. Il s'approche pour m'embrasser sur la joue. Je m'écarte.

— Arrête.

— Ça ne va pas ?

— Je suis fatiguée, c'est tout.

Il retire sa main, je perçois toute sa frustration. Je retiens ma respiration, m'attendant à ce qu'il me tourne le dos. Mais il reste ainsi, à me fixer. Alors j'ai peur. Peur que la croisée des chemins soit arrivée, peur que les décisions sans cesse repoussées soient tout à coup précipitées. Peur que tout se mélange, que le chagrin se répande sur tout ce qu'il me reste. Dans ma tête, je le supplie de s'arrêter là.

— Depuis combien de temps n'avons-nous pas fait l'amour ? murmure-t-il.

— Je ne sais pas…

C'est faux. Depuis bien trop longtemps pour maintenir l'épanouissement d'un couple.

— Tu es partie pour faire le point, est-ce que… est-ce que tu commences à y voir plus clair ?

La voix de Manuel manque d'assurance. Il est perdu. Il cherche sa place dans ma nouvelle vie. Celle que j'ai choisi de vivre ailleurs, sans lui, et qui se transforme à mon insu. Ma colère a reflué, laissant place à l'angoisse. Une boule énorme s'est formée dans ma gorge. Je m'étouffe dans mes propres démons, que je ne parviens pas à définir.

Je me contente de secouer la tête. Il expire bruyamment. Il ouvre la bouche. J'attends la sentence, mais il se ravise. Il se lève et se saisit de son oreiller. Mon cœur se met à battre en une chamade effrénée.

— Où vas-tu ?

— Dormir sur le canapé.

Quelque chose se brise en moi. Une nuit chacun de son côté, ça arrive à tout le monde. Pour nous, c'est la première fois. Nous n'avons jamais dormi séparément sous le même toit, même après une dispute. Jamais. Je rentre à peine que je le fais fuir. J'ai envie de lui hurler de rester. Je ne veux pas être seule. J'ai besoin de lui, plus que je ne le reconnais. Je me sens égoïste. J'ai nié sa capacité à éprouver des émotions. Sa réaction montre à quel point mon départ lui a causé de la peine. Il l'exprime juste au mauvais moment. Peut-être qu'il ne se sent pas à la hauteur. Me faire l'amour était sa façon de me consoler, mais je ne l'ai pas laissé faire. Mon corps et mon esprit sont fermés comme une huître. Même avec Manuel, il m'est impossible de m'ouvrir. Mes larmes ne sortent pas, elles restent coincées dans cette coquille vide.

Je demeure éveillée, étendue dans la pénombre. Incapable de trouver une position, seule dans le grand lit, je me tourne et me retourne en écoutant Manuel s'installer en bas. Le sommeil ne viendra pas me cueillir, mon corps raide révèle la tension qui habite mon esprit. Si j'acceptais de suivre mon instinct, je rejoindrais Manuel sur le canapé et je m'excuserais.

Je me donnerais à lui pour oublier cette soirée catastrophique. J'arrangerais le présent sans penser à demain. Mais je ne le fais pas. Dans les romans d'amour qu'évoquait Manuel, ceux qui s'aiment éprouvent toujours du désir l'un envers l'autre. Peu importent les états d'âme de l'un ou de l'autre. Lorsqu'il s'agit de se prouver leurs sentiments, ils n'hésitent pas à s'offrir mutuellement leur corps. Est-ce que dans la vraie vie, il est possible d'aimer sans désirer ? Le manque du second indique-t-il l'absence du premier ? Je n'ai jamais osé poser la question à mes psys. Ma sexualité est devenue un sujet tabou, surtout depuis qu'elle n'a plus pour but que la procréation.

Ma tête n'est que désordre et confusion. Je finis par me lever et descendre au rez-de-chaussée à pas de velours. J'ai à peine atteint la dernière marche des escaliers, que j'entends la respiration régulière de Manuel dans le salon. Comment parvient-il à dormir, après ça ? Sa fatigue évidente ne suffit pas à me l'expliquer. Je voudrais qu'il voie mon monde à travers mes yeux.

À aucun moment, je ne songe que la réciproque est peut-être vraie.

C'est après que cette révélation s'imposera à moi, quand il sera évidemment trop tard pour revenir en arrière.

Pour l'heure, c'est la colère qui refait surface. Sourde, imprécise. Alors, je sors de la maison et pars retrouver le seul être en ce monde à qui je n'ai jamais eu de reproche à faire.

À cette saison, il est le seul à rentrer dormir dans son box. Tous les autres chevaux sont dehors. Lui, il a besoin de son petit confort. Cachou redresse la tête dès qu'il m'entend. Son regard empreint de douceur se pose sur moi, semblant m'inviter à entrer. Allongé dans la paille, il ne bouge pas. Je me love contre son corps chaud et caresse ses poils un peu rêches. Ses lèvres fouillent mon visage et ses vibrisses me chatouillent. Cela me rappelle les soirs d'été de mon adolescence. Je venais chercher du réconfort auprès de lui, et lorsque je me préparais à partir, il se redressait, prêt pour une balade. Le petit jeu pouvait durer ainsi durant des heures, si je n'y mettais pas un terme. Je me forçais à le quitter, lui promettant de revenir le lendemain matin, dès mon réveil. Ma mère râlait de me voir rentrer avec des herbes sèches collées à mon T-shirt, puis ressortir au point du jour, le contenu de mon bol à peine englouti. Elle râlait, mais ne me retenait pas. Elle râlait, et M. Henry souriait.

Blottie contre mon vieil ami, je me calme peu à peu, jusqu'à m'endormir. Ce sont les premiers rayons du soleil qui me tirent du sommeil. Je m'extirpe de la paille, courbaturée par cette nuit passée à l'écurie, ce dont je n'avais plus l'habitude. Quand il me sent me dégager de lui, Cachou souffle et lève le nez, comme pour me saluer tout bas.

Alors je lui promets de revenir très vite.

Mars 2014

M. Henry ne m'a jamais parlé du père. Il n'a jamais posé de question, jamais eu de parole désobligeante à son encontre. Une fois, il m'a dit :

« Si tu te sens seule, entoure-toi d'animaux. Quand on sait les aimer, ils nous le rendent bien. Ils nous couvrent d'affection et ne nous jugent pas. »

Je lui ai répondu que c'était pareil pour certains humains.

Il est resté sceptique. Pour l'homme solitaire qu'il était, c'était différent.

Alors, poussée par la spontanéité de mon jeune âge, je lui ai dit que moi, il savait m'aimer, et que j'essayais de le lui rendre.

Il a souri et murmuré « Brave petite », une larme au coin des yeux.

C'est la seule fois où nous avons reconnu, à demi-mot, ce lien filial entre nous.

21

Le mardi, je repars de bonne heure. J'ai rendez-vous avec Andréani à l'hôpital de La Rochelle ; nous allons confronter le père ensemble. Je n'ai pas été facile à convaincre. C'est finalement Gaëlle qui m'a décidée, alors qu'elle refuse de venir elle-même. Malgré mes protestations, je la comprends : elle n'a pas revu le père depuis qu'il est parti. La gamine de douze ans s'est muée en une femme de quarante-deux printemps, qui n'aurait rien à lui dire si elle se trouvait face à lui. Pourtant, moi je l'ai pris, ce courage, voilà quelques années de cela. Aujourd'hui, j'en paie le prix. Mais c'est important d'aller au bout de ce qui nous anime.

Je ne sais pas quel comportement adopter vis-à-vis de mon mari pour lui dire au revoir. J'effleure sa joue de mes lèvres, il murmure un « Salut ». La veille tout a été si tendu entre nous que je ne lui ai pas révélé la raison de mon départ avancé. Il croit sûrement que je le fuis.

Andréani m'attend sur le parking de l'hôpital.

Andréani.

Je déteste les surnoms, et pourtant, je ne parviens pas à l'appeler autrement. Rémy est un autre à mes yeux. Il est ce fils prodige qui n'avait pas particulièrement envie de rencontrer ses sœurs. L'ado difficile dont je m'étais fait l'idée d'une personne désagréable et égocentrique. Quelques mots suffisent parfois pour vous planter une image dans la tête. Appelle-t-on cela « préjugé » ou « quiproquo » ?

— Salut, dit Andréani en me rejoignant.

Il m'embrasse sur les deux joues. Est-ce à cause de son regard fuyant ou de son sourire moins prononcé que d'ordinaire ? Je sens qu'une sorte de gêne s'est emparée de lui. On dirait que le jeune homme jovial s'est fait la malle, dévoilant une facette plus vraie, plus sensible. Ces considérations me rendent penaude à mon tour. La situation me donne l'impression que nous commettons un acte répréhensible en nous retrouvant, alors que d'autres avaient décidé que nous devions demeurer des inconnus.

— Tu as eu des nouvelles du père ?

Ma voix est rauque, je me racle la gorge pour l'éclaircir. Andréani enfonce ses mains dans ses poches tandis que nous marchons en direction du bâtiment.

— On a échangé quelques messages avec ma mère. Il se remet.

— Tu n'es pas allé le voir ?

Andréani secoue la tête.

— J'ai utilisé mon repos à travailler Jolicœur.

Je l'imagine perfectionner ses exercices avec son cheval dans l'unique but de se vider la tête. De ne plus réfléchir à ce qui fait mal. Avant d'entrer dans la chambre du père, je l'arrête.

— Tu as obtenu des explications ?

— Ma mère se cache derrière lui pour garder le silence. Elle dit que quand il ira mieux, nous aurons une discussion.

Je remarque l'emploi du « il ». Il ne peut plus évoquer le père en utilisant « mon », et je suppose qu'il n'est pas encore prêt au « nôtre ».

Andréani ajoute que ses parents usent de mauvaises raisons pour s'en sortir à bon compte. Sa gêne se meut peu à peu en agacement, puis en colère. Brusquement, il me demande :

— Est-ce que tu as su avant moi ?

Je m'arrête et me tourne vers lui, frappée par l'angoisse qu'il ne dit pas. Il ralentit à son tour et finit par lever les yeux vers moi.

— Je savais que j'avais un demi-frère et une demi-sœur. J'avais proposé de les rencontrer, mais le père a trouvé des excuses à chaque fois. Il ne m'a jamais confié que tu partageais ma passion pour les chevaux, ni que tu travaillais aux Légendes. Depuis que je te connais, j'ignore ton vrai prénom. Pas une seule fois, je ne me suis doutée de notre parenté. Je te promets que jamais je ne t'aurais menti sur un tel sujet.

Andréani m'écoute sans ciller. Il ne sourit pas, mais je détecte dans sa posture un certain soulagement. Il cligne des yeux et murmure comme pour lui-même :

— Je suis idiot, bien sûr...

— Toi et moi, c'était écrit, je martèle avec conviction. Nos chemins devaient se croiser.

Il passe une main sur son visage. Il a l'air déboussolé. Enfin, nous donnons deux coups discrets à la porte de la chambre, et nous entrons. Le père somnole dans son lit, perfusé. Quand Andréani referme derrière lui, il se réveille en sursaut. Je m'arrête net. La pièce semble figée dans un instant suspendu. Nos regards sont rivés sur le vieil homme couché, à demi relevé sur un oreiller trop épais. Le sien oscille de l'un à l'autre, avant de revenir sur ses mains, crispées sur le drap blanc. Ses joues flasques et ridées pendent de part et d'autre d'une bouche plissée en un rictus de résignation. Il ne semble ni heureux de nous voir, ni fâché. Il accepte la situation, sans toutefois y apporter sa contribution. Est-ce ainsi qu'il a vécu toute sa vie ?

Le père remue tout à coup les lèvres. Andréani et moi nous approchons dans un même élan pour entendre sa voix, mais la porte de la chambre s'ouvre à ce moment précis sur une femme. Elle est bien mise, avec sa blouse fleurie en dentelle et sa jupe longue. Je ne la connais pas, mais je sais d'emblée qu'il s'agit d'*elle*, de *l'autre*, comme l'a souvent appelée ma mère. Mis à part son cou cerclé d'anneaux de Vénus, elle me paraît bien plus jeune que le père. Elle doit avoir une cinquantaine d'années.

La femme est d'abord surprise que le père ait de la visite. En voyant son fils, elle se fend d'un large sourire. Elle lui dit qu'il est venu, c'est gentil, son père a besoin de compagnie. N'importe qui l'aurait fait, mais cela n'a pas l'air naturel dans cette famille. Tendu, Andréani ne répond pas. Alors qu'il glisse un œil vers moi, la femme semble remarquer ma présence.

— Tu ne me présentes pas ton amie ?

Andréani toussote et se balance d'un pied sur l'autre. Les mèches de cheveux qu'il n'a pas assez imbibées de gel retombent sur son front. Il ne m'a jamais paru aussi jeune.

— Tess n'est pas une amie.

Le visage de sa mère affiche un étonnement ravi. Je comprends qu'elle est persuadée que son fils s'apprête à lui présenter sa petite-amie. Avant qu'elle ne dise quoi que ce soit, il reprend, avec force et détermination :

— C'est ma sœur.

Sa mère émet un hoquet de surprise et plaque une main sur sa bouche. La tension monte d'un cran dans la petite pièce. Andréani se remet à piétiner sur place. Les draps du lit bruissent sous les mouvements du père. Seule au milieu de cette famille au bord de l'implosion, je me sens étrangère. Nourrie par mes ressentiments, je suis parvenue jusqu'ici. Maintenant que je me tiens là, je ne sais plus quelle réaction adopter. Le père n'a pas prononcé un mot. Peut-être une séquelle de son attaque. La femme rompt le silence pesant :

— Qu'est-ce que vous faites là ?

Sa voix est dure, on dirait qu'une tout autre personne a pris possession de son corps.

— Je viens voir mon père, ce n'est pas interdit à ce que je sache, je réplique sur le même ton, oubliant ma gêne.

Andréani se rend compte que la situation est sur le point de dégénérer, et il intime à sa mère de sortir, pour nous laisser parler avec le père.

— J'ai tout autant le droit qu'elle d'être ici, si ce n'est davantage.

Pour marquer son refus, elle s'avance un peu plus. Sa présence m'oppresse. Elle prend beaucoup de place. Je sens que ça a toujours été le cas, depuis qu'elle a rencontré le père. Ce dernier garde le silence. Cela me rend folle.

— On comptait si peu pour toi, mes sœurs et moi, pour que tu nous renies ?

Le père secoue la tête, les yeux rivés sur une tache imaginaire. Au moins, je sais qu'il comprend. La femme hausse les sourcils au plafond, comme si écouter ces absurdités était au-dessus de ses forces.

— Vous pouvez rentrer chez vous, si vous êtes venue pour lui faire des reproches. Il n'est pas en état.

— Vous étiez au courant de son passé, n'est-ce pas ?

— Si Didier et moi avons des secrets l'un envers l'autre, ils ne sont pas de cet ordre, ma chère.

Son air dédaigneux la vieillit. Transformée par sa jalousie dévorante, elle ne m'inspire que pitié.

— Pourquoi tu ne nous as rien dit, à Paula et à moi ?

La prise de parole d'Andréani lui fait ravaler son aigreur. Le masque sur sa figure change à nouveau. Ses muscles s'affaissent. Elle contemple le père avec lassitude.

— Les choses ont été ainsi… murmure-t-elle.

Le père se tasse un peu plus dans son lit, jusqu'à devenir misérable et ratatiné.

— Quand vas-tu enfin assumer ? je ne peux m'empêcher de m'écrier.

C'est sa femme qui répond à sa place, m'accusant de l'avoir envoyé à l'hôpital. Elle crie, dans cette chambre où chaque mot résonne comme dans une boîte vide, nous balançant leur violence en pleine face. Je me défends, aboyant à mon tour. Je n'ai rien provoqué, il se trouve que j'étais là par pur hasard. Je m'en veux de me justifier ainsi, alors j'invoque encore ce foyer abandonné trente ans auparavant, ces dommages causés, irréversibles. La femme ignore mes arguments. Elle s'étouffe dans sa peur de voir son foyer à elle en danger. J'ai le sentiment, en l'entendant vociférer, qu'elle a craint toutes ces années cette confrontation.

Soudain, nous nous taisons. La voix du père est si faible que c'est un miracle que nous l'ayons perçue, à travers nos vociférations. Je m'approche du lit et lui demande de répéter.

— Des secrets… je ne suis pas le seul à en avoir eu…

— Que veux-tu dire ?

— Ta mère aussi…

Il se met à tousser, tel un vieillard agonisant. Sa femme se précipite à son chevet, lui pose une main sur la poitrine. Si prévenante envers les siens, si mauvaise avec les autres. Je ne peux pas m'empêcher de penser que tout est sa faute, que, quand le père l'a rencontrée, elle se fichait pas mal de savoir s'il avait une famille. Elle le voulait pour elle seule. Et lui, il n'a pas su lui tenir tête.

— Sortez ! m'intime-t-elle.

— Maman, s'il te plaît…

— Ne te mêle pas de ça, Rémy. Nous laverons notre linge sale en famille plus tard.

— Que tu le veuilles ou non, Tess fait partie de la famille.

Le ton continue de monter, jusqu'à ce que la porte s'ouvre sur une infirmière outrée.

— On vous entend à l'autre bout du couloir ! Vous baissez d'un ton, ou vous sortez !

La mère de Rémy répond sèchement :

— La fille allait sortir, de toute façon.

L'infirmière reste postée près de la porte, les bras croisés, attendant visiblement de le constater par elle-même. Je m'adresse au père une dernière fois, tout bas, en détachant chaque syllabe pour être sûre qu'il me comprenne :

— Si tu savais comme je te plains.

Puis je me drape de tout le mépris dont je suis capable en passant devant la femme, sans lui jeter le moindre regard. En quittant la chambre, j'expire longuement, évacuant la tension. Je suis bouleversée. Cette rencontre me hantera pendant longtemps, je le sais déjà. On referme derrière moi. Je me retourne, pensant croiser l'expression courroucée de l'infirmière, mais c'est Andréani qui me rejoint.

— Désolé, me dit-il en remontant le couloir à mes côtés.

— Tu n'as pas à l'être. Ce sont les erreurs de tes parents, pas les tiennes.

Il hoche la tête sans ajouter quoi que ce soit. Je ressens sa honte vis-à-vis de moi et de mes sœurs, à cause de ce père qui nous a été arraché, pour lui. Sa colère d'avoir été tenu à l'écart de nous. Nous marchons en silence et quand nous émergeons sur le parking, il me propose :

— On va chez moi ?

J'hésite. Je m'imaginais déjà allongée avec un bon livre pour oublier cet horrible épisode.

— Je ne me sens pas le courage de passer la soirée seul, précise-t-il pour me convaincre.

Alors j'accepte. Évidemment.

Andréani nous prépare des pâtes. Il les préfère al dente. Finalement, elles sont quasiment crues quand il les égoutte. Je vérifie le paquet.

— Tu as l'habitude des fusilli cuites en trois minutes ? Parce que là, il manque au moins six minutes de cuisson !

Andréani me confie qu'il est un piètre cuisinier. Je l'aurais deviné et me mets à rire avec lui à gorge déployée. J'ai les muscles courbaturés, mais je me sens délestée d'un poids qui pesait lourd, dans ma poitrine. Mon hôte débouche une bouteille de vin et les verres s'enchaînent, accompagnant les pâtes – trop cuites cette fois, parce que j'ai voulu rattraper le coup. Andréani me parle de son enfance, entre une mère aimante, proche de ses enfants, et un père dur, surtout avec son fils. Il aspirait à réaliser ses rêves à travers lui. Il voulait faire de lui un médecin, ou un avocat. Mais Andréani n'aimait pas l'école. Le père passait son temps sur son dos, lui répétait qu'il devait faire des études pour devenir quelqu'un. Adolescent, Andréani ne le supportait plus. Les cris fusaient, les portes claquaient. C'était violent, usant. Le père était lâche face à sa femme, intransigeant face à son fils. Ce dernier était son unique cheval de bataille, sa dernière chance. Andréani avançait en funambule au bord d'un gouffre, il avait atteint un point de non-retour. À tout moment, il menaçait de basculer. Sa mère, qui désamorçait souvent les bombes, lui avait une fois de plus tendu la main en lui proposant d'intégrer une école de spectacle équestre. Il aimait tant les chevaux ! Cette nouvelle voie l'avait sauvé.

— Le père t'a laissé t'épanouir dans ce milieu sans rien y trouver à redire ?

— C'est grâce à Paula.

Je hausse un sourcil, l'invitant à s'expliquer.

— Quand elle a annoncé son homosexualité aux parents, tu dois te douter que *le père*, comme tu dis, a mal réagi. Elle a baissé dans son estime. Ça ne changeait pas grand-chose, ils n'ont jamais été proches tous les deux. Mais moi, il a fini par me laisser tranquille. Je n'étais plus *le pire*, tu vois ?

Je hoche la tête. C'est tellement lui.

— Et Paula ? Où est-elle aujourd'hui ?

— Elle vit avec sa femme à Paris. Elle travaille dans une grande maison d'édition. Elle ne revient pas souvent en Vendée. C'est assez tendu… Le père n'est même pas allé à son mariage.

— Mais quel connard !

Je n'ai pas l'habitude de jurer, Andréani me jette un regard circonspect. Mon verre à nouveau vide y est sûrement pour quelque chose. Je réprime avec peine un rire qui monte dans ma gorge. Les prunelles d'Andréani brillent, et il s'esclaffe à son tour. Nous nous mettons à traiter le père de tout un tas de noms d'oiseaux. Plus nous le faisons, plus nous rions. J'ai l'impression de redevenir une adolescente rebelle. C'est à la fois culpabilisant et divinement libérateur.

Peu à peu, la source de notre vulgarité se tarit, et nous retrouvons notre calme. Affalés sur notre chaise, les mains sur le ventre, nous sommes comme repus. Délivrés d'une partie de nos maux. Nous nous sourions en silence et je sens éclore dans mon ventre une bulle de bien-être à l'idée de cette complicité qui se crée entre nous.

Juin 2017

Sais-tu qu'il nous est arrivé une anecdote incroyable ? Quand tu seras de ce monde, nous en aurons des choses à te raconter !

Hier, c'était le soir de l'injection du produit le plus angoissant du parcours. Manuel s'est concentré une demi-heure à l'avance, parce qu'il devait être prêt pour 21 heures Pas 20 h 50, ni 21 h 05. 21 heures. L'infirmière a lourdement insisté sur la nécessité d'être rigoureux et ponctuels.

Manuel tremblait tellement quand il a fallu préparer la seringue, qu'il en a lâché le piston et que le liquide s'est répandu sur la table de la cuisine. Nous sommes restés sidérés quelques minutes, les yeux dans les yeux. Terrifiés. Nous n'avions pas d'autre produit.

Je me suis vue recommencer tout le protocole à zéro : prises de sang, rendez-vous en fonction de mon cycle, piqûres au stylo tous les soirs. J'ai bondi sur mes jambes et sorti Manuel de sa stupeur. Nous sommes allés au commissariat et avons fait le tour des pharmacies de garde. Ce produit est tellement coûteux qu'il est rarement stocké sans commande. Par chance, un pharmacien de la Roche-sur-Yon avait reçu une boîte d'avance pour l'une de ses clientes.

À minuit, nous sommes rentrés à la maison, lessivés. Manuel a préparé la seringue et m'a piquée sans broncher, dépité à l'idée que ces trois heures de décalage aient fichu en l'air tous nos efforts.

Aujourd'hui, j'ai appelé le centre de PMA pour leur signaler. On m'a répondu que ça aurait pu attendre ce matin. C'était bien la peine…

Je te l'ai dit, nous allons avoir un tas de choses à te raconter.

Alors dépêche-toi…

22

Ce week-end – j'appelle mes jours de repos ainsi, même s'ils ont lieu en début de semaine –, je ne rentre pas. J'ai prévenu Manuel. Il m'a demandé pourquoi. J'ai bien senti qu'il se retenait de partager ses suppositions avec moi. Je lui ai dit que j'avais des obligations, mais il connaît la vraie raison. Je n'ai ni la force ni le courage de vivre une nouvelle confrontation avec lui. Regarder notre éloignement en face me fait trop de mal. Je suis peut-être aussi lâche que le père, finalement. Tel père, telle fille. Pourtant, je me fais le serment de ne pas lui ressembler. Plutôt mourir.

Mon choix de rester à Maillezais s'explique aussi par une promesse que j'ai faite à Cléophée. Samedi soir, lors de notre traditionnel tête-à-tête, la fillette m'a posé beaucoup de questions sur les Crins Noirs. Elle voulait comprendre à quoi servent les chevaux qui ne sont pas destinés aux spectacles, s'ils s'entendent bien, si des bébés naissent parfois, s'ils ont de la place pour courir. La voir s'intéresser à mon univers de cette façon m'a touchée. Je lui ai montré des photos sur mon téléphone. Comme elle a trouvé l'endroit très beau, je lui ai promis de les inviter, elle et ses parents, quand la saison sera terminée. Et puis je lui ai parlé de mes neveux et nièces que nous accueillons durant les vacances.

« Moi aussi je veux venir chez toi pendant les vacances ! a-t-elle déclaré, une petite moue déterminée sur le visage.

— Il faudra que tes parents soient d'accord, mais bien sûr que tu pourras venir quelques jours, toi aussi. Quand tu seras un peu plus grande, si tu en as toujours envie.

— Je suis déjà une grande fille.

— C'est vrai. »

À court d'arguments, je me suis trouvée un peu embêtée. Je n'en avais pas parlé à Guillemette avant, et je ne voulais pas la mettre au pied du mur.

« Il faudrait que tu t'habitues davantage aux chevaux avant.

— Oh oui ! Je veux voir Frutivo.

— Furtivo, je la corrige. C'est celui que tu préfères ? »

Elle a hoché la tête avec conviction.

« On dirait un cheval de princesse. »

Je me suis revue gamine, avec quelques années de plus qu'elle. J'étais tombée sous le charme de Cachou. Notre lien si fort dure depuis presque trente ans. Aussi, même si cela signifiait que je ne verrais ni mon mari ni mon cheval cette semaine, je lui ai proposé :

« Si tes parents sont d'accord, lundi soir j'irai te chercher à l'école, et nous irons passer du temps avec Furtivo. »

C'est pourquoi, en ce lundi soir, nous approchons toutes deux du box où Furtivo jouit d'un repos bien mérité. La vie ici lui plaît, il s'épanouit de jour en jour. Lorsque j'ouvre la porte, la petite main de Cléophée vient se nicher dans la mienne. Je lui demande si elle a peur.

— Je n'ai pas peur. Je t'ai dit que je suis une grande fille.

Ses yeux immenses ne lâchent pas le cheval, qui s'approche de nous.

— Il vient dire bonjour. Il est content de recevoir de la visite.

L'enfant s'extasie, la tête levée vers Furtivo. Ce dernier respecte une distance de protection, de sorte que nous n'avons plus qu'à tendre la main pour lui caresser le bout du nez.

— Bonjour, Frutivo, dit Cléophée.

Le pur-sang allonge un peu plus le cou pour sentir la main timide de la fillette et celle-ci le flatte.

— Tu te débrouilles super bien ! je l'encourage.

Elle se tourne vers moi, le visage radieux.

— Furtivo est un cheval dressé et il te fait confiance. Mais tu ne dois jamais oublier qu'il s'agit d'un animal et que tu dois rester vigilante à ses réactions.

— Comment tu sais qu'il va se fâcher ?

— Le plus simple, c'est de se fier à la position de ses oreilles. Si elles sont rabattues en arrière, tu ne dois pas t'approcher. Regarde, là, il se sent bien. Il nous écoute, ses oreilles sont orientées vers l'avant. Ses narines ne sont pas trop ouvertes et sa mâchoire est détendue.

Comme pour mieux appuyer mes propos, Furtivo souffle bruyamment. Cléophée rit.

— Tu es enrhumé, Frutivo ?

— Il est juste heureux de nous voir.

Nous restons un long moment près de l'animal. D'abord immobile, il finit par nous contourner pour s'abreuver dans l'auge jouxtant l'entrée du box. J'explique à ma petite protégée tout ce qu'il faut savoir sur la manière d'aborder un cheval et où se placer pour éviter de le surprendre. Elle réclame à monter sur son dos, mais je refuse. Furtivo a besoin de repos. Et puis, il faut d'abord que ces deux-là s'apprivoisent avant de franchir le cap.

Une demi-heure plus tard, je ramène Cléophée chez elle, et lui fais faire les quelques devoirs donnés par la maîtresse avant de lui préparer à manger. Une fois qu'elle a terminé son assiette, je lui demande d'aller se brosser les dents et elle obtempère sans histoires. La fatigue de cette fin d'année scolaire a raison de son excitation à partager une nouvelle soirée en ma compagnie.

Guillemette et Lechêne rentrent pendant qu'elle est dans la salle de bains et que je termine de nettoyer sa vaisselle. Cléophée accourt pour se jeter dans les bras de son père, au creux desquels elle reste lovée tandis que Guillemette l'embrasse sur le front.

— Alors, comment s'est passée ta rencontre avec Furtivo ? lui demande Lechêne.

— C'était trop bien ! Il m'a fait des câlins et je lui ai dit bonjour. Ensuite il a bu et il en a mis partout. Il était content parce qu'il soufflait beaucoup. Ça veut dire qu'il est content quand il fait ça. Je suis pas montée sur son dos parce que Frutivo devait se reposer. Mais bientôt je pourrai le faire, parce que je suis une grande fille. Et Tess, elle a dit que je pourrai venir chez elle voir ses chevaux pendant les vacances.

Le flot de paroles de la petite fille est impressionnant et nous rions de bon cœur.

— Prends le temps de respirer, ma puce ! la taquine son père.

— Je croyais que tu préférais les oiseaux ? s'enquiert Guillemette.

Cléophée réfléchit un instant, et annonce, le plus naturellement du monde :

— Je préfère Tess.

J'ai beau savoir que cette comparaison est sans rapport avec sa mère, je me sens mal à l'aise.

— Ah, Tess ! s'exclame Lechêne. D'ailleurs, tu vas lui dire au revoir. Il va être l'heure de dormir, si tu veux une histoire, il faut se dépêcher.

Cléophée m'enveloppe de ses petits bras pour me souhaiter une bonne nuit puis, excitée, elle s'élance vers le couloir pour suivre son père. Nous restons seules avec Guillemette. Le silence qui suit son départ est à la fois doux et embarrassant.

— Tu restes dîner avec nous ?

— Non, ne t'inquiète pas pour moi.

— Tu t'es occupée de Cléo toute la soirée, tu ne vas pas rentrer chez toi maintenant.

Je finis par accepter l'invitation. Nous nous dirigeons vers la cuisine, et je profite de l'absence de Lechêne pour clarifier les choses avec mon amie.

— C'est ma faute si Cléophée a parlé des Crins Noirs. Je lui ai raconté les vacances de mes neveux et nièces et ça lui a donné envie.

— Ne t'en fais pas, j'ai bien compris que tu n'as pas voulu lui mettre des idées en tête. Cléo est une rêveuse de toute façon.

— Ça va mieux entre vous ?

Cette question a franchi le seuil de mes lèvres avant que mon cerveau n'ait eu le temps de l'analyser. Guillemette a l'air surprise. Elle n'a pas l'habitude que ce soit moi qui aborde le sujet. Elle hausse les épaules, me dit que ça a toujours été. Que c'est juste elle qui fait un blocage. Ces deux phrases me semblent contradictoires, mais je garde mes réflexions pour moi. Guillemette poursuit, sur un ton dépourvu de remords :

— Quand Cléo est née et que j'ai posé les yeux sur elle pour la première fois, tu sais ce que je me suis dit ? Que ça m'aurait fait le même effet de contempler un sac de pommes de terre.

J'écarquille les yeux, choquée par cette révélation. J'essaie tant bien que mal de ne rien laisser paraître, car je sais que Guillemette méprise le jugement. Or, au fond de moi, je ne peux m'empêcher de penser qu'elle est horrible avec sa fille. Et puis soudain, c'est l'image du père qui apparaît.

De *mon* père. Est-ce cela qu'il a ressenti à notre égard ? On parle du regret maternel, mais qu'en est-il des pères ?

— Heureusement que Cléophée ne t'entend pas, dis-je dans un souffle.

Guillemette redresse la tête de la planche en bois sur laquelle elle coupe des tomates du jardin. À sa façon de lever un sourcil, je la sens piquée.

— Tu sais, la parole se libère à ce propos, répond-elle.

Elle ramasse les morceaux de tomate qu'elle jette dans un saladier et y ajoute des boules de mozzarella. J'ai l'impression qu'elle cherche à justifier son comportement, à se dédouaner de ses émotions, en insistant sur le fait qu'elle n'est pas la seule dans ce cas.

— Eh bien, c'est vraiment dommage. Ça soulage peut-être les femmes concernées, mais se met-on à la place de l'enfant ? À ton avis, qu'est-ce que ça fait de comprendre qu'une personne censée t'apporter un amour inconditionnel ne ressent rien pour toi ? C'est pire que tout.

Je suis la première étonnée de ne pas avoir su tenir ma langue. Mes mains tremblent, mais je me sens en accord avec moi-même. À ma façon, j'ai défendu Cléophée. Un voile ternit le regard de Guillemette.

— Comment oses-tu me faire la morale, toi qui n'as pas d'enfant ?

Je hoquette. J'ai l'impression de m'être pris un coup de poing dans le ventre. Guillemette semble se féliciter de m'avoir atteinte à la hauteur de mon offense envers elle.

— C'est tellement facile… murmuré-je, écœurée.

— Tu t'immisces dans ma vie en prétendant ne pas me juger, tu prends ma place petit à petit, et tu donnes de grandes leçons. Tess, la grande prêtresse de la maternité !

— Arrête. Tu essaies de me blesser dans l'unique but de te justifier, mais ça ne marche pas. *Je* ne marche pas. Tu as une fille formidable, Guillemette. Elle attend seulement que tu lui ouvres les bras. Je sais trop ce que c'est que d'avoir un parent qui nous rejette. Ça détruit. Ni plus, ni moins. C'est maintenant qu'elle se construit, ta fille. Alors si tu l'aimes autant que tu le prétends, tu dois lui montrer. Voilà, la grande prêtresse a parlé. Je me fiche pas mal de ce que tu penses.

Je chuchote pour que les autres ne nous entendent pas. Des bribes de la rupture entre mes parents me reviennent en mémoire. Quand ils parlaient à voix basse, eux aussi. Je remercie intérieurement Lechêne de faire durer l'histoire du soir très longtemps.

— Je vais rentrer, ajouté-je.

— Oui, c'est mieux.

Le visage de Guillemette est complètement fermé. Elle fait mine de s'affairer encore, bien que tout soit prêt. Elle plante ses yeux bleus dans les miens quand elle conclut d'une voix froide :

— Samedi prochain, tu n'auras pas à t'occuper de Cléo. C'est bientôt les vacances, elle pourra nous accompagner.

Je ne réponds pas, me saisis de mon sac à main, et m'éloigne, le cœur serré.

Ces derniers jours, j'ai perdu un père. Un mari. Et je viens de perdre une amie.

Novembre 2011

Je ne suis pas superstitieuse.

Pourtant, depuis que j'ai lu Tess d'Urberville *de Thomas Hardy, j'ai des sueurs froides. Avant ma naissance, ma mère avait vu le film de Roman Polanski, tiré du roman. Elle a tant aimé l'histoire qu'elle a décrété que si elle avait encore une fille, elle lui donnerait le prénom de son héroïne. Le père n'a pas refusé, persuadé qu'ils n'en auraient pas d'autre, ou trop déçu à la naissance pour imposer un autre choix.*

Tess d'Urberville a perdu son enfant, alors qu'elle était très jeune. Sa vie a ensuite été une succession de drames. Moi, c'est celui que j'ai retenu.

J'ai demandé à ma mère si elle croyait que mon prénom pouvait avoir une influence sur ma stérilité. Elle m'a répondu que non, puisque je n'avais pas entendu parler du récit avant mes tentatives d'enfanter.

D'un point de vue rationnel, ça semble logique.

Et en même temps – je ne saurais pas expliquer pourquoi, ni comment –, une part de moi devine que la raison n'a pas souvent grand-chose à voir avec les histoires du corps.

Je suis Tess. Tess Garcia ou Tess Levasseur, peu importe. Je ne suis pas Tess d'Urberville. Tu peux venir sans crainte.

Avec Manuel, on est sûrs de vouloir fonder une famille ensemble. On sera très heureux, tu verras.

Quand je me relis, je me trouve un peu bête. Moi, si raisonnable et terre-à-terre, qui t'écris alors que tu n'existes pas encore pour déjouer le sort… C'est la meilleure !

23

« Tu n'as pas d'enfant. »

Je me réveille en sursaut, dégoulinante de sueur. Je repousse les draps légers et reste étendue dans le noir, hagarde. Un marteau-piqueur me vrille la tête. J'ai passé une nuit épouvantable, entrecoupée de cauchemars et du souvenir lancinant de ma dispute avec Guillemette. Cette simple phrase m'est revenue en boucle, martelée dans mes songes par une foule grimaçante et oppressante, qui m'enserrait de plus en plus et scandait avec hostilité : « Tu n'as pas d'enfant. » Des mots qui ne font qu'édicter une réalité, mais qui résonnent comme une insulte à mes oreilles.

C'est la première fois que je suis à Maillezais pendant mes repos sans avoir un programme bien rempli. La journée va me sembler longue, alors je fais durer chaque étape et laisse s'étirer le temps lentement. Je me douche, prends mon petit-déjeuner, mes tartines dans une main et un livre dans l'autre. Je pars ensuite faire quelques courses. À mon retour, Mme Praud arrache des mauvaises herbes dans l'allée. Elle se redresse péniblement et abandonne son labeur pour discuter avec moi. L'inconvénient d'avoir une propriétaire à proximité, c'est qu'on ne se sent jamais vraiment libre de ses mouvements. Mme Praud sait rester à sa place, mais il m'a quand même fallu justifier ma présence. Pas franchement à l'aise, je coupe court à la conversation, heureuse que le pot de glace au citron vert, qui dépasse du sac, m'apporte une excuse bienvenue. Je rentre ranger mes provisions, nettoie un peu les deux minuscules pièces. Vers onze heures, je m'apprête à ressortir pour rendre visite à Furtivo. C'est à ce moment-là que mon téléphone sonne.

— Qu'est-ce que tu fabriques, Tess ?

— Bonjour, Gaëlle. Je vais bien et toi ?

Je ne masque pas mon agacement à l'écoute de son ton inquiet et réprobateur. Je sais pourquoi elle m'appelle. Ma sœur poursuit sur sa lancée :

— Je sors de chez toi. J'étais persuadée de t'y trouver. Au lieu de quoi, ton homme m'a vite mise à la porte pour que je ne pose pas de question.

À l'autre bout du fil, j'entends Gaëlle prendre une grande inspiration, puis retenir ses mots. Je garde le silence. Comment expliquer ce que je ne comprends pas moi-même ?

« Tu n'as pas d'enfant. »

Voilà que cette phrase surgit à nouveau dans mon esprit, avec toute la perfidie qu'elle implique. Il est là, mon grand malheur. Ne pas réussir à fonder une famille ouvre des gouffres entre ceux qui s'aiment. Je suis sûre que Gaëlle le comprendrait si je lui disais. Elle serait même la personne la plus susceptible de compatir à ma peine. Si seulement je parvenais à parler.

— Tu te souviens que j'avais prévu de relater aux filles les confessions de Jacqueline ?

« Les filles » en question ne sont autres que Nathalie et Isabelle. Je me rappelle en effet notre dernière conversation téléphonique, où elle avait mentionné leur droit de savoir, et l'exclusivité sur les secrets de famille qui ne nous revenait pas.

— Je leur en ai donc parlé hier soir. J'en ai profité pour tout déballer, avec l'histoire du père et de Rémy, enfin… Andréani.

Elle fait une nouvelle pause, le temps que j'assimile cette information. Je ne sais pas comment le prendre. Malgré moi, je la revois, gamine, quand elle était incapable de garder un secret. Elle s'empressait de tout rapporter à nos aînées, dans l'unique but de se faire bien voir. Elle n'a pas vraiment changé.

— Isa a demandé un conseil de famille.

Je soupire. Ces réunions se tenaient régulièrement quand nous vivions toutes les cinq à la maison. Depuis, il n'y en a eu que très peu. Je cherche d'ailleurs à me remémorer la raison du dernier en date, sans y parvenir. C'était il y a bien longtemps. Un conseil de famille induit une capacité à communiquer qui ne caractérise pas la nôtre.

Je lutte contre des émotions contraires. Je suis irritée par la facilité de Gaëlle à transmettre les informations. Pourtant, si elle n'était pas là, qui le ferait ? Resterais-je, comme ma mère, asphyxiée par mes tourments ?

— C'est un peu tard pour te prévenir, mais Isa m'a téléphoné ce matin pour me dire qu'elle avait pu se libérer pour qu'on déjeune ensemble chez maman ce midi. Il faut que tu sois là, toi aussi. Tu ne travailles pas, n'est-ce pas ?

— Non… Je serai là dans une heure.

Il est inutile d'aller contre la volonté d'Isabelle. Quand elle a décidé quelque chose, chacun sait qu'il vaut mieux s'y plier. Et puis je dois avouer que je ne suis pas mécontente de provoquer quelques explications et de laisser une chance à ma mère d'exprimer son ressenti suite à la révélation de Jacqueline.

— Maman est au courant qu'il s'agit d'un conseil ?

— Non, elle croit qu'on essaie de rattraper tous ces dimanches où tu manques désormais à l'appel. Ce qui n'est pas tout à fait faux non plus…

Je suis la première à faire crisser les gravillons blancs de la cour. J'entre sans frapper, ma mère vient m'embrasser sur le seuil de la cuisine. Elle s'essuie les mains sur son tablier et retourne à son four pour vérifier la cuisson de son plat, comme d'habitude, même si elle connaît ses recettes par cœur. Elle demande de mes nouvelles d'un air naturel et je devine que Gaëlle ne lui a pas rapporté mon absence aux Crins Noirs. Ma mère claudique légèrement. Nathalie nous rejoint à ce moment-là. Elle veut savoir comment elle s'est fait mal.

— Oh, rien de bien méchant ! Je me suis cogné un orteil dans le pied du lit.

Ma mère doit répéter l'origine de son boitement à Gaëlle, puis à Isabelle, qui arrive un peu après en s'excusant, « mais y en a qui bossent ». Ma mère feint de s'impatienter de devoir rendre ainsi des comptes, pourtant je sens qu'elle est surtout heureuse de voir ses quatre filles réunies autour d'elle. J'espère que la raison ne va pas la froisser. Il ne manquerait plus que je me fâche avec ma mère… Je me conforte en regardant mes sœurs. Je n'ai jamais été aussi soulagée de les avoir auprès de moi.

Ma mère nous sert de son rôti encore rosé accompagné d'un tian de légumes. Elle remplit nos verres de vin rouge, sauf le sien et celui d'Isabelle, puisqu'elle *travaille*. Ma mère insiste sur ce mot, de la même manière que celle-ci à son arrivée. Une façon de la prendre à son propre jeu. Isabelle grimace, mais n'ose pas répliquer. Les caractères bien trempés ne doivent pas s'affronter, chacune de nous le sait. Il faut équilibrer la balance. La plus en colère ou à fleur de peau prend le dessus, tandis que l'autre s'écrase. Jusqu'au tour d'après, où les rôles s'inversent.

— Roger m'a apporté des légumes du jardin, dimanche.

La mention du mari de Jacqueline nous arrache un regard furtif, qui n'échappe pas à ma mère, même si elle ne relève pas. Qui va avoir le courage de mettre les pieds dans le plat la première ? Gaëlle se plonge dans un nettoyage méthodique de son assiette. Isabelle sirote son verre d'eau du bout des lèvres tout en louchant sur la couleur rubis des nôtres, et Nathalie s'empare du pain pour le couper en tranches. Ma mère raconte encore quelques banalités, avant que je ne me lance :

— Avec Gaëlle, nous sommes allées voir Jacqueline l'autre jour.

Ma sœur redresse la tête, l'air soulagé.

Ma mère attrape le contenant presque vide de courgettes, tomates et aubergines, puis se lève pour le déposer sur le plan de travail de la cuisine.

— Je me demandais quand vous alliez enfin cracher le morceau !

Mes sœurs et moi nous observons, interdites. L'idée ne nous a pas effleurées un seul instant qu'elle puisse déjà avoir été mise au courant. Je reprends :

— Jacqueline t'en a parlé ?

— Le lendemain. Elle s'en voulait de vous avoir confié tout ça sans me prévenir.

— Pourquoi tu ne nous as rien dit ? lui reproche Isabelle.

Ma mère termine sa bouchée avant de répondre, prenant soin d'appuyer chaque syllabe :

— Vous avez voulu passer par des chemins détournés pour apprendre la vérité, comptez sur moi pour vous laisser continuer sur cette voie.

— « Pour apprendre la vérité. » T'es marrante, mais personne n'aurait pu se douter qu'il y avait un tel secret à déterrer !

À peine Isabelle finit-elle sa phrase que Nathalie lui envoie un coup de coude accompagné d'un regard assassin.

— Oui, pardon… pour le jeu de mots.

Ma mère ne prête pas attention à ses propos. Nathalie ajoute :

— Tu dis qu'on n'a pas été très honnêtes, mais je tiens à souligner que ce sont les p'tites qui s'en sont mêlées.

— Non, mais quel faux cul, celle-là ! T'étais bien contente de connaître les tenants et aboutissants, grâce aux « p'tites » ! rétorque Gaëlle d'un ton cassant, en accentuant son mépris dans le dernier mot.

— Les filles, les filles ! intervient ma mère, habituée à nos chamailleries. Toute cette histoire m'a fait réfléchir.

Elle se tait, s'apprête à ramasser nos assiettes, mais Isabelle lui fait signe de se rasseoir tandis qu'elle débarrasse. Pendant ce temps, ma mère va chercher le dessert. Elle dispose devant nous des coupes de fraises à la crème façon tarte, l'une de ses spécialités. Quand tout le monde reprend place autour de la table, je remarque que les épaules de ma mère se sont légèrement détendues, comme si un poids n'y reposait plus. Sans l'aide de Jacqueline, elle n'aurait jamais réussi à se confier à nous.

— Ça m'a bouleversée d'apprendre l'existence de mon frère jumeau. J'ai pensé à la douleur que Mémé a dû ressentir au moment où elle l'a perdu. Il m'a fallu faire un sacré travail sur moi, mais j'ai fini par comprendre beaucoup de choses. Je crois qu'au fond, je l'ai toujours su.

— Tu as toujours su ce qui s'était passé ? la coupe Nathalie. Comment est-ce possible, alors que tu n'étais qu'un bébé ?

Ma mère hausse les épaules.

— C'était enfoui en moi, comme en Jacqueline, qui a dû garder ça pour elle toutes ces années, pour ne pas raviver la peine de nos parents. Mémé a souffert, et pourtant, elle ne nous a jamais rien montré.

— C'est le collier qu'elle conservait précieusement autour de son cou, qui te fait dire que tu savais, affirme Isabelle en léchant sa cuillère avec application pour ne pas en gâcher une miette.

Elle consulte sa montre avant de repousser sa chaise et de se caler au fond, repue.

— Aujourd'hui, les enfants poseraient des questions, mais c'était une autre époque… avance Nathalie.

— Dans le temps, on ne se parlait pas, approuve ma mère. Surtout des choses du cœur.

— C'était quand même un lourd secret, murmure Gaëlle.

« Des secrets… je ne suis pas le seul à en avoir eu… Ta mère aussi… » Les mots du père, prononcés juste avant que je quitte la chambre d'hôpital, font écho à ceux de ma sœur. Cette phrase m'était sortie de la tête. Elle prend forme à présent dans mon esprit, je mesure ce qu'elle signifie : le jour où mes parents se sont séparés, la mèche de cheveux à l'intérieur de l'amulette de Mémé était encore inconnue à ma mère. Le père faisait donc référence à autre chose. En observant ma mère, cette femme rondelette un peu usée par la vie, je sais avec certitude qu'elle garde encore en elle une foule de mystères.

N'en ai-je pas moi aussi ?

C'est le moment. C'est maintenant qu'il faudrait que je le dise. Je prends une grande inspiration. Vais-je en être capable ?

24

Les battements de mon cœur résonnent dans cette cuisine aux placards usés dans laquelle nous avons tant de souvenirs. J'ai beau savoir que je suis la seule à entendre leur cavalcade précipitée, je ne serais pas surprise si on m'intimait de me taire. C'est un tel désordre dans mon corps et dans ma tête, que je jette les mots au loin pour m'en débarrasser :

— J'étais là quand le père a quitté la maison.

Ma mère pousse un cri. Gaëlle se tait, et mes autres sœurs se figent. C'est Isabelle qui rompt le silence en partant d'un petit rire forcé.

— C'est la journée des révélations ! Mais quelle famille de dingues !

Cette remarque diminue la portée de mes paroles, dénaturant leur gravité. Je connais ma sœur, la dérision est sa carapace.

— Tu veux dire que tu as assisté à la scène ? reprend ma mère, hésitante, comme si elle craignait la réponse.

J'acquiesce d'un mouvement de tête, puis j'explique qu'à ce moment-là, il m'arrivait souvent de me lever pour les observer. Je me sens aussi honteuse que si j'avais été prise sur le fait, à huit ans. La mine stupéfaite de ma mère me prouve que j'ai su rester suffisamment discrète pour qu'elle n'en sache jamais rien.

— Vous ne vous êtes pas vraiment disputés, ce soir-là, dis-je. En tout cas, vous êtes restés silencieux. J'ai juste vu le père partir avec sa valise. Et j'ai su qu'il ne reviendrait pas.

Ma mère est abasourdie.

— Mais alors, tu veux dire que le lendemain, quand tu étais malade… c'était à cause de ça !

Je hoche la tête à nouveau, heureuse qu'elle s'en rappelle.

— Je n'ai pas pu m'empêcher de penser que c'était une drôle de coïncidence… murmure-t-elle. C'est étrange, il faudrait davantage suivre son intuition.

Dans une autre famille, peut-être que la mère se serait levée, aurait fait le tour de la table, et serait venue serrer sa fille dans ses bras. Mais pas chez nous.

Les yeux de ma mère plongent dans le vide, en quête du passé. Je me demande si nous voyons les mêmes images. Probablement pas. Entre nous cinq, chacune a son expérience, liée à son âge, son point de vue, ses vérités. Ses œillères.

— Je l'ai revu, récemment. Il n'a jamais parlé de nous à ses autres enfants. Il se trouve que je travaille avec son fils, au Parc des Légendes. Ça lui a fait un sacré choc d'apprendre qu'il avait quatre sœurs !

Ma mère émet un nouveau hoquet de stupeur avant de laisser libre cours à son indignation.

— Quel sombre idiot ! Vieillir ne l'a pas arrangé, avoir enfin un fils non plus !

Le pli amer de sa bouche en dit long sur la façon dont elle considère le père. J'ai souvent pensé qu'elle en rajoutait volontiers quand elle parlait de lui. Qu'elle se montrait injuste parce qu'elle avait été quittée. Que c'était sa jalousie envers *l'autre* qui la rendait si cruelle à son égard. Il y avait forcément un mélange de tout. Mais à présent, je sais qu'elle avait raison. Elle n'était pas injuste ni cruelle, simplement réaliste.

Il m'a fallu du temps pour le comprendre. Sans doute la place privilégiée que je croyais occuper dans le cœur du père avait-elle orienté mes espoirs…

Nous restons chacune dans nos pensées. Les ombres du passé planent au-dessus de nos têtes. Je rêve de les voir s'éloigner. La révélation de lourds secrets familiaux devrait permettre de chasser les nuages, j'imagine. Gaëlle, qui a quitté la table pour se rendre aux toilettes, réapparaît en brandissant un journal. Elle a l'air furieuse.

— Ça fait quatre jours qu'il n'est question que de ça, mais je n'en reviens toujours pas !

Elle abat l'objet de sa colère au milieu de la table, où s'étale alors une photo de femmes brandissant des panneaux *Women rights are human rights* ou encore *My body, my choice*. Le 24 juin dernier, la Cour suprême américaine a annulé l'arrêt Roe vs Wade, qui reconnaissait le droit à l'avortement au niveau fédéral. Chaque État du pays est donc aujourd'hui libre d'interdire ou de maintenir le droit à l'IVG sur son territoire.

— C'est abominable, en 2022, de se dire qu'on assiste à un tel retour en arrière ! Ça se passe aux États-Unis, bon sang ! Et si dans quelques années, avorter devenait prohibé en France ?

Gaëlle frémit et nous restons toutes silencieuses. Nathalie est la première à revenir à elle.

— Tu ne devrais peut-être pas t'exprimer ainsi, c'est un sujet sensible. Tout le monde ne partage pas forcément ta vision des choses.

Je ne peux m'empêcher d'arrondir les yeux. Sa réaction me surprend. Je ne sais pas si elle se veut mesurée, ou si elle est carrément rétrograde. Gaëlle est aussi interloquée que moi, alors pour appuyer son propos, Nathalie coule un regard éloquent dans ma direction. Il me semble comprendre que par « tout le monde » elle entend surtout « Tess ».

— Je veux dire que, compte tenu de ton histoire… Enfin, j'imagine que ça n'est pas facile de soutenir le fait qu'on ôte la vie à un embryon alors que…

Nathalie s'enlise dans son explication. Je la laisse se dépêtrer seule, mais devant mon silence, elle ne poursuit pas davantage. Le sang me monte aux joues en même temps qu'une colère noire fait palpiter mes veines. À cause de ma stérilité, je devrais être contre le droit à l'avortement ? Je sors de mes gonds :

— Tu me crois égoïste à ce point ? Je ne me sers pas de mon histoire personnelle pour déterminer ma façon de voir le monde. Le droit de chaque femme à disposer de son corps n'a pas de prix.

Je m'étrangle sur ces mots, bouleversée. Je pense à ces bébés abandonnés parce qu'ils n'étaient pas désirés, à ces femmes violées, à ces jeunes filles encore adolescentes. À toutes celles qui ont dû se résoudre à avorter.

— Jamais je n'aurais imaginé que tu me considérais avec une telle étroitesse d'esprit ! je conclus, profondément indignée.

Nathalie, autant vexée que moi, ne s'excuse pas. Elle se renfrogne et marmonne qu'elle ne pensait pas à mal, au contraire, elle ne voulait que prendre ma défense. Je ne parviens pas à me sentir honorée par sa prévenance. Gaëlle tente de désamorcer la bombe :

— Tu as raison, Nath, de dire que c'est un sujet sensible. Hier, j'ai publié un post où j'ai évoqué ma colère face à cette actualité. L'une de mes abonnées m'a fait la réflexion que de nos jours, il y avait suffisamment de moyens de contraception pour ne pas en arriver à avorter. En gros, il faut être une vraie Marie-couche-toi-là pour tomber enceinte sans l'avoir voulu. Sa remarque était d'une violence inouïe. Elle a déclenché une foule de réactions en commentaires. La preuve qu'il ne faut pas arrêter d'en parler, la menace plane bel et bien sur les droits des femmes.

Isabelle émet un petit rire sans joie :

— Si ton abonnée savait le nombre de femmes qui tombent enceintes sous contraceptif ! C'est malheureux, mais il faudrait que ça lui arrive pour qu'elle comprenne. Que veulent les antis ? Qu'on en revienne aux avortements clandestins, avec tout le danger qu'ils représentent pour la vie de ces femmes ?

Nathalie ne dit plus rien, gênée. Ma mère aussi se tait. Elle n'a pas émis d'opinion, mais toute trace de vie a déserté son visage. Je lui demande si nous la choquons à nous exprimer ainsi. Elle m'assure que non. Elle me semble si secouée que j'insiste :

— Tu es contre l'IVG, c'est ça ?

Le coup d'œil qu'elle me jette est un mélange d'incrédulité et de colère, qui me coupe la chique. Puis elle éclate d'un rire nerveux avant d'enfouir la tête dans ses mains, secouée par un ricanement proche du sanglot. Mes sœurs et moi, inquiètes, ne savons comment réagir. Nathalie, assise à ses côtés, finit par poser doucement une main sur son épaule. Ma mère dégage son visage, ses yeux sont secs, mais elle est blême.

— Comme je plains les Américaines ! s'exclame-t-elle. Même légal, le choix de l'IVG n'en reste pas moins une décision extrêmement difficile, qui nous poursuit toute notre existence. On ne regrette pas, mais on n'oublie jamais. À la date de la supposée naissance, la question revient, inlassablement : « Quel âge aurait-il aujourd'hui ? » C'est la vie. Le prix à payer pour le poids de nos actes.

Sa voix vibre de cette intonation particulière de ceux qui savent de quoi ils parlent. Cela me fait un coup au cœur.

— Qu'est-ce que tu essaies de nous dire ? l'interroge Gaëlle, hébétée.

— Je suis passée par là… avoue ma mère. Il faut que je vous…

— Attends ! la coupe Isabelle en consultant sa montre. C'est que je ne vais plus avoir assez de temps, moi !

— Je te raconterai, la rassure Nathalie.

Mais Isabelle lève la main avec autorité, se saisit de son téléphone, et appelle son service pour prévenir qu'elle va avoir un peu de retard.

— Ce n'est pas comme si je m'occupais des patients. Cet après-midi, j'organise le planning des collègues. Ça pourra attendre un peu, se justifie-t-elle face à nos regards moqueurs.

— Et après ça, elle se dit débordée ! la taquine Nathalie.

Isabelle la rabroue et se tourne vers notre mère, l'air de dire qu'elle n'a quand même pas tout l'après-midi. Leur ton désinvolte me désarçonne face à la gravité de ce que ma mère s'apprête à nous révéler.

Cette dernière se frotte le visage, les coudes sur la table. Elle paraît soudain très lasse.

— Tous ces secrets m'ont pas mal chamboulée ces derniers temps et j'ai compris qu'ils pouvaient avoir plus de répercussions qu'on ne le pense. Il faut que vous sachiez que les miens… je n'avais pas l'impression qu'ils en faisaient partie. Pour moi, ils étaient de l'ordre de l'intime, je me sentais en droit de les taire.

Ma mère poursuit en évoquant notre vie à six. Elle nous rappelle comment c'était à l'époque où le père partageait encore notre foyer. Sa manière de lui déléguer toute la gestion des enfants, comme si cette tâche ne lui incombait pas. Il allait au travail, rentrait le soir, bricolait un peu, s'occupait de son jardinet. Ma mère travaillait à mi-temps, se consacrait à la maisonnée, la cuisine, au ménage, aux devoirs, au linge et à l'habillement, aux discussions mère-fille, aux réunions parents-profs, aux rendez-vous médicaux.

Mes sœurs se souviennent bien de tout cela, pour moi c'est plus lointain. Ma mère a toujours cette expression mordante sur le visage. Comme si elle regrettait d'avoir accordé tellement d'énergie au père. Elle précise qu'alors, tout cela ne la dérangeait pas. Elle aimait se sentir utile auprès de ses filles. Ce n'est pas qu'elle prenait la place du père, c'est qu'il n'en voulait pas. Il laissait faire, ça lui allait bien de jouer les simples spectateurs et d'être dorloté.

— Quand Tess a eu sept ans, je suis de nouveau tombée enceinte. Votre père n'était pas là lorsque mon gynécologue m'a annoncé que j'attendais des jumeaux. Je me suis littéralement effondrée. J'ai pleuré toutes les larmes de mon corps. Je ne voulais pas de ces enfants. Je ne me voyais pas me remettre dans les couches à mon âge. Assumer deux bébés d'un seul coup, sans l'aide de votre père. Le médecin a compati. Il m'a dit que des solutions existaient, depuis la loi Veil.

Ma mère évite de prononcer le mot « avortement ». Je prends la mesure de la responsabilité écrasante qui a bouleversé sa vie. Mes sœurs et moi ne nous autorisons aucune réaction, mais nos visages sont figés de stupeur devant ce nouveau drame qui a ébranlé notre famille sans qu'aucune de nous en ait eu conscience.

— En sortant du cabinet, je savais ce que j'allais faire. Mais votre père n'était pas d'accord. Il m'a demandé d'attendre au moins de savoir si les bébés n'étaient pas des garçons avant de commettre l'irréparable. Je l'ai traité de couillon. Au moment où nous aurions su, il aurait été bien trop tard pour intervenir. Il m'a dit qu'on devait être deux pour prendre ce genre de décision. Je lui ai rappelé qu'on devait aussi être deux pour élever des gosses. Six, en plus ! S'il avait un peu plus mis la main à la pâte, nous aurions peut-être pu l'envisager, mais là… c'était impensable !

Ma mère poursuit son récit. Elle raconte tout le protocole, suivi à la lettre, seule. Elle nous fait voyager dans le passé jusqu'au soir où elle nous a annoncé, autour de cette table même, qu'elle devait subir une intervention bénigne du ventre. Elle serait hospitalisée plusieurs jours, mais le père s'occuperait de nous en attendant. Ils n'en ont plus reparlé tous les deux. Ma mère faisait ce qui lui semblait être le mieux. Le père n'était pas d'accord. Il avait émis son opinion, mais puisque sa femme refusait de l'écouter, il n'a pas jugé utile d'insister. L'opération du ventre est devenue la version officielle. Mémé n'en a jamais rien su non plus.

— Le père est parti à cause de ça ? murmure Gaëlle.

— Disons que ça nous a éloignés, et après il a rencontré *l'autre*. Il n'était qu'à la recherche d'une poule pour lui pondre un fils.

— C'est dégueulasse ! lâche Isabelle avec une moue écœurée.

Nathalie enchérit et j'en fais autant. Pour une fois, je n'ai aucune envie de le défendre. J'ai l'impression de le découvrir depuis Andréani. Un père dont personne ne peut rêver.

Isabelle s'estime heureuse de ne jamais avoir renoué avec lui, et je ne peux m'empêcher d'y lire des reproches quant à mon besoin de l'avoir fait.

— Je ne savais pas tout ça, quand je l'ai revu, je me justifie.

— Il nous avait abandonnées, rétorque Isabelle, acerbe. C'est déjà trop.

— Tess a une capacité à pardonner supérieure à la nôtre, intervient Gaëlle.

— Elle n'a pas les mêmes souvenirs que nous, ajoute Nathalie.

Elle cherche encore à me préserver, mais son allusion à la préférence du père me blesse. Je refuse d'être vue comme sa fille favorite. Il s'est montré si ingrat envers sa femme, si égoïste !

Isabelle ignore ces remarques et annonce qu'elle doit y aller. J'éprouve un certain soulagement à la voir partir. Je sais qu'elle n'a pas un mauvais fond, mais j'ai aussi conscience que je resterai éternellement à ses yeux la « p'tite ». Celle que le père chouchoutait et qui n'a pas le même vécu que les autres. Elle ne se dit pas que le départ du père a pu signifier pour moi que j'avais échoué à le retenir, malgré ce lien spécial qu'il me faisait miroiter.

Nathalie ne tarde pas à suivre, car elle a rendez-vous chez l'ophtalmo. Ma mère nous propose un dernier café, à Gaëlle et à moi. Nous sortons dans le jardin. Le temps est beau, nous sommes à l'abri du soleil sous le toit de verdure que procurent les grands arbres. L'extérieur est à l'image de la maison : un joyeux fouillis rempli de souvenirs. Les lauriers-roses offerts par les collègues de ma mère pour son départ en retraite côtoient les azalées qu'elle adore. Avec la pousse, les feuilles et les branchages s'entremêlent. Des guirlandes façon guinguette ont été accrochées dans les branches au-dessus de nos têtes. Je soupçonne Gaëlle d'être à l'initiative de cette décoration bucolique. Ma sœur n'est pas particulièrement pressée. Elle dispose sa chaise à l'écart pour étaler ses orteils au soleil.

— J'ai deux ou trois posts à rédiger cet après-midi, des mises en scène soignées à prévoir pour des photos et un concours à préparer, mais l'avantage, c'est que je pourrai aussi bien le faire ce soir… ou demain !

Parfois, je l'envie d'avoir un rythme de vie flexible, même si au fond, je sais que c'est le travail qui m'a fait tenir, jusqu'ici. Lorsqu'on s'occupe d'animaux, on ne peut pas remettre les tâches au lendemain. Il faut qu'ils aient à boire et à manger tous les jours, qu'ils reçoivent leurs soins quotidiens. Puisque passion et métier se confondent, je ne considère pas cela comme contraignant. D'autant plus qu'avec Manuel, on est faits dans le même moule, alors on se comprend. Ce n'est pas comme si l'un ou l'autre avait dû faire des efforts ou des concessions parce que ce plaisir n'était pas partagé. En réalité, nous n'avons que ça…

Ma mère pose quelques questions à Gaëlle sur son activité, sans rentrer dans les détails, car non seulement elle n'y connaît rien, mais cela ne l'intéresse pas. Ma sœur répond sans développer, puis garde les lèvres pincées. Je me mets soudain à sa place. J'ai longtemps cru être l'ovni de la famille avec mes chevaux. Celle qui a plongé dans un univers bien différent, voire inaccessible aux autres. Je n'ai jamais songé qu'il pouvait en être de même pour Gaëlle. Peut-être qu'Isabelle aussi le ressent, elle qui est la seule à avoir la fibre médicale. Et Nathalie s'estime sûrement très isolée, sans anecdotes professionnelles à raconter. Nous avons beau faire partie d'une grande famille, ne sommes-nous pas seules face à nos choix, face à nous-mêmes ?

J'en suis là de mes considérations, quand ma mère reprend, mal assurée :

— Je ne voulais pas m'épancher devant vos sœurs, tout à l'heure…

Elle hésite, boit une gorgée de café. Gaëlle et moi échangeons un regard, pas sûres l'une et l'autre d'avoir encore assez d'énergie pour en entendre davantage.

— Elles n'auraient pas compris, elles sont trop terre à terre, poursuit-elle. Oh, je sais ce vous pensez, *moi aussi* je suis terre à terre d'habitude… À croire que certaines nouvelles vous font changer…

Comme elle garde une nouvelle fois le silence, Gaëlle s'impatiente gentiment :

— Bon, maman…

— Je vous ai dit, qu'au fond, j'avais toujours su pour mon frère. J'ai l'intime conviction que c'est le cas. Surtout par rapport aux fausses couches.

Ma mère a subi plusieurs pertes de grossesses dans sa vie, de cela elle ne s'est jamais cachée : deux avant Nathalie, puis une entre Gaëlle et moi. Je fronce les sourcils, je ne vois pas le lien entre les fausses couches et la mort de son frère.

— À l'époque, le médecin a émis l'hypothèse que mon corps n'arrivait pas à garder les bébés de sexe masculin. Il a parlé d'une histoire de chromosome que je n'ai pas bien comprise… Cette théorie me laissait plutôt sceptique. Mais ces derniers mois, depuis que votre grand-mère est partie, je suis suivie par quelqu'un… Une psychologue.

Elle soupire en nous le révélant. Je vois bien que cet aveu lui coûte. Il remet en cause tout ce qu'elle a toujours été. Une femme pragmatique que la vie a souvent bousculée, mais qui s'est relevée après chaque épreuve, courageuse et fière, sans l'aide de personne.

— Elle m'a beaucoup fait parler. Elle croit que je me suis refusée à offrir un petit-fils à ma mère, pour éviter de raviver ses souffrances.

Une moue dubitative se dessine sur mes lèvres. Ma sœur ne semble guère plus convaincue :

— Comment ton corps aurait-il pu connaître le sexe du bébé ?

Ma mère hausse les épaules. Malgré les pincettes qu'elle prend pour évoquer cette idée, je lis dans son regard qu'elle y croit dur comme fer.

— Ce n'est pas tout, reprend-elle. J'ai repensé au moment où j'ai pris la décision de mettre un terme à ma grossesse gémellaire.

— Tu ne voulais pas que Mémé revive l'épreuve des jumeaux ? suggère Gaëlle.

— Peut-être… mais surtout, je n'ai jamais osé lui avouer que j'avais avorté. Aujourd'hui, je comprends pourquoi. Comment l'expliquer à quelqu'un qui a dû faire face au deuil d'un enfant ?

Nous nous taisons, toutes trois perdues dans nos réflexions. Je fais tourner le fond de mon café dans la tasse. J'observe le marc qui tourbillonne de plus en plus vite et m'entraîne dans une danse hypnotique. La voix de ma mère s'élève et brise le charme. Son timbre rocailleux caresse mes oreilles autant que ses mots déchirent mes tympans.

— Qu'on le veuille ou non, nous sommes toutes liées les unes aux autres. Les histoires des générations précédentes nous poursuivent et nous façonnent.

Juin 2010

M. Henry est mort. C'est maman qui me l'a annoncé.

« M. Henry est mort. » Voilà ce qu'elle a dit.

Elle n'a pas pris de gant.

Elle n'en prend jamais.

Je ressens comme un puissant tourbillon qui m'embarque vers le fond.

C'est fou, mais j'ai l'impression de devenir, de nouveau, orpheline d'un père.

Une phrase qu'il avait prononcée un jour, non sans malice, alors que je m'étais exclamée qu'il ne faisait pas son âge, me revient en mémoire :

« Il n'y a pas grand-chose que je fais, je ne réussis même pas à faire mon âge ! »

Quand j'aurai atteint le sien, j'aimerais pouvoir dire la même chose, en ayant la certitude que les autres ne me croient pas une seule seconde.

25

Furtivo se repose, debout au fond de son box. Au son de ma voix, le cheval redresse la tête et s'ébroue, déployant sa longue crinière autour de lui. Après m'avoir ainsi saluée, il s'avance à ma rencontre. J'entoure son cou de mes bras et pose mon visage contre son encolure, inspirant son odeur animale. Il reste là, près de moi, recevant mes caresses avec patience. Puis je m'écarte de lui. Il continue d'attendre un signe de ma part. Je suis passée par la sellerie pour m'équiper en vue de le monter. Je le sangle et le harnache, tandis qu'il se laisse faire, excité par cette promesse de balade. La lourdeur de cette fin d'après-midi est pesante. De gros nuages noirs se sont amoncelés jusqu'à former un amas compact et oppressant. Il règne une atmosphère qui alanguit toute chose. Je vérifie que la selle est suffisamment serrée, puis guide le pur-sang pour sortir des écuries. Je connais désormais tous les chemins qui permettent de nous enfoncer dans la campagne environnante, au-delà des prés. Andréani m'y a emmenée, un soir. Je referme le loquet derrière nous, puis glisse un pied dans l'étrier et me hisse sur le dos de Furtivo. Nous commençons au pas. Sous mes doigts, je sens ses muscles tendus, prêts à se lancer dans une grande chevauchée comme il les aime. Je l'autoriserai à se griser de vitesse quand nous aurons dépassé l'enceinte du parc.

J'ai beau m'astreindre à garder l'esprit focalisé sur l'instant présent, mes pensées dérivent inévitablement vers les révélations de ma mère au repas du midi. Je repense à ce qu'elle a traversé : huit grossesses, dont trois fausses couches et un avortement. Un mari sur lequel elle n'a pas pu compter pour l'aider à élever ses quatre filles et encore moins pour traverser l'épreuve de l'IVG. Un mari qui n'aurait d'ailleurs probablement pas hésité à la quitter plus tôt s'il avait su qu'aucun garçon ne pousserait dans son ventre. La faute aux secrets du passé… Quelle histoire peu commune ! Je ne parviens pas à déterminer si j'y crois ou non. Est-ce à moi de choisir ?

Nous traversons un petit bois. En apercevant la clairière un peu plus loin, Furtivo se contracte davantage sous moi. Je me concentre. D'une pression furtive de mes talons sur ses flancs, le pur-sang s'élance au galop. Le ciel reparaît au-dessus de nos têtes. Les nuages sont encore plus compacts, noirs et menaçants. Des roulements se font entendre, semblables à ceux d'un tambour, mais l'orage demeure en bruit de fond au lieu d'éclater. Il m'évoque ce grondement sourd que je ressens au fond de mon cœur. L'électricité ambiante se joint à l'euphorie qui nous unit, ma monture et moi. Contrairement au ciel, Furtivo laisse jaillir sa fougue avec passion. Mes doigts glissent sur les rênes. Tout est moite, j'ai chaud sous ma bombe, mon front ruisselle. Je m'enivre de l'excitation du cheval, je me penche plus en avant pour ne faire qu'un avec lui. Sur son dos, je fuis. Je fuis mon passé, celui de ma mère, de Mémé, je fuis mon présent aussi, et surtout mon avenir. Les gouttes de sueur me piquent les yeux. Avec la vitesse, elles s'envolent et c'est comme si je pleurais enfin. Les images virevoltent dans ma tête. Je revois Manuel, un sourire contrit sur le visage, qui attend de découvrir avec moi si je suis enfin enceinte. Lui encore, me murmurant couché dans le noir qu'on finira par l'avoir, ce bébé. Le père qui quitte la maison avec sa valise. Le regard d'Andréani quand il découvre que le père me connaît. La voix de Mémé m'assurant que les hommes ne peuvent pas comprendre les femmes. Mes souvenirs se télescopent, se cognent les uns contre les autres.

Un autre bois surgit juste après la montée, alors que Furtivo est lancé à toute allure. J'aperçois le petit sentier qui serpente à travers les arbres, mais il est trop tortueux pour être attaqué aussi vite. Les pierres et les racines sont autant d'obstacles qui pourraient causer une entorse au cheval, voire le faire chuter. Je me penche en arrière pour lui signifier de ralentir. La forêt est trop proche pour que je le fasse dévier de sa trajectoire. Furtivo décélère rapidement, je suis surprise de sa réactivité. Quand les branches effleurent ma bombe, il est revenu à une cadence raisonnable. Je soupire de soulagement et tente de reporter mon attention sur notre chevauchée. Voilà pourquoi j'aime tant les animaux : leur contact oblige à discipliner l'esprit pour l'empêcher de gambader vers des contrées lointaines, qui pourraient nous mettre en danger.

Nous revenons au trot aux écuries. La menace de l'orage est toujours là. Le ciel gronde au loin, mais nous échappons encore à la pluie. Je libère Furtivo de son attirail. Il écume autant que je sue. Je le douche pour lui éviter un coup de sang.

Quelques minutes plus tard, alors que je le ramène à son box, un cri retentit dans les écuries :

— Gatsby s'est fait la malle !

Les soigneurs présents se précipitent. Je me hâte de parquer Furtivo pour aller les aider avant que le cheval ne déambule seul dans les allées du parc, au risque de blesser involontairement les visiteurs. C'est toujours ma hantise quand ce genre d'incident se produit. Le cheval farceur est l'un de ceux avec lequel on ne peut se permettre la moindre incartade.

Mon premier réflexe est de me diriger vers la grange de stockage du foin. Les fugueurs se laissent souvent guider par leur gourmandise. Chris en ressort justement avec Gatsby, victorieux.

— Cheval maîtrisé, l'incident est clos ! claironne-t-il à la cantonade, pour mettre fin au branle-bas de combat.

Je soupire de soulagement, amusée malgré moi par l'espièglerie du lusitanien.

— Il me semblait bien avoir reconnu ta voiture, sur le parking. Qu'est-ce que tu fais là ? m'interroge Chris.

J'ai envie de m'inventer une banale excuse, mais il s'est arrêté en attendant ma réponse. Son attitude concernée me dissuade de mentir, alors je m'en sors par une pirouette.

— J'ai bien le droit de faire quelques heures supplémentaires…

Il hausse un sourcil, pas convaincu.

— Je ne pose pas de questions ?

Je baisse les yeux, à court de répartie. Il accepte mon mutisme et repart. Je l'accompagne en silence jusqu'au box de Gatsby. Ensemble, nous passons devant Furtivo, qui a suivi la scène d'un regard curieux. Je le gratifie d'une ultime caresse.

— Il a fait de sacrés progrès, ton protégé ! reprend Chris. Hilda n'en revient pas.

Je lui suis reconnaissante de changer de sujet et me détends.

— Il a trouvé sa voie, on dirait.

— *Tu* l'as trouvée pour lui.

Je hausse les épaules, peu encline à m'attribuer tout le mérite.

— Qu'est-ce qui s'est passé avec Guigui ? m'interroge soudain Chris.

Sa mine s'est assombrie. Fidèle à lui-même, il n'y va pas par quatre chemins. J'aurais dû m'y préparer, mais pas un seul instant je n'ai pensé que Guillemette s'épancherait auprès de lui sur notre dispute. Je me demande si elle a orienté l'incident à son avantage.

— Elle était pas dans son assiette, aujourd'hui, précise Chris, coupant court à mes conjectures. Et je te trouve ici, alors que tu devrais être chez toi. On me la fait pas, à moi.

Son sourire en coin manifeste une certaine fierté à deviner ce qu'on lui cache, alors que son regard semble réellement inquiet. Il est vrai qu'il faut pousser le bouchon assez loin pour se disputer avec Guillemette.

— À passer trop de temps ensemble, ce sont des choses qui finissent par arriver, n'est-ce pas ?

Chris me suit en grognant d'un air sceptique. Il me connaît suffisamment pour savoir que je ne me confierai pas, il n'insiste pas. Il calque son pas au mien. Son genou est en bonne voie de guérison, il marche maintenant sans attelle.

— Tu as quelque chose de prévu, ce soir ? Si je t'emmenais dîner ? enchaîne-t-il avant que je réponde. On n'a jamais pris le temps de se poser tous les deux, pour discuter. Tu auras fini ta saison, que je ne saurai toujours rien de toi !

— Elle est encore loin d'être terminée ! je ris.

— Combien de fois aurons-nous l'occasion pour le faire ? Et puis, je suis certain que tu te sentirais mieux accompagnée, au lieu de broyer du noir toute seule.

Je me tourne face à lui. Chris est beaucoup plus intuitif que je ne le pensais. Que discerne-t-il d'autre en moi ? La tête inclinée, les yeux plissés, je tente de sonder son âme. Il paraît déstabilisé un instant. Il me rappelle Manuel, lors de nos premiers rendez-vous. Cela me perturbe, ma relation avec Chris n'est en aucun cas comparable à celle qui me lie à mon mari. Pour m'en persuader, peut-être, j'accepte. Je dis oui à ce dîner, tout en me maudissant d'emblée, et en espérant recevoir des nouvelles de Manuel, qui me feraient changer d'avis.

À dix-neuf heures trente, Manuel ne m'a pas contactée et Chris klaxonne devant la maison. Il a réservé un restaurant à Fontenay-le-Comte, à un quart d'heure d'ici. Je m'assieds sur le siège passager, il me sourit. Chris conduit vite. Bizarrement, je n'ai pas peur, ses gestes sont aussi assurés avec sa mécanique qu'avec ses chevaux et m'inspirent confiance. Je me laisse bercer par le ronronnement du moteur. Chris a raison, ce moment de détente est bienvenu. J'ai besoin de ne plus penser à ma vie qui explose. Et à l'appel du père reçu quelques minutes avant de prendre la route. Je n'y ai pas répondu. Pas le temps d'écouter ses explications, encore moins l'envie de gâcher cette soirée. Il n'a pas laissé de message.

Nous arrivons bientôt devant une charmante façade en pierre. Chris se gare sur le parking attenant, couvert par un joli préau de bois et de tuiles, puis nous zigzaguons à travers les tables de la terrasse, toutes vides, pour nous frayer un chemin à l'intérieur de l'établissement. Le ciel sombre a dissuadé quiconque de manger dehors, nous ne sommes pas plus téméraires. Il règne pourtant une chaleur étouffante dans la salle, à peine dissipée par deux fenêtres ouvertes. La serveuse nous installe à une table isolée dans un coin, à côté d'une vaste cheminée qui doit être agréable en plein hiver.

Je me suis vêtue aussi élégamment que possible, en considérant la garde-robe que j'ai apportée avec moi. Un jean et un T-shirt vert olive seront toujours plus convenables que mes culottes de cheval ou mes salopettes. Un malaise me gagne tandis que nous lisons la carte. Je ne parviens pas à me concentrer sur le menu, la culpabilité me serre la gorge. J'ai beau me rassurer en songeant que dîner avec un collègue n'a rien d'inapproprié, je n'ai pas de difficulté à imaginer la réaction de Manuel s'il l'apprenait. Lui qui ne porte pas Chris dans son cœur ne verrait pas d'un bon œil que je passe un moment en tête à tête avec lui, alors que notre couple est au plus mal.

— Il fait chaud à ce point, pour que tu sois rouge comme un homard ?

La réflexion de Chris a le mérite de me dérider au point que j'éclate de rire. En voilà un qui sait parler aux femmes !

— Cuit, alors.

— Quoi ?

— Le homard. S'il est rouge, c'est qu'il est cuit. Sinon, il est plutôt bleu.

Chris hoche la tête, semblant hésiter entre me prendre au mot, ou croire à une blague. Nous nous replongeons dans les menus. Je ne résiste pas à la salade d'avocat et fromage de brebis, dont la fraîcheur me fait saliver. La serveuse nous apporte l'apéritif, puis la discussion s'oriente vers notre passion commune.

— Comment es-tu arrivé au Parc des Légendes ?

— Grâce à Lucien Gruss. J'avais fait mes preuves devant lui, et comme il connaissait bien le responsable des voltigeurs de l'époque, il lui a conseillé de m'embaucher. Nous avons un peu le même parcours, finalement, toi et moi !

Chris m'envoie un clin d'œil.

— Le jour où tu m'as annoncé que le grand Lucien Gruss t'avait conseillé de me contacter, je n'y ai pas cru, avoué-je.

— Pourquoi ? Tu n'es pas assez bien pour ça, d'après toi ?

— C'est quand même fou ! Il voit passer tellement de stagiaires…

— Ne doute pas de son jugement. Il est aussi averti avec les chevaux qu'avec les gens.

Il continue à me raconter sa carrière dans le spectacle. Malgré de nombreuses blessures, il n'était pas question pour lui d'arrêter. Il a ça dans le sang, depuis toujours.

— Même ma femme n'a pas réussi à m'en détacher…

— Elle ne partageait pas ta passion ?

Chris émet un petit rire désabusé. Son regard se perd dans le lointain, en proie à des souvenirs que je devine douloureux.

— L'amour pour les chevaux est dévorant, tu le sais. Crois-moi, c'est une belle erreur d'essayer de le faire comprendre à quelqu'un qui ne l'a jamais éprouvé.

— Ça vous a séparés.

Chris acquiesce.

— Elle, elle concentrait tout sur les gosses. Après leur naissance, elle n'a plus pensé qu'à eux. Elle a fait abstraction de ses rêves pour s'en occuper. Elle disait qu'elle était bien obligée de s'oublier, pour combler mes absences. Mais les gamins, on ne les fait pas pour nous, pas vrai ? Un jour, ils partent. Et que nous reste-t-il, si on est passé à côté de sa vie ? La voltige, ça marchait tant que j'étais jeune. Je n'ai plus l'âge, maintenant. Heureusement que je n'ai pas renoncé, il serait trop tard aujourd'hui.

— Tu ne peux pas lui en vouloir de s'être sacrifiée pour votre famille.

— Tu prends sa défense, toi qui serais incapable de vivre loin des chevaux ? Remarque, tu as fait le bon choix avec ton mari, au moins. Vous êtes sur la même longueur d'onde.

Il ne s'attarde pas sur le fait que je ne sois pas mère. Il doit bien être au courant. Si Guillemette ne lui a rien dit, je suppose que Hilda lui aura parlé de ma situation familiale. Il lève son verre jusqu'à ses lèvres et m'observe, en quête d'une réaction de ma part. Il s'est ouvert, c'est à mon tour. Je n'ai pas envie d'aborder le sujet « Manuel » avec lui. Alors, j'évoque Andréani, lui révélant le lien qui nous unit. Chris n'en revient pas. Je lui parle du départ du père, de sa lâcheté, de ses secrets à l'encontre de ses deux derniers enfants. Il m'écoute avec attention, sans toutefois que son expression laisse deviner ses pensées. Il croit qu'il s'agit de la raison de mes tourments, ce qui n'est pas complètement faux. Je me réjouis d'échapper à un interrogatoire plus poussé.

— J'ose pas imaginer à quel point Andréani doit se sentir trahi, conclut Chris.

La serveuse nous apporte les plats. Je réfléchis aux paroles de Chris, à propos de son ex-femme. Selon lui, elle se considérait comme une mère avant tout, abordant la vie à travers le seul prisme de la maternité. Nous avons cela en commun. À cela près que me concernant, ce ne sont que des chimères. Les enfants que je n'aurais pas hantent mes jours, mes nuits. J'ai la sensation que je ne trouverai aucun repos en leur absence. Suis-je condamnée à errer *ad vitam aeternam* dans cet endroit rêvé, que j'ai à peine effleuré du bout des doigts ? L'esprit est-il ainsi fait qu'il vous projette sans cesse là où vous voudriez être ? N'est-ce pas plus douloureux encore ? Je suis une femme sans enfant. C'est ainsi. Je ne suis pas la première, et encore moins la dernière. Certaines en font le choix, je le respecte. Même si ce n'est pas le mien, j'aimerais réussir à accepter cette destinée sans me plaindre.

— Tu es bien pensive, Tess ? me fait remarquer Chris.

Soudain, un bruit retentit, que je ne parviens pas à identifier immédiatement. Comme un immense fracas qui nous assaille de toutes parts. La serveuse se précipite vers les fenêtres, et je comprends.

— Le ciel se lâche, il était temps ! je m'exclame.

De grosses gouttes s'écrasent sur les vitres. Un éclair illumine brièvement la salle, arrachant une clameur aux clients. Il règne un climat d'apocalypse, qui ne me déplaît pas, sachant tous mes animaux – et moi ! – à l'abri. Malgré la chaleur ambiante, je frissonne.

Nous faisons durer le repas, discutant de façon animée pour couvrir les coups de tonnerre et les voix des tablées voisines, qui ont monté d'un cran elles aussi. L'ambiance est à la fois électrique et bon enfant. Nous dégustons lentement notre brioche perdue à l'arôme de fleur d'oranger. Une fois l'addition réglée – par Chris, il a insisté –, l'orage grondant toujours, nous décidons de braver la pluie pour courir jusqu'à la voiture. Chris s'arrête sous le préau pour me faire face. Il se tient debout et me contemple en silence. Je lui demande s'il préfère que je conduise, mais il me répond qu'il n'a bu qu'une bière. Alors que la pluie fait rage au-dessus de notre abri, il continue de me fixer sans bouger. Ses yeux brillent d'un éclat étrange. Je ne comprends pas son immobilité, je ne sais comment réagir. Je m'apprête à prononcer une banalité sur cette météo de fin du monde, mais il me devance. Il prend une grande inspiration et se dirige vers le véhicule pour s'installer au volant.

Nous n'échangeons pas un mot sur le trajet du retour, étourdis par le bruit du déluge autour. Les essuie-glaces enclenchés à fond, Chris se concentre sur la route. Je n'ose pas jeter un œil dans sa direction. De nouveau, une sensation de malaise m'étreint. Quand il arrête la voiture, j'ai du mal à reconnaître la maison de Mme Praud à travers le rideau de pluie. Une main sur la poignée, je pivote pour remercier Chris et le saluer. Je lis dans ses yeux la même intensité que sur le parking du restaurant. Je revois Manuel dans la cuisine, alors que j'étais appuyée contre le plan de travail.

Un désir brut.

Une soif brûlante.

Voilà ce qui transpire du regard de Chris : il a envie de moi. Un léger frisson me parcourt. Chris tend une main vers ma joue et l'effleure du bout des doigts. Je ferme les paupières, paralysée. Je les rouvre, juste avant qu'il ne pose ses lèvres sur les miennes. Je me raidis en même temps que le visage de Manuel m'apparaît. Il est le seul et l'unique. Sans réfléchir, je lève ma paume, qui s'abat sur la joue de Chris. Aussi surpris que moi par mon geste, il porte sa main là où la gifle est tombée, tandis que je laisse la mienne suspendue entre nous.

— Je suis mariée et tu le sais, déclaré-je d'une voix vibrante de reproche.

Ses prunelles grises, semblables au ciel d'orage, me dévisagent avec colère.

— Si tu aimais encore ton mari, tu ne serais pas là.

Le coup qu'il m'assène est bien plus violent que ma claque. Qui est-il pour apprécier l'amour que je porte à Manuel ? Rageuse, j'ouvre la portière et descends de la voiture alors qu'il tente de m'attraper la main. À le voir penché ainsi au-dessus du siège passager pour me retenir, je le trouve soudain pathétique. Je me dégage, mais reste là, sous la pluie. Les gouttes s'insinuent dans mon cou, ruissellent dans mon dos. Trempée jusqu'aux os, j'attends, sans savoir quoi. Il murmure alors, si bas que je l'entends à peine :

— C'est dommage, ça aurait pu être bien, toi et moi.

Je tourne les talons et me réfugie entre les murs protecteurs de mon minuscule logement. La portière claque en même temps que ma porte. Éperdue, dégoulinante, je demeure adossée contre le battant. Mon cœur s'emballe.

Tout à coup, je sais. Avec une puissance vertigineuse, je prends conscience que j'aime toujours profondément Manuel. Ma passion pour lui ne s'est jamais effacée, jamais tarie. Encore une fois, j'étais trop absorbée par mon mal d'enfant pour m'en apercevoir.

Une douleur sourde dans la poitrine, je comprends que je n'aurais jamais dû m'éloigner de lui.

Octobre 2009

Pour fêter la création des Crins Noirs, Manuel a fait monter Cachou et Gulliver dans le van, avant de s'installer au volant. J'ai pris place à ses côtés, tout sourires, essayant de lui soutirer des indices sur notre destination. Si tu savais comme j'aime quand il se met à nous organiser des surprises !

Nous avons commencé à rouler, mais il s'est arrêté pour me bander les yeux, il avait oublié. J'ai ri, excitée comme une gamine.

Lorsqu'il m'a autorisée à retirer le foulard, j'ai compris ce qu'il m'offrait. J'ai admiré le sablier géant à perte de vue. L'étendue bleue, calme et paisible, à peine contrariée par quelques moutons blancs. Manuel nous emmenait faire ce dont nous avions toujours rêvé : une promenade sur la plage à dos de nos chevaux.

Je suis descendue et j'ai laissé éclater ma joie. J'ai tourbillonné sur place, bras levés vers le ciel. Manuel m'a rejointe, je lui ai sauté au cou. Puis nous avons libéré nos montures et nous avons profité, à cru, de cet instant magique où hommes et chevaux ne font qu'un avec la nature.

C'était grandiose. Euphorisant. Apaisant.

Les quelques badauds nous regardaient avec admiration. Il faut dire que nous étions beaux !

Tu aurais vu Cachou ! D'abord il était intrigué par le ressac et par l'eau qui venait lui lécher les sabots. Puis, intrépide, il a pris plaisir à plonger jusqu'à la poitrine, me mouillant tout le pantalon.

Je n'ai jamais été aussi heureuse de toute ma vie.

26

Le lendemain, après que la pluie a lavé le ciel, c'est sous un soleil resplendissant que je pars au travail. Seules les larges flaques sur la chaussée témoignent du passage de l'orage. Un coup d'œil dans le rétroviseur me confirme que ma mine affreuse ne vient pas de la piètre qualité du petit miroir de la salle d'eau, mais plutôt de ma nuit agitée. Tourmentée par les événements de la journée, puis de la soirée, et par l'idée que j'avais peut-être perdu ce que j'avais de plus cher, je n'ai pas réussi à trouver le sommeil. Sans compter le mystérieux appel du père.

En arrivant aux écuries, je rencontre Andréani. Il n'a pas meilleure allure que moi. Des cernes violacés lui mangent le visage. Il sourit néanmoins en m'apercevant. Nous curons les pieds de nos chevaux côte à côte pour pouvoir discuter. Andréani, encore bouleversé, refuse de parler à « la mère », malgré les tentatives de celle-ci. Il a besoin de digérer avant d'accorder à ses parents un pardon qui viendra peut-être avec le temps.

— *La mère* ? remarqué-je, amusée.

Andréani émet un petit rire tout en haussant les épaules dans un geste d'excuse.

— Le père a essayé de m'appeler hier soir, dis-je. Je n'ai pas répondu, je ne sais pas ce qu'il voulait.

— Apparemment, il va mieux. Je n'ai pas pris de ses nouvelles, mais la mère m'en a donné.

Avant de changer de sujet, je lui annonce avoir mis Chris dans la confidence de notre lien de parenté. Je ne veux pas qu'il soit surpris si d'aventure l'information se répandait comme une traînée de poudre. Andréani ne s'en offusque pas.

Plus tard, je tombe sur Chris en me rendant vers le Théâtre. Il m'adresse un bonjour du bout des lèvres, tout en ralentissant pour éviter de poursuivre sa route en ma compagnie. Je perçois son orgueil de mâle blessé. Je m'abstiens d'envenimer la situation et presse le pas, encourageant Furtivo et Wilco à augmenter la cadence pour rester à bonne distance de Chris.

Aujourd'hui, la partie du rêve blanc se déroule à merveille. Ce n'est pas toujours le cas. La synchronisation entre les chevaux n'est parfois pas au rendez-vous, mais en général nous réussissons à rattraper le coup, de sorte que la foule s'enthousiasme de ces prouesses équestres. Le spectacle vivant est soumis aux aléas de chacun. Même si on essaie de tendre vers la perfection, ce n'est pas possible à chaque représentation. L'essentiel, c'est que le public ne s'en aperçoive pas. La partie technique peut aussi avoir son lot de problèmes. De fait, après notre passage, quelque chose n'a pas dû fonctionner comme il faut, car la musique s'éternise. Un jeu de lumière, peut-être, ou des jets d'eau qui tardent à être envoyés. Les acteurs sortis de scène restent attentifs derrière le rideau, prêts à intervenir si besoin. Mais le spectacle reprend bientôt, et l'auditoire n'y a vu que du feu. Nous en entendrons parler pendant le débrief, c'est tout. Pas de quoi s'inquiéter.

À la fin de la représentation, je me dirige vers les loges. L'eau qui recouvre la piste durant la seconde partie du spectacle alourdit le bas des costumes. Les pieds mouillés, nus ou chaussés, rendent les coulisses glissantes. Il faut sans cesse faire attention où l'on marche. Je me déshabille et consulte mon portable. Manuel a essayé de me joindre trois fois. Ce n'est pas dans ses habitudes d'insister, qui plus est en cette période. Inquiète, je le rappelle. Il décroche aussitôt.

— Tess, enfin !

Les reproches pointent dans sa voix.

— Qu'est-ce qu'il y a ?

— C'est Cachou.

Le sang bourdonne à mes oreilles, tout devient flou. J'ai besoin de m'asseoir. Sur le banc, je reprends contenance. Une danseuse, près de moi, me demande si ça va. Je la rassure d'un hochement de tête avant qu'elle ne quitte la pièce.

— Je crois qu'il ne passera pas la journée, poursuit Manuel.

Je déglutis avec peine. Le choc m'empêche de parler.

— Qu'est-ce que…

Je ne termine pas ma phrase, mais Manuel a compris :

— Il ne lui est rien arrivé. Il se meurt de vieillesse, c'est tout. Il faut que tu viennes.

— B… bien sûr, parviens-je à bégayer. Je te tiens au courant.

Je raccroche. Dans un état second, je rassemble mes affaires et pars en quête de Chris. Ses états d'âme n'ont soudain plus d'importance. Seule compte la perspective de dire adieu à mon vieux cheval.

Pas déjà. Pas maintenant.

Je trouve Chris dehors, en pleine discussion avec la danseuse. Je profite de ce que nos regards se croisent pour lui faire signe d'approcher. Ma pâleur extrême le pousse à obéir sans faire d'histoires.

— Manuel m'a appelée… Cachou. Mon cheval. Tu sais, celui que j'ai depuis l'enfance. Il est en train de mourir.

Le visage de Chris affiche un air sincèrement navré.

— Il faut que j'aille près de lui, Chris. Est-ce que tu peux me remplacer ?

Il hésite. Je le sens tiraillé entre deux sentiments contraires. La colère voile encore ses prunelles lorsqu'il déclare avec froideur :

— Te remplacer pour un spectacle, je pourrais le faire. Mais pas pour une journée. Je ne suis pas encore assez solide.

— S'il te plaît, je dois y aller, le supplié-je.

Ma voix s'étrangle dans ma gorge sèche. J'ai l'impression d'avaler des poignées entières de cailloux.

— On a besoin de toi, ici, répond Chris. Désolé, Tess, mais tu dois attendre la fin des représentations.

Puis il s'éloigne sans ajouter un mot. Désemparée, je reste plantée là, les bras ballants. Je pense à Andréani, mais il a ses propres spectacles, et il ne s'est jamais essayé à celui des Compères. Pour moi, il accepterait, je n'en doute pas, mais Chris ne le laisserait pas faire. Ce goujat se venge de la veille. Ce n'est pas l'envie qui me manque de tourner les talons et de partir malgré son interdiction. Pourtant, je sais que j'en serais incapable. Sans moi, le spectacle tombe à l'eau. Nous ne sommes pas légion à savoir dialoguer ainsi avec les chevaux. Chris ne peut pas se risquer à assurer toute la journée et Guillemette est en repos. Dans d'autres circonstances, je lui aurais demandé de venir, mais là… Je n'obtiendrais rien de plus qu'un refus catégorique, à supposer qu'elle décroche. Je songe à Eva, la soigneuse qui nous seconde souvent. Je me fais la promesse qu'à l'avenir, je l'entraînerai pour qu'elle puisse nous relayer à n'importe quel moment. Mais, à l'heure actuelle, ce serait dangereux et irresponsable, elle n'est pas prête.

La mort dans l'âme, je reprends mon téléphone pour annoncer la nouvelle à Manuel.

— Je ne peux pas me libérer.

— Quoi ?!

— C'est impossible, il n'y a personne pour prendre ma place.

Le silence plane entre nous de longues secondes.

— Qu'est-ce qui t'arrive, Tess ? Je ne te reconnais pas.

— On est aux Légendes, ici, Manuel. Tout le monde compte sur moi. Je n'ai pas le choix.

— Quand ce sera fini, il sera trop tard. C'est ça que tu veux ?

— Arrête, Manuel, arrête ! Je suis désolée, mais je ne peux pas…

Je coupe la communication. Il me fend le cœur, je me sens tellement coupable.

D'un pas rageur, je bifurque vers l'atelier de confection des costumiers et costumières. J'ai perdu deux boutons et je dois les faire recoudre avant la prochaine représentation.

Puis je repars vers le manège pour rejoindre l'équipe qui entraîne les chevaux du spectacle suivant. Desvelo ne me semble pas au mieux de sa forme aujourd'hui. Je demande à Eva de convoquer le vétérinaire pour s'assurer qu'il ne couve pas quelque chose, et cours vers la Cavalerie pour préparer un remplaçant en urgence. Ce sera Mendo, en relâche pour la journée.

Ne pas réfléchir.

Accomplir les gestes de façon mécanique.

Je retourne ensuite au manège. J'oblige mon esprit à se concentrer sur chaque mouvement, exigeant des étalons un travail plus minutieux.

Je pense malgré tout à mon Cachou qui se meurt loin de moi.

J'ai l'impression de passer ma vie à assumer des choix qui ne sont pas les miens. *J'ai la tête qui éclate. J'voudrais seulement dormir*, comme le chantait Fabienne Thibeault.

Une petite voix fluette retentit soudain dans mon dos, me sortant de mon état d'hébétude :

— C'est vrai que ton cheval, il va bientôt mourir ?

Surprise, je pivote et rencontre une Cléophée au minois tout triste, suivie de sa mère. Guillemette s'avance vers moi, confuse.

— Je suis venue le plus vite possible.

Il ne nous faut pas plus d'un regard pour tomber dans les bras l'une de l'autre. Nous nous étreignons avec force.

— Pardon pour mes propos horribles, murmure-t-elle à mon oreille.

— Je te demande pardon aussi, je réponds tout bas. Je sais que tu aimes ta fille. Je n'ai jamais voulu te la voler.

— Je sais, ma belle. Je me suis comportée comme une idiote.

Elle me serre davantage, puis consent à me relâcher.

— Moi aussi je veux te faire un gros câlin pour te donner du courage, réclame Cléophée.

Je souris et m'agenouille pour accueillir ses effusions.

— Chris m'a appelée, m'explique Guillemette. Pour que je vienne à ton secours.

Je suis à la fois étonnée par cette révélation et soulagée de découvrir qu'il a un bon fond, finalement. Il savait que je ne solliciterais pas Guillemette, il l'a fait à ma place, nous réconciliant par la même occasion.

— J'avais prévu de passer du temps avec Cléo aujourd'hui, mais on peut très bien partager un moment complice ici.

Je me redresse pour la remercier.

— J'ai beaucoup réfléchi à ce que tu m'as dit, et je veux essayer de dépasser mes doutes, chuchote-t-elle en inclinant la tête en direction de Cléophée, qui admire les trois lusitaniens finir de s'échauffer avec Eva. Allez, file maintenant !

C'est un ordre auquel je m'empresse d'obéir.

Décembre 2014

J'ai souvent entendu les gens parler de leur moitié comme un tout : leur amour, leur amant, leur meilleur ami, leur confident. Je me suis toujours demandé si c'était vrai, ou si c'était pour faire bien. Pour offrir un goût de perfection aux autres, et susciter l'envie. Pour arriver en tête dans cette course perpétuelle au mieux, au plus fort, au plus beau.

Manuel est la personne que j'aime le plus au monde, mais il n'est pas mon meilleur ami. Je ne suis pas le genre de personne à en avoir un. Non pas que je sois au-dessus de tout ça et que je n'en aie pas besoin. C'est plutôt que je ne sais pas faire. Comment vider son cœur sans avoir peur du jugement ?

Un seul être en ce monde écoute l'intégralité de mes tourments. Il pose sur moi son regard doux, me donne un coup de tête affectueux, me laisse serrer son encolure et enfouir mon visage dans sa crinière. Mon bon Cachou ne s'impatiente jamais, même quand mes longs monologues retardent un peu l'heure de son repas. Ma voix le berce et je jurerais qu'il me comprend. S'il savait parler… Alors sûrement que je ne me confierais pas à lui comme je le fais.

À toi aussi, je raconte. Pour plus tard. Pour que tu saches tout l'amour qui entoure ton histoire.

27

La route pour rentrer chez moi ne m'a jamais paru aussi longue, j'ai l'impression de ne pas l'avoir empruntée depuis des mois. La culpabilité me traverse de part en part, affûtée comme une lame de couteau. Si j'étais retournée aux Crins Noirs dimanche soir, j'aurais pu profiter de Cachou quelques heures de plus. Je m'en veux, mais mon ressentiment à l'égard de Manuel croit tout autant à mesure que j'avale les kilomètres. Pourquoi ne pas m'avoir informée plus tôt ? Cachou a bien dû présenter des signes avant-coureurs... Je l'ai certes vu décliner au cours de l'année, mais il ne peut pas partir du jour au lendemain. Pas avant que je ne sois prête en tout cas. Le serai-je un jour ? Cachou est immortel à mes yeux.

Enfin, je déboule sur le chemin qui mène à la propriété. Je continue d'enfoncer l'accélérateur, même si cela doit me coûter les amortisseurs de la voiture. En arrivant, j'aperçois Manuel au loin. Juché sur Jéronimo, il rejoint l'accès à la carrière. Leurs silhouettes se détachent sur l'horizon, telle une forme noire de centaure. Son chapeau sur le crâne, Manuel a l'allure et la nonchalance d'un cow-boy. Il redresse la tête, stoppe sa monture d'une discrète talonnade et me fixe. Je reste immobile quelques instants, derrière le volant. Puis je m'arrache à cette vision et me précipite vers l'écurie.

Je me retourne une dernière fois. Manuel n'a pas bougé, il continue de m'observer en silence. Je ne l'ai pas prévenu de mon arrivée. À cette distance, je ne parviens pas à lire quels sentiments l'animent : le soulagement, la déception, les regrets ? Ou bien la colère ?

Lorsque j'arrive dans le box de Cachou, mes pensées s'envolent. Je ne vois que mon vieux cheval. Il est couché dans la paille, les yeux fermés. Mon Dieu, faites qu'il ne soit pas trop tard ! Je retiens un cri de détresse et me rue à ses côtés. Son poitrail se soulève faiblement, il respire encore, de façon irrégulière. Je tremble de tous mes membres. Je m'astreins à inspirer et expirer profondément dans l'espoir de me calmer un peu. Je dois à tout prix éviter de lui communiquer mon désarroi.

— Mon Cachou, je murmure pour ne pas trahir mon émotion.

Je m'agenouille et tends une main pour le caresser sur le front, redescendant le long de son chanfrein, à l'endroit qu'il préfère. Il ouvre alors lentement ses yeux de velours, voilés, presque vitreux. Il ne tarde pas à les refermer, cela lui demande trop d'énergie.

— Ah, madame Garcia, vous êtes là.

À l'entrée du box, Nadia me regarde tristement. Elle parle à voix basse, comme si elle craignait de déranger Cachou.

— Je suis tellement contente que vous ayez pu vous libérer.

— Depuis quand… ? me forcé-je à articuler, sans réussir à aller au bout de ma phrase.

— Il ne voulait pas se lever hier. M. Garcia a hésité à vous prévenir, mais il a espéré votre arrivée toute la journée. Je pense qu'il n'a pas voulu vous obliger… Vous voyez, on pensait qu'avec la chaleur, Cachou avait juste besoin de rester tranquille. Mais ce matin… il n'avait touché ni à sa nourriture ni à son eau. Il boit tellement d'habitude ! M. Garcia a appelé le vétérinaire. C'est lui qui a annoncé que c'était la fin. Bon, je vais vous laisser. Maintenant que vous êtes auprès de lui, il n'a plus besoin de moi.

Nadia se penche pour caresser Cachou. À la manière dont ses yeux s'embuent, je sais que nos pensées se rejoignent : son geste est un adieu.

La jeune femme s'éloigne avec tant de discrétion que je remarque à peine qu'elle est partie. Je reste un instant immobile, à attendre je ne sais quoi. Un râle un peu plus puissant de Cachou me fait sursauter. Je m'empresse de couvrir son encolure de mes mains. Je le caresse doucement, puis de manière plus assurée, dans une sorte de massage qu'il a toujours aimé. Il rassemble assez de force pour entrouvrir une nouvelle fois les yeux, alors je m'enhardis. Je me racle la gorge, et lui parle avec délicatesse. J'essaie de concentrer dans ma voix toute la sérénité qui me manque. Je le console et me console en même temps. Je nous abreuve de paroles, nous noie de mots tendres. Les poils rêches sous mes doigts éveillent en moi des souvenirs que je partage avec lui : nos premiers pas ensemble, nos chutes, nos balades. Mes nuits passées contre lui. Cet amour fou qui nous lie. Je veux qu'il s'endorme avec de belles images dans la tête. Je sais que ma voix est capable de les lui amener. Je me sens coupable de ne pas avoir assez profité de lui ces dernières semaines, aussi je me libère du poids qui pèse sur ma poitrine.

— C'est comme avec Manuel. J'avais oublié à quel point c'est bon de vivre à vos côtés.

Je me traite d'égoïste, une égoïste aveuglée par son seul chagrin. Peu à peu, la respiration de Cachou s'apaise. Elle se fait moins profonde, mais plus régulière. Couchée à ses côtés, le nez dans la paille, j'entends sans écouter les bruits discrets de quelqu'un venu chercher du matériel dans l'écurie. Les chevaux resteront dehors ce soir, nous serons tranquilles. Bercée par mon propre flot incessant de paroles, je finis par m'endormir.

Quand j'émerge de mon sommeil, le soleil a fortement décliné. Seuls de pâles rayons s'infiltrent dans le box. Je m'éveille en sursaut. Mon premier geste est de poser la main sur le poitrail de Cachou. Il est dur comme du bois. Inerte. Mon cœur s'emballe, j'attends une réaction qui ne vient pas. Fébrile, mes doigts devant ses naseaux, j'espère un souffle d'air qui n'existe plus.

Cachou est mort.

— Non !!

Je crie, je hurle peut-être, je ne me rends pas compte. Je me jette sur le corps sans vie de mon compagnon de toujours, et quelque chose se brise en moi. Avec la puissance de l'écume qui déferle sur les rochers, mon âme se fracasse contre le mur de ma peine immense. Elle éclate avec une infinie douleur, et l'eau monte en moi, jusqu'à inonder mes yeux, rouler sur mes joues et mouiller les poils de Cachou. Je pleure. Je sanglote bruyamment, les épaules secouées de soubresauts incontrôlables. Le chagrin m'envahit si profondément qu'il traverse les cloisons du box, s'étend autour de moi et semble contaminer le reste. Tout me paraît gris, triste. Rien n'a de saveur. Même les larmes qui coulent enfin ne me soulagent pas. Elles me retournent les tripes, me laissent nauséeuse et pantelante. Je demeure longtemps, prostrée ainsi, broyée par la déchirure de la séparation.

Puis, une main se pose sur mon épaule.

— Viens, Tess, il faut partir maintenant.

Le sens des mots me parvient, mais je suis incapable de bouger. La tristesse est plus lourde, elle a pris le dessus.

Alors, des bras puissants me soulèvent. Les yeux fermés, sanglotant en silence cette fois, je me love contre la poitrine de Manuel, qui me porte vers la maison. Je presse mon visage sur l'étoffe de la chemise, humant son odeur musquée si familière. Il resserre son étreinte. Je le sens peiner en montant l'escalier, mais il ne faiblit pas. Il ne me lâche que pour me déposer sur notre lit. Je n'ouvre pas les yeux. En séchant, les premières larmes ont scellé mes paupières l'une contre l'autre et les dernières m'étourdissent. Mon corps n'est plus qu'une coquille vide. Je l'ai déserté.

J'entends Manuel s'affairer dans la salle de bains. Il ouvre le robinet de la baignoire, puis vient me déshabiller. Je me laisse faire. Il me prend ensuite de nouveau dans ses bras et m'immerge avec douceur dans le bain. La chaleur bienfaisante m'enveloppe, accompagnée d'une sensation de flottement. Défiant la gravité, l'eau me soulage du poids de ma peine. Je glisse entièrement sous la surface. Les stigmates de mon chagrin ne peuvent être rincés d'un simple aller-retour, aussi je reste plongée pour que l'eau ait le temps d'agir. En apnée, je m'abandonne dans cette atmosphère liquide originelle. Petit à petit, je me sens plus légère. Soudain, les mêmes mains que tout à l'heure m'attrapent par les épaules et m'obligent à sortir la tête de l'eau. Être tirée ainsi de cet état d'apaisement est violent, j'inspire à grandes goulées. Nos regards se croisent, les yeux sombres de Manuel sont marqués par l'inquiétude.

— Ça va, soufflé-je.

Je songe que je n'avais pas l'intention d'en finir, mais je ne le dis pas. Le simple fait de prononcer ces mots sonnerait étrangement, supposant que cette idée ait pu me traverser…

— Je préfère y veiller, murmure-t-il en continuant à me fixer.

Je n'avais pas remarqué qu'il était resté tout près. Tout à coup, une vague d'amour déferle en moi. Je me redresse, les seins durcis autant par la fraîcheur de la pièce que par l'excitation qui monte subitement en moi. Je tends la main vers lui et presse sa nuque pour le forcer à m'embrasser. Mon baiser est dur, exigeant. Il y répond avec ferveur. Mon corps s'éveille, comme s'il sortait d'une profonde torpeur.

J'attire Manuel pour me coller à lui, sentir la chaleur de sa peau sur la mienne. Mais il se dégage en riant.

— Tu as envie de me faire plonger dans l'eau tout habillé ?

Alors je me redresse, saisis la serviette la plus proche et m'essuie précipitamment. Je ne le quitte pas des yeux. Je ne veux pas couper ce lien qui se crée enfin entre nous. Je lis le désir sur son visage et m'en sers de guide pour ce retour au plaisir. Je sors de la baignoire, puis le prends par la main et le mène vers le lit. Il se déshabille à son tour. J'observe ses muscles, ses bras hâlés à force de labeur en plein air.

Quand il viendra en moi, je sais que j'exploserai. Et que mon corps se répandra en une myriade d'étoiles scintillantes, qui me feront renaître de mes cendres.

Juin 2022

Dans le film Danse avec lui, *Alexandra dit au maître-écuyer :*

« Se contenter de peu et jouir de chaque chose. Ce n'est pas le but qui compte, c'est le chemin. »

Quand on occulte le but, finit-il par arriver ?

28

Après l'amour, nous n'éprouvons ni l'un ni l'autre l'envie de dormir. Nous sommes bien, repus d'une passion qui n'avait plus existé depuis longtemps. Mais en même temps, trop d'ombres planent encore autour de nous. Si nous voulons avancer, nous devons nécessairement nous en débarrasser.

Manuel se lève pour ouvrir la fenêtre, il a trop chaud. Il s'assied sur le rebord, la douce brise du soir vient lui rafraîchir le dos à travers la moustiquaire, avant de pénétrer dans la chambre. Allongée dans le lit, la tête dans une main, je lui parle de Cachou. Ma voix tremble, mais je sens que je ne dois pas laisser cette blessure cicatriser seule. Manuel me rappelle des souvenirs avec lui, je souris en laissant échapper quelques larmes silencieuses. Ensuite, il me demande pardon de ne pas m'avoir prévenue la veille, je m'excuse à mon tour de ne pas être rentrée. Chacun a ses torts. Je ne lui en veux pas.

Naturellement, la conversation s'oriente sur mon déjeuner entre sœurs, chez ma mère. Je lui raconte ce qu'elle nous a dévoilé, sans rien omettre. Manuel m'écoute avec intérêt. Je me rends compte que ça m'avait manqué. Alors que j'évoque les doutes de ma mère sur l'origine de son incapacité à concevoir des garçons, il m'interrompt.

— On avait vu un reportage à ce propos il y a longtemps…

— Ah oui ? Lequel ?

Manuel plisse le front tandis qu'il fouille sa mémoire.

— Il était question de stérilité inexpliquée, mais je ne me souviens plus… Répète-moi ce qu'a dit ta mère, quand elle a parlé d'une histoire de générations ?

— Je ne sais plus exactement. Nous sommes liés avec les générations d'avant, les histoires de nos aïeux nous poursuivent, ou quelque chose de ce genre.

Les sourcils froncés, Manuel lève la tête vers le plafond. Soudain, il bondit sur ses pieds et me lance un regard victorieux.

— Ça y est, je sais !

Il se saisit de son téléphone et pianote, avant de revenir s'allonger à côté de moi pour que nous regardions ensemble. Je lis « transmissions générationnelles ». Ce n'est pas la première fois que j'entends cette expression, mais je ne garde aucun souvenir du reportage évoqué par Manuel. L'un des nombreux praticiens, du corps médical ou non, rencontrés pour essayer d'expliquer notre infertilité, a forcément employé cette formulation une fois. À l'époque, le sujet m'avait sans doute paru trop irrationnel pour que je m'y attarde. Et puis dans ma famille, on n'était pas censés avoir des secrets…

Manuel clique sur des articles. Son soutien me touche, je ne m'étais pas sentie aussi proche de lui depuis des mois. Nous tombons d'abord sur des chroniques compliquées sur la psychanalyse intergénérationnelle. Il nous faut nous y reprendre à deux fois pour en déchiffrer certaines, mais leurs auteurs sont unanimes : les traumatismes refoulés vécus par nos parents ou nos grands-parents provoquent parfois des blocages, dont des stérilités inexpliquées. Une dame confie être enfin parvenue à enfanter après des années de galère :

dans sa famille paternelle, trois nourrissons de sexe féminin étaient morts, dont sa propre sœur. Elle était la seule fille à avoir vécu. Sentant l'angoisse de ses parents à l'idée de la perdre à cause de la malédiction familiale, elle avait caché sa féminité le plus possible, au point de s'oublier. Être une femme et tomber enceinte était alors devenu difficile à assumer.

— Oui, mais elle, elle savait, je m'entête, refusant toujours de croire l'incroyable.

— Non, il est dit plus loin qu'elle avait omis cette part de son enfance. C'est en faisant un travail sur elle que tout est remonté à la surface.

Manuel procède à de nouvelles recherches. De multiples cas défilent sous nos yeux : des femmes ayant perdu leur bébé avant terme et organisant des funérailles, permettant enfin à leur grand-mère de faire le deuil de leur enfant disparu, mais enterré en secret. Des hommes incapables de se fixer sentimentalement, à cause d'esclandres provoqués par leurs grands-pères, autour de naissances hors mariage dont ils n'avaient pourtant jamais rien su. Des petits-enfants meurtris sans raison, incapables de mener une vie sereine parce que le martyre vécu par leurs ancêtres durant la guerre répercutait son écho. Le poids des drames en héritage.

— Ça pourrait expliquer bien des choses, tu ne crois pas ? m'interroge Manuel en se tournant vers moi.

Sa réaction m'étonne, il est si terre à terre habituellement. Mais n'est-ce pas ce que ma mère, elle aussi très pragmatique, a tenté de nous expliquer ? À présent qu'elle et mon mari semblent y accorder du crédit, je suis désarçonnée. Je veux considérer les choses, sans les rejeter, d'un œil neutre. Mon corps aurait gardé l'empreinte du passé, sans même en avoir conscience ? C'est cette dernière partie de la phrase qui me fait tiquer. Comment est-ce possible ? Il ne s'agit pas de ma propre histoire, mais de celle des générations précédentes. La souffrance de Mémé aurait été si puissante qu'elle aurait marqué sa chair, au point de la transmettre à sa fille. Un héritage physique, mais invisible, intangible, que ma mère n'a pas pu comprendre ni interpréter. Or, son inconscient savait, cela s'est traduit par des blocages : refuser qu'un garçon pousse dans son ventre, cacher son interruption de grossesse. C'était tellement ancré en elle, qu'elle m'a légué ses tourments et ceux de mon aïeule, m'empêchant de tomber enceinte. Pourquoi moi et pas mes sœurs ? Gaëlle a eu du mal à enfanter, c'est vrai. Peut-être n'est-ce pas seulement une question de génétique, mais aussi de sensibilité, de réceptivité. Moi qui n'ai plus su pleurer pendant des années pourtant, ne suis-je pas hermétique ? La clé du problème est sans doute là : je garde tout en moi, tout est enfoui, verrouillé.

Et si on m'avait réellement transmis le poids du passé, parce que les secrets avaient gangrené le reste ? Une colère sourde m'envahit soudain. Quand on vit dans l'ignorance, peut-on avoir une quelconque emprise sur le cours de son existence ? Si Mémé avait parlé de sa peine immense, si ma mère n'avait pas…

Si. Avec des si.

Je fonds en larmes. Maintenant que les vannes sont ouvertes, plus rien ne les arrête.

— Eh ! s'exclame Manuel en en cueillant une avec son pouce. Qu'est-ce qui ne va pas ?

— Toutes ces années… ce serait donc à cause de moi ?

— Je ne vois pas comment un fait que tu ignorais pourrait relever de ta responsabilité. Et puis, qui sait ? J'ai peut-être une histoire, moi aussi. J'ai quitté très tôt ma famille, je ne vais pas souvent la voir. Il faudrait gratter, mais il se peut qu'il y ait quelque chose à découvrir, dont je n'ai pas conscience.

Je renifle.

— En tout cas, le savoir plus tôt aurait pu m'aider à tomber enceinte.

— Le passé est le passé. Ça ne sert à rien de ressasser. Notre destin est peut-être de sauver un petit Cambodgien en l'adoptant.

Je ris malgré moi.

— Pourquoi un Cambodgien ?

— Je ne sais pas. J'ai dit ça comme ça.

Manuel repose son portable et se couche sur le dos, le regard dans le vide. J'en fais autant, tout en glissant ma main dans la sienne. Avec son pouce, il caresse doucement mon index, tandis qu'il me parle de l'adoption. Sa voix est hésitante, il a peur de ma réponse. Si en ce moment de communion parfaite entre nous, je refuse encore, ça sonnera le glas de notre relation. Et c'est notre dernière chance de devenir parents, puisque je ne veux plus subir de FIV. Aussi, je pèse chacun de mes mots.

— Je pense que je suis prête. Ces derniers temps, j'ai compris beaucoup de choses. Notamment que les liens du sang ne sont pas nécessairement les plus puissants. Tout ce qui compte, c'est l'amour.

Manuel pivote et se redresse sur un coude pour m'observer, un sourire flottant sur les lèvres.

— C'est vrai ? C'est un « oui » que je viens d'entendre ?

— On dirait bien.

— Oh, ma libellule ! s'exclame-t-il en m'embrassant. On finira par l'avoir, ce bébé. Et tu verras, toutes ces années d'attente disparaîtront comme par magie.

— Je ne veux pas qu'elles disparaissent. Elles font partie de notre histoire.

Manuel acquiesce. Il a l'air fier de moi. Le chemin avant de pouvoir tenir notre enfant dans nos bras sera encore long, mais je m'abstiens de le lui dire. Il le sait tout autant que moi et l'heure n'est pas au pessimisme.

Je commence à frissonner et remonte le drap sur mes jambes. Manuel ferme les volets et laisse la fenêtre entrouverte. En se couchant, il me dit qu'il faudra que je prenne contact avec mon père. Je me raidis à cette perspective. Je n'en ai pas la force. Mais Manuel insiste. Il sera là, avec moi. Quand il m'a vue rentrer hier, il a demandé au palefrenier et à Nadia d'assurer pour lui aujourd'hui et demain.

— Je me doutais que tu aurais besoin de moi. Si tu te sens le courage d'aller travailler, je t'accompagnerai et ferai ce que j'aurais dû faire depuis longtemps : passer une journée avec toi au parc.

— Tu rencontreras mon frère…

— Et on appellera ton père.

J'esquive la réponse.

— Je pensais que ça ne t'intéressait pas. Que mon choix d'intégrer le monde du spectacle n'était que le mien.

— Ce n'est pas ça, soupire Manuel.

— Alors, c'est quoi ?

— Tess, je souffrais moi aussi. Je faisais tout pour te montrer que je pouvais tenir la barre pour deux, que j'avais assez de courage, que tu pouvais compter sur moi. Mais je recevais ces échecs avec autant de peine que toi.

— Je… pourquoi ne m'as-tu rien dit ?

— Parce que la communication était coupée… Tu as eu raison, Tess. Il fallait vraiment qu'on fasse quelque chose. Moi je n'aurais pas eu la force de provoquer cet électrochoc. Tu as pris la bonne décision en partant, mais je le réalise seulement maintenant qu'on se retrouve. Avant ça, j'avais l'impression que tu m'en voulais, que tu n'avais qu'une idée en tête : t'éloigner d'ici, de moi. Que tu avais une nouvelle vie, dont tu m'excluais.

Sa voix vibre de cette douleur qui a dû être la sienne des semaines durant. Mon cœur se serre à cette idée. Je n'avais pas pris la mesure de son désarroi. Il ne s'en est jamais ouvert. Je n'avais pas l'intention de lui faire du mal.

— Il m'a fallu faire ce chemin pour me retrouver et comprendre ce dont j'avais besoin. Manuel, mon avenir est ici, avec toi.

Il me prend dans ses bras et nous restons ainsi longuement, au seul endroit où nous devons être.

Juillet 2022

Ici, on évoque le passé en permanence. Même les légendes puisent leur source dans l'histoire. Celle avec un grand H.

Nos histoires à tous dépendent de la grande. Nous sommes marqués par ce que nos aînés ont vécu. Que nous le voulions ou non, nous sommes tous liés les uns aux autres par un fil imaginaire. Celui de la transmission.

Au Parc des Légendes, cette idée prend tout son sens.

« Ce que l'on ignore ne peut pas nous faire de mal. » C'est faux. Il est des choses qu'on ne peut ignorer parce qu'elles sont en nous.

Ce fil ne doit pas être rompu. Je te le transmets. Pour que tu puisses le suivre tout au long de ta vie.

Car tu vivras. Oui, tu vivras.

Peut-être vis-tu déjà, quelque part, et nous apprendrons à te connaître bientôt.

Nous ne t'offrirons pas la vie, mais nous chérirons la tienne comme un trésor.

29

Les semaines ont défilé à toute vitesse, et nous voilà déjà au dernier jour de juillet. C'est aussi le final de ma carrière au Parc des Légendes. Ce n'était pas prévu comme ça... Mais tout s'est bousculé.

Cette décision ne vient pas de moi, mais de Chris. Depuis notre soirée en tête à tête qui a mal tourné, il s'est plongé dans le travail de manière plus assidue, comme s'il voulait guérir plus vite. Je voyais certains soirs son visage se crisper de douleur et surtout de frustration ; le moment où il reprendrait pleinement possession de son corps n'était toujours pas arrivé. Il s'impatientait, tentait de ne pas être désagréable avec moi en m'évitant. J'appréciais ces efforts, même si je devinais sa peine. Je ne crois pas qu'il était réellement triste de notre histoire avortée. Il n'est pas amoureux de moi, mais je représente ce qu'il n'a pu obtenir et qu'un autre a su garder. Chris est un sauvage, un homme à l'état brut qui, comme l'étalon, a besoin d'être le seul mâle. Il est blessé dans son orgueil, ou confronté à sa propre histoire, qui sait ? Au fil des semaines, ses grimaces ont disparu, laissant place à une détermination sans faille.

Il m'a demandé de familiariser Furtivo aux autres soigneurs, arguant qu'ils pourraient avoir besoin de lui durant nos journées de relâche. Progressivement, ce dernier s'est habitué à un contact rapproché avec Guillemette et Eva.

Et puis un jour, Chris m'a convoquée dans les loges, après la fermeture. Il s'est assis lourdement sur une chaise en soupirant. J'attendais, debout, droite comme un « i », sachant pertinemment ce qu'il allait me dire. Il s'est passé plusieurs fois la main sur le crâne, aussi mal rasé que ses joues, la mine grave.

« Tu as pris ta décision ? » a-t-il fini par me demander.

Je ne voyais pas du tout de quoi il voulait parler. Il a reformulé : « Tu as trouvé ici ce que tu es venue chercher ? »

J'ai eu envie de lui répondre une phrase du style « Qu'est-ce que ça peut bien te faire ? », mais je me suis retenue. Notre jeu du chat et de la souris de naguère ne m'amusait plus, il me fatiguait. Pourtant, je n'arrivais pas à réagir autrement avec lui. J'ai donc gardé le silence. Il a fini par s'agiter sur sa chaise, avant qu'un sourire désabusé ne se dessine sur ses lèvres.

« Pas facile de te tirer les vers du nez. Je lui souhaite bien du courage, à ton homme !

— Quand les questions sont déplacées, il ne peut en être autrement.

— Tu trouves qu'elles l'étaient ?

— Oui.

— Pas moi. Tu ne t'es jamais dévoilée, Tess. Quel était ton but, en acceptant de venir travailler ici ? Je suis en droit de le savoir. »

Sans sembler s'apercevoir de son geste, il a saisi la perruque de la Comtesse, caressant ses longues boucles blondes. Je n'ai pas aimé la tournure que prenait notre conversation. Je ne me l'étais pas du tout imaginée ainsi.

Pourquoi avais-je accepté sa proposition ? Pendant que je réfléchissais à une réponse toute faite susceptible de le satisfaire, j'ai repensé à notre rencontre, quand il était venu avec sa sœur aux Crins Noirs. Alors j'ai réalisé pour la première fois qu'il m'avait plu, ce jour-là. Était-ce pour cela que j'avais dit oui ? Avais-je voulu jouer avec le feu ? La situation était tellement compliquée, à la maison, avec Manuel. Il se peut que lui, Chris, ait fait partie des raisons qui m'avaient poussée à accepter ce poste. Sans m'en rendre compte, j'ai retrouvé avec lui le plaisir de la séduction, et celui de me sentir attirante, d'être considérée comme une femme et non plus comme un corps qui enfante. Et puis finalement, de façon involontaire, Chris m'a ouvert les yeux quant à l'amour que je portais toujours à mon mari. Évidemment, je ne pouvais pas le lui révéler, sans risquer de semer une ambiguïté qui n'avait pas lieu d'être.

« Je cherchais mon chemin, et il semblerait que je l'aie retrouvé.

— Tu t'étais perdue ?

— Oui… Il arrive qu'on se perde, parfois, dans la vie. »

Chris a hoché la tête et regardé au loin, derrière moi. Puis il a repris :

« C'est bon, je te libère. »

Me congédiait-il après avoir obtenu la réponse qu'il cherchait – somme toute assez floue – ou bien en venait-on au cœur de la discussion à laquelle je m'attendais ?

« Quoi ?

— Je suis rétabli à présent, tu es libre de rentrer chez toi. »

On y était, il souhaitait me voir partir pour de bon.

« Mon contrat ne prend fin qu'en octobre, je peux assumer jusqu'au bout.

— Ne te soucie pas de l'aspect administratif. Je pense que c'est mieux comme ça. »

J'ai compris qu'insister ne lui rendrait pas service. C'était lui qu'il avait hâte de délivrer, à présent qu'il était certain que mon choix était définitif.

Ce matin, au milieu de l'écurie, devant le box de Cacahuète dont j'ai le privilège de ne pas m'occuper, Guillemette me prend dans ses bras et me serre longuement. Je suis touchée par son geste.

— Tu vas me manquer, me dit-elle, les yeux brillants.

C'est seulement la seconde fois que nous nous témoignons des signes d'affection, avec l'instant qui restera gravé en moi de notre réconciliation. Je sais que notre amitié perdurera. Nous avons déjà convenu qu'une fois la saison terminée, elle viendrait passer une journée aux Crins Noirs avec Lechêne, Cléophée et Andréani.

Nous n'avons plus jamais évoqué ensemble ses regrets de mère. J'espère un jour pouvoir lui dire qu'en tant qu'amie, je suis disposée à les entendre si elle a besoin de s'en épancher. Mais je sais qu'elle fait tout pour prouver son amour à sa fille. Cléophée vient souvent avec nous en coulisses. Je suis émue d'assister à la naissance de cette passion commune avec sa mère pour les chevaux. La petite ne connaîtra jamais la douleur de se voir rejetée, comme je l'ai été par mon père.

Mon père. Je n'ai pas eu le courage de le rappeler le lendemain de ma réconciliation avec Manuel. J'ai repoussé le moment toute la journée et puis, le soir venu, j'ai prétendu une trop grande fatigue.

C'est lui qui m'a rappelée le lundi suivant, alors que nous étions en train de dîner. Je me suis figée en voyant « Didier Levasseur » s'afficher sur mon écran, je n'ai pas pu décrocher. Manuel s'est emparé de mon téléphone sans me consulter. J'ai eu beau essayer de le récupérer en criant des « Non ! » alarmés et en lui faisant les gros yeux, il a quand même pris la communication. Mon père a été surpris d'entendre une voix masculine, j'ai perçu son ton hésitant, à cause de mon volume monté trop fort et du silence pesant qui régnait dans la pièce. Manuel s'est présenté, avant d'ajouter qu'il allait me le passer. J'ai protesté, prête à quitter la pièce, mais il m'a retenue par le bras, pressant le téléphone contre son torse le temps de me convaincre :

« Tu dois écouter ce qu'il a à te dire. C'est ton père. Je sais que c'est dur, mais tu regretteras toute ta vie de l'avoir fui. »

Il voulait que je crève l'abcès. Je savais qu'il avait raison, mais en vérité, j'avais peur. Je ne pouvais cependant pas me dérober indéfiniment. Alors, à contrecœur, j'ai récupéré le téléphone et je me suis isolée dans le salon. Enfoncée dans le canapé moelleux, les jambes repliées sous mon corps, je l'ai écouté. Mon père a parlé tout seul. C'était laborieux, parce qu'il ne prenait pas souvent la parole, d'autant moins pour tenir de vrais échanges. Je ne lui facilitais pas la tâche. Non seulement je n'en avais pas envie, mais surtout, j'en étais bien incapable.

Il m'a priée de ne pas le juger trop sévèrement. Sa nouvelle femme avait refusé de s'encombrer d'un bagage aussi lourd. Elle était jeune, sans enfant, elle ne pouvait pas comprendre la gravité de ce qu'elle exigeait. Il n'a pas pu lui imposer sa volonté. Chaque mot qu'il édictait me donnait envie de hurler. Mais je l'ai laissé dire. J'ai encaissé en silence. Il rejetait la faute sur sa femme, pourtant, il avait eu le choix. On l'a toujours. J'ai fini par prononcer ces seuls mots. Il a répondu que lorsqu'il s'en est rendu compte, il était déjà trop tard, le mal était fait. Les enfants étaient nés, avaient grandi, et n'avaient jamais eu vent de quatre grandes sœurs. Sa femme s'opposait à ce qu'il les traumatise avec une révélation tardive. « Que veux-tu, je le voulais, ce garçon ! »

En entendant cette petite phrase, j'ai compris que ça expliquait tout. Et je l'ai plaint. J'ai plaint mon père qui, à désirer un fils à tout prix, sans penser aux autres, s'est mis ses enfants à dos.

Je ne l'ai pas encore revu, mais je sais que je le ferai. J'ai pris le parti de ne plus l'appeler *le père*, mais *mon père*.

C'est ma façon d'avancer. Parce que, quoi que je pense de lui, il reste mon père.

Manuel vient au parc pour mon dernier jour. C'était important pour moi, mais je n'ai pas eu à le lui demander. Il a deviné tout seul.

Je lui ai donné rendez-vous devant l'accès de service du Théâtre. Nous boirons ainsi un café rapide ensemble avant la première représentation.

C'est drôle, j'en ai déjà réalisé des dizaines, mais j'ai le trac comme lors de ma première. Tout en cheminant vers le bâtiment, je songe à Furtivo. Notre séparation qui approche me rend d'humeur mélancolique. Je croyais qu'il prendrait la place de Cachou un jour, j'aurais même pu le racheter à Hilda. Mais il va rester ici. Retrouverai-je une telle relation avec un autre cheval ? Je refuse de sentir mon cœur lourd peser dans ma poitrine aujourd'hui. Nous verrons ce soir.

J'aperçois Manuel, ce qui dissipe mes pensées et me redonne instantanément le sourire. Tout un groupe de personnes est amassé derrière lui, j'espère qu'ils n'ont pas profité de sa présence pour le suivre et essayer de visiter les coulisses.

Tandis que Manuel approche de moi, je les vois qui se retournent un à un. Tous ces visages connus. Interloquée, je me fige pour les observer. Ce sont bien eux : ma mère, mes sœurs, mes beaux-frères, mes neveux et nièces. Même ma tante Jacqueline et son mari Roger !

— Tatate ! s'exclame Jade, la petite dernière, en courant se nicher contre mes jambes.

Je la prends dans mes bras, les yeux embués et la gorge sèche, et laisse mon regard courir sur la petite assemblée qui me fait face.

Gaëlle vient me frotter le dos. Elle ne sait pas à quel point je suis devenue ultra-sensible et que ce simple geste risque de déclencher un torrent de larmes.

— C'est ton petit mari qui a organisé tout ça. Tu as de la chance de l'avoir ! ajoute-t-elle en me lançant un clin d'œil.

Je dépose Jade au sol et fais face à Manuel pour recueillir sa confirmation. Il se contente de me sourire. Je prends ses mains dans les miennes, bras tendus, et les presse aussi fort que je peux, me concentrant au maximum pour éviter le débordement d'émotions.

C'est à ce moment-là qu'Andréani débarque. Avec tout ça, j'ai oublié que je lui avais proposé de venir boire un café avec Manuel et moi. Il avait promis d'essayer de se libérer cinq minutes. Il salue Manuel avec jovialité, en roulant de gros yeux en direction du troupeau :

— Eh ben, y en a du monde !

Je m'éclaircis la gorge.

— Tu tombes bien, voici le clan au grand complet.

Je ne lui laisse pas le temps de réagir et poursuis avec les présentations de chaque membre. Mes sœurs gardent une attitude neutre, ni effusives ni froides. Les prunelles d'Andréani s'arrondissent au fur et à mesure, si bien qu'à la fin, on a l'impression que des billes vont lui sortir de la tête. Le pauvre, je me mets à sa place. Quand c'est au tour de mon oncle et de ma tante, je vois bien qu'ils sont dépassés par les événements. Je leur murmure : « C'est le fils de papa. Je vous expliquerai. » Jacqueline, toujours aussi douce, s'avance alors pour le saluer gentiment.

Puis, Jade se poste à ses pieds, tire sur le pantalon de son costume et lève la tête pour demander :

— Est-que t'es un vrai cevalier ?

Ça fait pouffer l'assemblée. Andréani se gratte la tête, puis part dans un grand rire, lui aussi.

— Pour la journée, oui. D'ailleurs, il faut que je file, je vais bientôt entrer en scène. Tu viendras me voir ? Tu me reconnaîtras facilement, mon cheval ne tient pas debout !

En partant, il manque de trébucher. On dirait qu'il tente d'imiter Gatsby, mais je crois plutôt qu'il est désarçonné par cette rencontre inopinée.

Tous restent hagards quelques instants, jusqu'à ce que Thibaud s'enquiert, de sa voix enrouée d'ado :

— C'est lui notre oncle ? D'ailleurs, c'est notre oncle, ou notre demi-oncle ?

Il y a un nouveau temps de silence, avant que ma mère ne réponde :

— C'est votre oncle, un point c'est tout. Il n'y a pas de moitié qui compte. En tout cas, il a l'air d'être un bon garçon.

Cette remarque a pour effet immédiat de détendre l'ensemble du groupe, qui soupire d'un seul homme. Ma mère ne rejette pas le fils de son ex-mari, nous sommes soulagés. Je souris en songeant que nous attendions tous inconsciemment de recueillir la bénédiction de la matriarche.

Ils se mettent à parler avec entrain pour tenter de déterminer le programme. Cette bande joyeuse, aux vêtements et aux sacs à dos multicolores, chapeaux ou casquettes sur la tête et lunettes noires sur le nez, de tous âges, est ma famille. Et aujourd'hui, elle est rassemblée autour de moi pour clore cette étape de ma vie. Je me sens très heureuse de la tournure que prend cette ultime journée au parc.

— On viendra tous te voir pour ta dernière représentation, m'annonce Isabelle.

— Sinon le programme est libre, nous ferons des groupes selon les envies de chacun, enchérit Nathalie.

— Très bien. Soyez là au moins trente minutes avant l'heure si vous voulez trouver de la place. Il va y avoir du monde, dis-je d'un ton catégorique.

Je prends plaisir à voir mes sœurs opiner du chef. Pour une fois, *la p'tite* est prise en considération.

Tandis que tous commencent à s'éparpiller, Manuel vient m'embrasser.

— Surprise ! me murmure-t-il.

— Elle est très réussie, merci !

— Pas celle-là… une autre.

Encore une surprise ? Je n'en imaginais pas tant. Je hausse les sourcils pour le presser de s'expliquer.

— J'ai obtenu un rendez-vous pour mercredi.

J'enroule mes bras autour de son cou, sachant parfaitement à quoi il fait référence. La perspective de cette première étape dans notre vie de parents adoptants ne pourrait me faire davantage plaisir.

— Je reste pour assister à ce spectacle. C'est toi qui démarres, non ?

J'acquiesce en me détachant de lui. Ma mère se rapproche et déclare à Manuel qu'elle va l'accompagner. En me dirigeant vers la porte d'accès, j'entends la voix d'Isabelle retentir dans mon dos :

— Maman, tu commences ici, avec Manuel ? Il faut le dire, pour qu'on sache où est tout le monde !

— Je croyais qu'on était libre ! maugrée la principale intéressée.

Je souris. Sans me retourner, j'imagine la tête blasée de ma mère, et l'expression contrariée de ma sœur.

Une journée tous ensemble au Parc des Légendes ? Il fallait oser !

Juillet 2022

Hier soir, Manuel et moi avons regardé, pour la énième fois, le DVD de L'homme qui murmurait à l'oreille des chevaux. *Cela faisait longtemps que nous n'avions pas pris le temps de nous poser tous les deux.*

Notre visionnage n'a cependant pas dépassé les premières minutes du film. Nous nous sommes arrêtés exactement au moment où Annie MacLean, qui s'est mise en quête d'informations pour aider sa fille et sa monture accidentées, lit ceci, au sujet des chevaux :

« Un million d'années avant l'apparition de l'homme, ils peuplaient déjà les vastes pâturages. Obéissant à des voix secrètes qu'ils étaient seuls à entendre. Ils connurent d'abord l'homme comme la proie connaît le chasseur. Car bien avant de les utiliser pour travailler, celui-ci les tuait pour leur viande. Leur alliance avec l'homme demeura fragile. La peur était trop profondément ancrée dans leur cœur pour en être déracinée. Dès le néolithique, âge où le cheval fut domestiqué, il se trouva des hommes pour comprendre cette peur. Ils savaient sonder l'âme de ces créatures et en panser les plaies, murmurant des secrets à leurs oreilles dressées et inquiètes. On appelait ces hommes : "les chuchoteurs". »

Ce n'est pas l'histoire des chuchoteurs qui nous a interpelés, nous la connaissions déjà. En revanche la phrase « La peur était trop profondément ancrée dans leur cœur pour en être déracinée » nous a poussés à réfléchir et à débattre toute la soirée : n'est-il pas ici précisément question de croyances ancestrales ? Autrement dit de transmission générationnelle ?

30

La journée a été éprouvante : la chaleur a attiré les spectateurs dans la fraîcheur des intérieurs. Les horaires des Compères ont été modifiés pour ajouter une représentation supplémentaire. Les équipes du restaurant interne nous ont apporté notre déjeuner, pris sur le pouce.

— Les gens sont tous amassés aux jets d'eau ou sous les brumisateurs du parc, nous ont confié les serveurs.

J'ai craint un moment de fatigue, mais l'adrénaline me tient bien éveillée.

Ça y est, nous y sommes : c'est la dernière fois que je vais fouler cette scène, qui m'aura procuré tant d'émotions. Imprégnée par cette idée, je garde mes sens en alerte. Mon acuité visuelle décuplée, mes oreilles grandes ouvertes pour capter tous les sons. Les paumes de mes mains plus réceptives au toucher rêche du rideau, aux crins soyeux des chevaux. Je ne veux rien oublier. Je veux garder en moi cette effervescence contagieuse, cette bonne humeur permanente, ce souci de la perfection. Ce don de soi et cette sensation de sortir grandie de chaque spectacle. Jamais je n'aurais pensé ressentir cela un jour.

Chris m'a fait la surprise de ne pas être présent aujourd'hui. C'était visiblement prévu depuis plusieurs jours, mais il s'est bien gardé de m'en parler, pour échapper aux au revoir. Même si cela m'a chagrinée, il se pourrait qu'il ait eu raison : qu'aurions-nous pu nous dire ?

Un coup d'œil dans la salle avant que les lumières ne s'éteignent me confirme que ma famille au grand complet est installée dans les rangs du milieu. Mon trac monte d'un cran. Je déglutis avec peine en tirant le rideau dans mon dos. Cléophée me sourit, redressant subrepticement la tête de ses Kapla. Je lui ai proposé de s'installer dans le public à côté de mes nièces, mais elle a refusé : elle préfère de loin le privilège d'assister à nos va-et-vient en coulisses. Elle donne parfois des coups de main, comme nettoyer des crottins dans les loges. Du haut de ses six ans, elle n'est pas peu fière de se rendre utile.

Normalement, c'était Guillemette qui était prévue pour assurer le dernier spectacle de la journée, mais puisque j'ai des visiteurs personnels, nous avons échangé nos créneaux. De plus, je leur ai réservé la présence de Furtivo. J'ai envie de leur en mettre plein la vue. La magie du rêve blanc doit opérer, puissance mille.

La salle a du mal à se taire. Durant l'attente de l'arrivée du présentateur, c'est toujours l'agitation. Cette fois, une drôle de clameur provient du public. Je crois reconnaître mon prénom, mais l'idée me paraît tellement incongrue, que je m'empresse de la rejeter. Pourtant, la Comtesse qui passe par là, réajustant sa perruque dorée, m'adresse d'un ton rieur :

— On dirait qu'elle est pour toi, celle-là !

Je m'approche du rideau et l'écarte légèrement pour mieux voir ce qui se passe en tribunes. Les membres de ma famille frappent dans leurs mains tout en scandant :

— Tess ! Tess ! Tess !

Mais que font-ils ? Il ne devait pas y avoir que de l'eau, dans la gourde de mes beaux-frères ! Je referme brusquement, au comble de la gêne. J'ai horreur d'être ainsi exposée. L'ensemble de la salle se joint à ces exclamations et prononce mon prénom en rythme, pensant certainement qu'il s'agit d'une mise en scène. Mon cœur bat la mesure de leurs cris, qui ne durent heureusement pas longtemps. Le silence s'installe dès le début du spectacle. Tandis que mes pulsations se calment, je dois bien admettre que cette marque d'intérêt me touche. J'espère juste qu'il ne leur prendra pas l'envie de recommencer quand ils me verront apparaître sur scène, auquel cas je ne réponds plus de rien !

Avant que je n'aie eu le temps d'apaiser mon angoisse grandissante, les musiques et les cascades se sont enchaînées, les acteurs entrant et sortant des coulisses, dans un ballet incessant. Bientôt, ce sera mon signal. Pour me concentrer, je plante mon regard dans celui, impétueux, de Furtivo.

Lorsque la guitare et les castagnettes retentissent, je fais signe au cheval, qui ouvre le bal. Il part, je le suis au pas de course. Je sens la salle retenir son souffle. J'inspire à fond, puisant l'énergie de cet instant suspendu. Puis je ne pense plus à rien d'autre qu'aux chevaux que je fais danser sur la musique. Aux instruments qui s'éveillent au fur et à mesure : les violons, les violoncelles, le xylophone et les flûtes traversières, aussi légères que des oiseaux. Ensuite les cors, les trombones, le piano. Le rythme de la valse m'entraîne, rassure les chevaux. On tourne et on est libre, aérien. La musique va crescendo, jusqu'à se faire plus intrigante, comme en suspens, avant l'explosion marquée par les timbales.

Ensuite, les instruments reprennent en chœur, accompagnés par les trompettes. C'est plus puissant, plus fort. Plus intense. Tellement vibrant.

Je suis tant imprégnée par l'harmonie qui règne entre la musique, les étalons et moi, que les larmes roulent sur mes joues.

Quand tout s'éteint, nous sortons sous un tonnerre d'applaudissements. Guillemette m'aide à réceptionner les chevaux et à les attacher dans un coin des coulisses. Le sourire aux lèvres, elle me fait remarquer que j'ai eu l'air d'apprécier ma dernière. J'ai juste le temps d'essuyer mes yeux qu'il nous faut repartir pour aider et jouer les petites mains derrière le rideau.

Nous soufflons enfin lorsque nous reconnaissons les accords qui marquent la fin de la représentation. Les spectateurs ne vont pas tarder à quitter la salle. Andréani émerge en coulisses, un air goguenard flottant sur le visage.

— Alors, c'était comment ?

— J'en ai profité à fond !

— Et la petite ovation du début, tu en as pensé quoi ?

— C'est toi qui leur as fait scander mon nom ?

Il acquiesce, fier de lui.

— Tu ne croyais tout de même pas tirer ta révérence en passant inaperçue...

Incapable d'arrêter de sourire, je lui décoche une petite tape amicale sur le bras. Je suis d'autant plus touchée de savoir que lui aussi a assisté à ma dernière.

— Où est Cléo ? demande soudain Guillemette.

Je jette un œil là où j'ai vu la fillette lors de mon retour de scène. Elle avait remplacé les Kapla par ses Playmobil, rangeant soigneusement les premiers pour que rien ne traîne par terre au risque de faire tomber les acteurs. Mais Cléophée n'est pas là. Nous la cherchons du regard, de plus en plus intrigués de ne pas la voir. Il n'est pas dans les habitudes de la petite de quitter les lieux sans prévenir. L'inquiétude croissante de Guillemette m'étreint aussi.

Quand je repère enfin Cléophée, elle émerge d'un recoin des coulisses et se dirige d'un pas décidé vers les trois chevaux blancs, accrochés au même piquet. Elle a l'air concentrée, un balai dans les mains pour nettoyer un crottin qui traîne juste devant eux. La fillette a fait cela des dizaines de fois. La scène n'aurait rien d'alarmant… si le balai n'était pas rouge.

Comment cela se fait-il qu'il soit rouge ?

Une goutte de sueur froide coule le long de mon dos. L'objet n'est pas destiné à ramasser les déjections. N'ayant pas trouvé le matériel habituel, Cléophée a dû aller en chercher un ailleurs. Dans les vestiaires, peut-être.

Avant de me précipiter, mon regard accroche celui de Guillemette. Je lui avais confié le traumatisme de Furtivo, aussi elle comprend immédiatement. Elle s'élance en direction de sa fille pour la protéger. Celle-ci s'approche redoutablement du groupe. Je hurle :

— Non, Cléophée !

Furtivo a déjà repéré l'objet de sa terreur et tente de reculer, mais il est entravé par les autres chevaux. Les oreilles plaquées en arrière, les yeux grands ouverts et injectés de sang, il devient fou. Une panique intense le soulève. Il se cabre, tirant sur la longe de son voisin Wilco. Le trouble du pur-sang s'étend aux lusitaniens, qui s'agitent en tous sens. Alertée par mon cri, Cléophée s'est retournée, mais elle ne bouge pas, inconsciente du danger. Dans l'affolement général, Furtivo décoche un coup de sabot à Wilco, qui lance un hennissement de douleur et se redresse vivement sur ses jambes arrière. J'ai juste le temps de pousser Cléophée sur le côté pour la mettre à l'abri. Guillemette la réceptionne et l'emmène à l'écart.

— Attention, Tess ! me crie-t-elle.

Une violente douleur me percute l'épaule et me projette au loin.

Avant que ma tête ne heurte le sol et que mon esprit ne s'envole, je songe que cette journée aura été mémorable à bien des égards.

Septembre 2016

Les médecins sont unanimes, nous devons nous faire aider pour te concevoir. Les stimulations ovariennes n'ont pas été concluantes, il nous faut passer à l'étape d'après : la FIV.

Manuel est prêt. Moi, je ne sais pas.

Il y a un sujet qui me bloque : ne pas connaître la joie d'annoncer à Manuel sa paternité.

Pour lui, ce n'est pas le plus important.

Mais il n'empêche que j'aurais aimé trouver une façon originale de lui faire deviner ma grossesse.

Le plus dur, finalement, n'est-ce pas d'apprendre à faire le deuil de nos rêves ?

31

Mes paupières pèsent lourd, j'ai dû encore pleurer longtemps pour qu'elles soient scellées ainsi. Je commence à les ouvrir lentement. La lumière qui s'infiltre à travers mes cils me vrille la tête. Je les referme aussitôt. Je ne sais pas où je me trouve. Je tente de humer l'odeur familière de la paille. À la place, ce sont des relents aseptisés que je sens. Comme si tout mon corps n'avait pu se mettre en branle en même temps, des sons lointains me parviennent alors. Courts, aigus, ils semblent se rapprocher jusqu'à écorcher mes oreilles. N'y tenant plus, je rassemble toutes mes forces pour ouvrir les yeux en grand. Des formes floues m'apparaissent à travers la lumière vive, puis ma vue s'adapte peu à peu. Je suis dans une chambre d'hôpital. Je peine à recouvrer mes esprits pour reconstituer les événements qui m'ont conduite ici. Je survole la pièce du regard. À ma gauche, une fenêtre m'indique qu'il fait grand jour, et juste à côté, dans un fauteuil, Manuel est penché sur un livre. Je me racle très doucement la gorge pour attirer son attention. Il sursaute immédiatement et se précipite à mon chevet.

— Ma libellule, te voilà enfin ! Tu as fait le tour de la pendule. Tu m'as fait si peur !

Il m'embrasse. Le soulagement illumine son visage et apaise la fatigue qui tire ses traits. Je veux lever le bras gauche pour l'enlacer, mais il est entravé.

— N’essaie pas de bouger, Tess. Ton épaule est bandée.

Je tente à nouveau de rassembler mes souvenirs, mais mon crâne me semble flotter dans un champ de coton.

— Tu ne te souviens pas de ce qui s’est passé ? devine mon mari.

Je secoue faiblement la tête, alors il s’assied sur le bord du lit et se met à me raconter la soirée de la veille : la dernière représentation, Cléophée qui s’apprête à brandir un balai rouge devant Furtivo, la panique du cheval.

— Si tu n’avais pas réagi aussi vite, ta petite protégée se serait fait piétiner. Tu l’as sauvée, mais Wilco t’a décoché un méchant coup de sabot dans l’épaule. Tu t’en sors avec la clavicule cassée et un trauma crânien.

Je reste silencieuse tandis que mon esprit intègre cette idée. Les images affluent, ma mémoire refait surface. Oui, je me souviens à présent. Quelle chance incroyable que Cléophée s’en soit sortie indemne !

— Furtivo… ? je demande dans un souffle.

Manuel m’observe, attendri.

— Tu as l’épaule en vrac, mais tu t’inquiètes pour lui ?

Il hésite. Je sens que quelque chose ne va pas, j’essaie de me redresser. Manuel pose une main sur mon épaule valide pour m’inviter à ne pas bouger.

— Chris t’a appelée sur ton portable ce matin. J’ai décroché. Il voulait prendre de tes nouvelles. En même temps, il m’a parlé… de Furtivo.

Incapable d’ouvrir la bouche, je le supplie en silence d’abréger mes souffrances. Il doit me dire ce qui se passe.

— Les responsables du parc se sont réunis pour discuter de son cas et ils se sont tous mis d’accord pour dire que Furtivo n’a plus sa place aux Légendes.

— Qu… quoi ? je bafouille. Mais… c’est un bon cheval. C’était à cause du balai, c’est tout.

Ma voix est rauque, je racle ma gorge à nouveau pour l'adoucir.

— Je le sais bien, mais mets-toi à leur place. Ils ne peuvent pas courir le risque d'un nouvel accident. Il y a trop d'enjeux, trop de monde, et puis... tu ne seras plus là pour t'occuper de lui. N'oublie pas que ta présence est liée à la sienne depuis le début. Même si vous avez tout prévu pour anticiper ton départ, sans toi ils ont peur de ne pas y arriver.

Je reste dubitative. Furtivo s'était ouvert aux autres dresseurs. Il aurait très bien pu continuer sans moi. Que va-t-il devenir ? Sa carrière avortée me fend le cœur. Tout est ma faute. Si j'avais expliqué à Cléophée les craintes du cheval, jamais elle n'aurait utilisé ce balai devant lui...

Avant que je ne me pose davantage de questions, Manuel m'annonce :

— Je l'ai racheté pour toi.

Mes yeux s'écarquillent.

— Furtivo sera à toi, je vais remplir les formalités demain et le ramener aux Crins Noirs.

Face à mon mutisme, Manuel s'inquiète :

— J'espère que ça te fait plaisir ? J'ai pensé qu'avec la perte de Cachou et la fin des Légendes... Tu ne veux plus le voir après ce qui s'est passé, c'est ça ? Ne t'inquiète pas, je peux toujours annuler...

Avoir peur de Furtivo ? Comment le pourrais-je ? Je sais qu'il n'y est pour rien. Il n'est pas responsable des mauvais traitements qui l'ont traumatisé. Mon cœur déborde de tant de joie que je ne sais pas comment l'exprimer. Si j'étais bien portante, je me jetterais au cou de mon mari. Je me contente de serrer sa main pour le faire approcher et déposer sur ses lèvres un baiser appuyé.

— Merci.

— J'ai hâte que tu rentres à la maison.

Je déglutis avec peine, alors il me demande si j'ai soif. J'acquiesce tout en prenant soudain conscience de l'état de sécheresse de ma bouche. J'aperçois une bouteille sur la table de nuit, mais Manuel secoue la tête :

— Je vais chercher une infirmière. Avec ce qu'ils t'ont donné, je veux être sûr que tu as le droit de boire.

Il quitte la chambre, laissant un grand vide derrière lui. À travers la fenêtre, le bleu du ciel m'appelle, mais je suis coincée ici. Je vais devoir faire preuve de patience, le temps va me sembler bien long. Sur la table qui jouxte le lit, je remarque le livre délaissé par Manuel. Je fronce les sourcils en comprenant qu'il ne s'agit pas d'un livre, mais du journal que je tiens régulièrement. Une profonde gêne s'insinue en moi en songeant que mon mari ait pu le lire. Je me contorsionne pour attraper le cahier, grimaçant de douleur. Je le feuillette d'une seule main, faisant tourner les pages sous mes doigts. Je ne relis pas mes mots, mais regarde défiler les dates, comme si ma vie se déroulait devant moi : octobre 2009, novembre 2011, août 2012, mars 2015…

À la fin, une écriture qui n'est pas la mienne remplit une page. Je rapproche le cahier de mon nez. Mon épaule m'élance comme pour me rappeler à l'ordre, mais je l'ignore superbement, mue par la curiosité réveillée par ces pattes de mouche que je ne connais que trop bien :

Nous avons tant parlé de toi,
Que nous avons usé nos langues.
Nous t'avons tant espéré,
Que nous avons vidé nos larmes.
Nous nous sommes tant battus,
Que nous avons failli exploser.
Comme tu étais toujours dans notre cœur,
Nous avons appris à t'envisager différemment.
Mais tu n'avais pas dit ton dernier mot.

La vie ressemble au travail dans le manège :
On s'acharne,
On patiente,
On lutte parfois,
On éprouve de grandes joies.
On craque quand tout fonctionne à l'envers.
Mais on recommence.
On s'acharne.
On patiente...
Et lorsqu'on croit être à terre et que plus rien ne sera possible,
La vie nous fait un cadeau.

Bouleversée, je referme le cahier. Au même moment, Manuel fait irruption dans la chambre, précédé par l'infirmière. Celle-ci me pose quelques questions, vérifie ma tension, me donne un peu d'eau. Pas trop, pour que je ne vomisse pas. Elle retire le verre, mais ma gorge est toujours aussi sèche, j'ai l'impression que rien ne pourra étancher ma soif. Je suis ailleurs, je réponds tel un automate. Les mots de Manuel dansent encore dans ma tête. J'ignorais qu'il était capable d'en écrire de si beaux. Quelles émotions les ont fait naître ? Notre rendez-vous pour l'adoption devait avoir lieu cette semaine. J'imagine qu'avec mes mésaventures, ce ne sera pas possible. Je maudis le sort qui sème de nouvelles embûches sur notre chemin.

Quand l'infirmière nous laisse enfin seuls, je coule un regard vers le cahier et interroge Manuel pour savoir s'il l'a lu. Il ne cherche pas à nier.

— Désolé, Tess. Lorsque tu partais en l'oubliant, c'était ma façon de te garder près de moi. Grâce à lui, je t'ai mieux comprise.

J'essaie de lui en vouloir, sans succès. Manuel a toujours de bonnes excuses.

— Tu as ajouté un chapitre.

— Ah, tu as vu ?

J'acquiesce en silence. Il semble attendre une réaction de ma part, qui ne vient pas. J'aimerais lui dire que ses mots m'ont touchée, mais je crains de ne pas avoir tout saisi. Alors, il m'explique :

— Hier soir, le médecin du parc t'a tout de suite fait évacuer par les pompiers en direction des urgences. Il a fallu te faire passer des radios et t'administrer des médicaments, car quand tu revenais à toi, la douleur était trop forte. J'attendais dans la salle d'attente, mort d'angoisse. Une infirmière est venue me demander s'il y avait un risque de grossesse. Tout a refait surface. Tout. J'étais désemparé et j'ai craqué. Je n'ai pas pu lui répondre. Évidemment, elle n'était pas là pour me consoler. Elle est repartie, bien ennuyée, et moi je suis resté à attendre, fou d'inquiétude. Tard dans la nuit, on m'a enfin annoncé de quoi tu souffrais et on m'a autorisé à te veiller dans la chambre. Je crois qu'ils ont eu pitié de moi !

Il se tait, les yeux brillants d'émotion, avant d'ajouter :

— L'infirmière m'a alors confié qu'elle avait bien fait de poser la question, ça leur avait permis de savoir, pour le bébé.

Je fronce les sourcils, interloquée. Savoir quoi ? Manuel se met à rire.

— J'ai dû faire à peu près la même tête que toi. L'infirmière a compris qu'on ne savait pas. Dans le doute, ils t'ont fait une prise de sang pour déterminer si tu étais enceinte. Les résultats ont confirmé ta grossesse.

Les mots résonnent dans la petite chambre.

Grossesse. Enceinte. Bébé.

Je n'ose y croire. Et pourtant, le large sourire de Manuel a tout d'une confirmation. Je pousse un cri en ramenant une main devant ma bouche. L'espoir et le désespoir se disputent en moi, sans que je sache vers quel sentiment pencher.

— Le bébé… l'accident… je balbutie, conjurant toutes mes forces dans une prière muette.

— Il va très bien. Les équipes médicales ont procédé à une échographie pour s'en assurer. C'est encore un tout petit haricot, mais il est bien accroché.

Je n'en reviens pas. Je ris, je pleure. Tenant mon visage entre ses mains, Manuel m'embrasse. Nos larmes se mélangent.

— Tu avais peur que notre histoire manque d'originalité, mais quel papa annonce à la future maman qu'elle est enceinte ?

Épilogue

Mars 2023

Cette nuit, je prends mon carnet pour la dernière fois. C'est une sensation étrange que de le quitter pour de bon. Un immense soulagement, mêlé à une sorte de vide. Celui-ci sera bientôt comblé, quand tu seras là et que rien d'autre ne comptera.

Ton père dort, je n'ose pas le réveiller trop tôt. Les contractions se rapprochent et s'intensifient, mais je n'en suis pas encore à gémir de douleur. Je guette le signal qui me fera comprendre qu'il est temps de partir pour l'hôpital. La perte des eaux, peut-être ? J'ai décidé de me montrer courageuse et d'attendre le dernier moment. Quoi qu'il en soit, j'ai choisi de refuser la péridurale. Je veux tout ressentir, sans aucun artifice. Plus l'heure approche, plus je me demande si je vais parvenir à tenir mes bonnes résolutions. Le sommeil de ton père n'est peut-être pas la seule raison de ce départ différé. Si j'arrive trop tard pour l'anesthésie, il ne sera plus question de faire machine arrière !

Pour calmer mon angoisse qui monte, je t'écris. Cela faisait si longtemps ! Depuis que tu es logé dans mon ventre, je préfère te parler. Ce bon vieux Cachou parti, c'est désormais à toi que je raconte tout. Je regrette tellement que vous n'ayez pas eu le temps de vous connaître, tous les deux. À la place, tu rencontreras Furtivo. Tu verras quel cheval il est devenu ! En raison de mon état, Manuel m'a freinée, mais j'ai plein de projets pour lui. Je veux qu'il refasse du spectacle, il était tellement doué pour ça !

Nous en organiserons aux Crins Noirs. J'en ai parlé à Andréani, il est d'accord pour proposer des démonstrations de voltige quand il ne travaillera pas au parc.

Ton parrain a hâte de te rencontrer, si tu savais ! Lui et ta marraine Gaëlle ont lancé les pronostics : pour Gaëlle, tu seras un garçon. Je pense qu'elle veut conjurer le sort d'être née dans une fratrie de filles, et d'en avoir fondé une à son tour. Andréani, lui, a parié que tu seras une fille. Je crois que le désir absolu de notre père d'avoir un fils l'a vacciné et qu'il considère qu'il vaut mieux naître au féminin.

Pour ton père et moi, peu importe. Fille ou garçon, tu seras notre enfant ardemment désiré.

Nous ne sommes pas les seuls à t'attendre avec impatience : tes grands-parents trépignent de faire ta connaissance. Pour ma mère, tu seras le petit dernier, pour mon père, le premier qu'il rencontrera.

Tu seras le seul petit-enfant du côté de ton père. Cela fait déjà une semaine que ses parents ont quitté l'Espagne pour être sûrs d'être là dès ton premier jour de vie. J'ai insisté pour que nous les hébergions aux Crins Noirs, mais ils ont préféré louer un gîte sur la côte, pour nous laisser l'intimité nécessaire aux jeunes parents. J'ai beaucoup réfléchi aux événements de ces derniers mois et je suis sûre d'une chose : ma mère avait raison. Nous sommes tous liés les uns aux autres. Quand les secrets explosent, tout est envisageable. C'est ce cadeau que les anciens peuvent faire aux générations suivantes.

Aïe ! Encore une. Elles se rapprochent. Je crois qu'il est temps que je réveille ton père. Dans quelques heures, nous serons trois…

FIN

Remerciements

Cela ne vous aura sans doute pas échappé, le Parc des Légendes est le fruit d'un travail de recherches sur un célèbre parc vendéen, que j'ai transformé pour créer le mien. La personne à qui je souhaite dédier ce roman est Amélie. J'avais cette idée terriblement romanesque en tête, mais comment bâtir mon texte sans avoir une seule notion sur les chevaux de spectacle, pas plus que sur les coulisses du milieu ? Tu as su m'immerger dans cet univers, me nourrir de tes anecdotes, me guider lorsque je m'étais fourvoyée et pointer du doigt mon vocabulaire inapproprié. Merci d'avoir pris du temps pour tout ça.

Merci aussi à ton amoureux, de m'avoir transmis son expérience.

Au-delà du spectacle, le milieu du cheval en lui-même était jusqu'alors un grand mystère pour moi. Je me souviens encore, Nadia et Fabien, de la fois où je suis venue dans vos écuries pour en apprendre un peu plus. Chaque mot que vous utilisiez m'était alors étranger. Il m'a fallu ensuite travailler sans relâche pour m'imprégner du monde équestre, lire des livres, voir des films, des dizaines de vidéos. À présent que j'ai pleinement conscience du travail que cela suppose, je suis admirative de ce lien extraordinaire qui relie l'humain et l'animal. Merci à tous les deux de m'avoir ouvert les portes de votre passion sacrée.

Merci aussi aux personnes qui ont partagé avec moi leur parcours du combattant pour fonder une famille. Ce sujet est suffisamment intime pour que je ne dévoile pas vos noms, mais je sais que vous vous reconnaîtrez. Tess et Manuel n'auraient pas pu être ceux qu'ils sont sans vos témoignages tellement sincères. Soyez rassurés, vos enfants sont bien des enfants de l'amour et vous êtes des parents incroyables. Je vous souhaite tout le bonheur possible.

Écrire, c'est aussi nouer de nouveaux liens, créer de nouvelles amitiés avec des chouettes personnes. Merci Hélène, pour notre première rencontre qui m'a soufflée la discussion (que tu reconnaîtras) entre Tess et Guillemette.

Merci aussi à Aurélie, qui sans le savoir, m'a inspirée en me parlant il y a quelques années du thème révélé à la fin de ce roman (oui Elsa, je suis obligée de m'exprimer en message codé, puisque je sais que tu commences par les remerciements ☺). Vous me demandez souvent, chers lecteurs, d'où me vient mon inspiration. Eh bien voilà, l'exemple est tout trouvé : je garde certains sujets qui m'interpellent dans un tiroir de mon esprit, dans lequel je viens piocher selon mes besoins.

Me plonger dans l'univers du spectacle a été aussi passionnant que prévu. J'ai mis en avant la musique du « rêve blanc », parce qu'elle participe à l'émotion du spectacle. Merci à Julie de m'avoir aidée à la décortiquer pour retranscrire ce que les oreilles n'entendent pas.

Merci, Marion, pour tes lectures en amont, plus laborieuses cette fois ! Les joies d'Internet ! On a fini par y arriver. Tu sais que ton ressenti m'est toujours très précieux.

Merci aussi, Josette, pour votre enthousiasme et votre soutien sans faille.

Je remercie également les filles de ma Team de cœur pour m'avoir fait part de votre avis pendant et après votre lecture. Ces échanges sont riches !

À mes proches, ma famille, mes amis, ceux qui partagent des bribes de ma vie, qui me soutiennent (et pas seulement dans ma vie littéraire), qui me supportent : merci d'être là, tout simplement.

L'aventure chez Fleuve a commencé en 2019, grâce à mes bonnes fées Andréa, Charlotte et Laure de chez Librinova, qui m'accompagnent encore aujourd'hui. Le rêve se poursuit plus de trois ans après, avec ce quatrième roman, et j'ai toujours du mal à y croire. Merci, Florian Lafani, de me renouveler ta confiance qui m'honore. Je te remercie aussi, ma chère Emeline Colpart, pour tes conseils avisés et ton regard sur mes textes, à la fois bienveillant et enrichissant. Cette amitié qui se tisse au fil de notre collaboration est essentielle à mes yeux, puisque je te confie mes bébés, que tu sais rendre meilleurs. Lucie Copet, tu y as participé, et j'ai apprécié tes remarques pertinentes. Maryannick Le Du, merci de peaufiner mes textes jusqu'à les rendre (presque) parfaits, avec l'aide de tes correctrices Evelyne Zibi-Azzola et Emmanuelle Hayek. Thomas Girault et Estelle Revelant, vous savez faire de votre mieux pour dynamiser la communication autour de mes livres et les amener petit à petit à se faire connaître. Merci à Manon Tassy de si bien gérer ma venue en salons et en librairies.

Je remercie l'équipe Pocket qui transforme mes livres en version poche, leur offrant ainsi une vie longue durée. Merci, Perrine Brehon, Julie Cartier et toute votre équipe, pour votre confiance.

Merci à la direction artistique ainsi qu'à Marie Taccoën, pour cette sublime couverture. Elle arbore un autre style, tout en restant tellement représentative de mon univers et de celle que je suis.

Je n'oublie pas de remercier les commerciaux, les libraires, les bibliothécaires, les chroniqueurs, ainsi que tous ceux qui savent défendre mes ouvrages. Votre soutien, voire votre fidélité, me vont droit au cœur, vous ne pouvez pas savoir à quel point ça compte.

L'année 2022 s'achève. Une année riche, intense. J'ai sillonné la France comme jamais je n'aurais pensé avoir la chance de le faire. Je remercie tous ceux qui m'invitent, et vous tous, les lecteurs. Votre présence dans tous ces endroits où je n'avais jamais mis les pieds avant. Vos mots si touchants. Je vous le dis souvent, ils me nourrissent. Je garde tout en moi, bien au chaud dans mon cœur, pour puiser l'énergie de l'écriture. Merci à vous, mes chers lecteurs, pour tout ce que vous m'apportez. Sans vous, il n'y aurait rien de tout ce qui précède.

Enfin, je laisse la place la plus importante à mon mari et à mes enfants. Merci d'accepter de me partager avec cette passion qui prend un peu plus de place.

Delphine Giraud – Romancière

gigi.giraud@orange.fr

Composition et mise en pages
Nord Compo à Villeneuve-d'Ascq

CET OUVRAGE
A ÉTÉ ACHEVÉ D'IMPRIMER
SUR ROTO-PAGE
PAR L'IMPRIMERIE FLOCH
À MAYENNE EN JANVIER 2023

N° d'impression : 101837
Imprimé en France